U0090376

民國文化與文學研究文叢

十 五 編

李 怡 主編

第 15 冊

人與衣：張愛玲的服飾與情感

鄧 如 冰 著

國家圖書館出版品預行編目資料

人與衣：張愛玲的服飾與情感／鄧如冰 著 -- 初版 -- 新北市：
花木蘭文化事業有限公司，2022〔民111〕
序 10+ 目 2+192 面；19×26 公分
（民國文化與文學研究文叢　十五編；第 15 冊）
ISBN 978-986-518-973-0（精裝）
1.CST：張愛玲 2.CST：女性文學 3.CST：文學評論
820.9　　111009888

民國文化與文學研究文叢
十五編　第十五冊　　ISBN：978-986-518-973-0

人與衣：張愛玲的服飾與情感

作　　者　鄧如冰
主　　編　李　怡
企　　劃　四川大學中國詩歌研究院
總 編 輯　杜潔祥
副總編輯　楊嘉樂
編輯主任　許郁翎
編　　輯　張雅淋、潘玟靜、劉子瑄　美術編輯　陳逸婷
出　　版　花木蘭文化事業有限公司
發 行 人　高小娟
聯絡地址　235 新北市中和區中安街七二號十三樓
　　　　　電話：02-2923-1455／傳真：02-2923-1452
網　　址　http://www.huamulan.tw 信箱 service@huamulans.com
印　　刷　普羅文化出版廣告事業
初　　版　2022 年 9 月
定　　價　十五編 21 冊（精裝）新台幣 55,000 元

人與衣：張愛玲的服飾與情感

鄧如冰 著

作者簡介

鄧如冰，瑤族，北京師範大學中國現代文學專業博士，對外經濟貿易大學中國語言文學學院教授，美國愛荷華大學、比利時荷語布魯塞爾自由大學訪問學者。主要研究方向為中國現當代文學、中國女性文學和文學傳播等。曾主持國家社會科學基金項目一項，在《當代作家評論》、《中國現代文學研究叢刊》、《文藝爭鳴》等學術刊物上發表論文多篇。

提　要

張愛玲是位「奇裝炫人」的現代女作家，服飾與情感、生命的緊密聯繫既體現在她本人身上，也體現在她的小說中。在她的一生中，唯一的一次「自我命名」是自稱為「衣服狂」（clothes crazy），這個精神分析學意義上的名稱暗示了生命與服飾之間的不解之緣。在她身上，「衣服狂」和「女作家」之名如此完美地重疊在一起，尤其是在《傳奇》時代，這種重疊達到極致——她一手自己設計衣服，「奇裝炫人」地行走於上海街頭，另一手寫出飛揚恣肆的作品，為 40 年代的上海文壇貢獻著「最美的收穫」。她的作品中有大量的極具意味的服飾描寫，它們形成了一個富有寓意的象徵體系，值得仔細體味和探析。「人與衣」——意在通過「衣」來看「人」，一方面，通過對她最具代表性的小說集《傳奇》中的服飾描寫的研讀，考察其小說中所體現出來的女性身體的處境和女性的存在方式；另一方面，以「衣」為入口進入作家的精神世界，探討張愛玲本人對女性身體、女性慾望、女性與他人、女性與社會等多角度的複雜思考。

從地方文學、區域文學到地方路徑——《民國文化與文學研究文叢·十五編》引言

李　怡

2020 年，我在《成都與中國現代文學發生的地方路徑問題》中，以內陸腹地的成都為例，考察了李劼人、郭沫若等「與京滬主流有異」的知識分子的個人趣味、思維特點，提出這裡存在另外一種近現代嬗變的地方特色。這一走向現代的「地方路徑」值得剖析，它與多姿多彩的「上海路徑」「北平路徑」一起，繪製出中國文學走向現代的豐富性。沿著這一方向，我們有望打開現代文學研究的新的可能。〔註 1〕同年 1 月，《當代文壇》開始推出我主持的「地方路徑與文學中國」的學術專欄，邀請國內名家對這一問題展開多方位的討論，到 2021 年年中，共發表論文 33 篇，涉及四川、貴州、昆明、武漢、安徽、內蒙古、青海、江南、華南、晉察冀、京津冀、綏遠、粵港澳大灣區等各種不同的「地方」觀察，也有對作為方法論的「地方路徑」的探討。2020 年 9 月，中國作協創研部、四川省作協、中國人民大學書報資料中心、《當代文壇》雜誌社還聯合舉行了「地方路徑與文學中國」學術研討會，國內知名學者與專家濟濟一堂，就這一主題的問題深入切磋，到會學者包括阿來、白燁、程光煒、吳俊、孟繁華、張清華、賀仲明、洪治綱、張永清、張潔宇、謝有順等等。〔註 2〕2021 年 10 月，中國現代文學理事會在成都召開，會

〔註 1〕李怡：《成都與中國現代文學發生的地方路徑問題》，《文學評論》2020 年 4 期。

〔註 2〕研討會情況參見劉小波：《地方路徑與文學中國——「2020 中國文藝理論前沿峰會暨四川青年作家研討會」會議綜述》，《當代文壇》2021 年 1 期。

議主題也確定為「地方路徑與中國現代文學」，線上線下與會學者 100 餘人繼續就「地方路徑」作為學術方法的諸多話題廣泛研討，值得一提的是，這一主題會議還得到了第一次設立的國家社科基金「學術社團主題學術活動資助」。

經過了連續兩年的醞釀和傳播，「地方路徑」的命題無論是作為理論方法還是文學闡述的實踐都已經產生了重要的影響，在這個時候，需要我們繼續推進的工作恰恰可能是更加冷靜和理性的反思，以及在更大範圍內開展的文學批評嘗試。就像任何一種理論範式的使用都不得不經受「有限性」的警戒一樣，「地方路徑」作為新的文學研究方式究竟緣何而來，又當保持怎樣的審慎，需要我們進一步辨析；同時，這種重審「地方」的思維還可以推及什麼領域，帶給我們什麼啟發，我們也可以在更多的方向上加以嘗試。

一

「名不正，則言不順」，這是《論語》的古訓，20 世紀 50 年代以來，西方史學發現了「概念」之於歷史事實的重要意義，開啟了「概念史」（conceptual history）的研究。這是我們進一步推進學術思考的基礎。

在這裡，其實存在著一系列相互聯繫卻又頗具差異的概念。地方文學、地域文學、區域文學、文學地理學以及我所強調的地方路徑，它們絕不是同一問題的隨機性表達，而是我們對相近的文學與文化現象的不同的關注和提問方式。

雖然「地方」這一名詞因為「地方性知識」的出現而變得內涵豐富起來，但是在我們的實際使用當中，「地方文學」卻首先是一個出版界的現象而非嚴格的概念，就是說它本身一直缺乏認真的界定。地方文學的編撰出版在 1990 年代以後逐漸升溫，但凡人們感到大中國的文學描述無法涵蓋某一個局部的文學或文化現象之時，就會自然而然地將它放置在「地方」的範疇之中，因為這樣一來，那些分量不足以列入「中國文學」代表的作家作品就有了鄭重出場、載入史冊的理由。近年來，在大中國文學史著撰寫相對平靜的時代，各地大量湧現了以各自省市為單位的地方文學史，不過，這種編撰和出版的行為常常都與當地政府倡導的「文化工程」有關，所以其內在的「地方認同」或「地方邏輯」往往不甚清晰，不時給人留下了質疑的理由。

這種質疑很容易讓我們聯想到「區域文學」與「地域文學」的分歧。學界一般認為,「地域文學」就是在語言、民俗、宗教等方面的相互認同的基礎上形成的文學共同體形態,這種地區內的文學共同體一般說來歷史較為久遠、淵源較為深厚,例如江左文學、江南文學、江西詩派等等;「區域文學」也是一種地區性的文學概念,不過這樣的地區卻主要是特定時期行政規劃或文化政治的設計結果,如內蒙古文學、粵港澳大灣區文學、京津冀文學等等,其內在的精神認同感明顯少於地域文學。「『地域』內部的文化特徵是相對一致的,這種相對一致性是不同的文化特徵長期交流、碰撞、融合、沉澱的結果,不是行政或其他外部作用所能短期奏效的。而『區域』內部的文化特徵往往是異質的,尤其是那種由於行政或者其他原因而經常變動、很難維持長期穩定的區域,其文化特徵的異質性更明顯。」〔註3〕在這個意義上,值得縱深挖掘的區域文學必須以區域內的歷史久遠的地域認同為核心,否則,所謂的區域文學史就很可能淪為各種不同的作家作品的無機堆砌,被一些評論者批評為「邏輯荒謬的省籍區域文學史」,「實際上不但割裂了而且扭曲了文化的真實存在形態」。〔註4〕1995年,湖南教育出版社開始推出嚴家炎先生主編的《二十世紀中國文學與區域文化》叢書,涉及東北文學、三晉文學、齊魯文學、巴蜀文學、西藏雪域文學等等,歷經近二十年的沉澱,這套叢書在今天看來總體上還是成功的,因為它雖然以「區域」命名,卻實則以「地域文學」的精神流變為魂,以挖掘區域當中的地域精神的流變為主體。相反,前面所述的「地方文學」如果缺乏嚴格的精神的挖掘和融通,同樣可能抽空「地方性」的血脈,徒有行政單位的「地方」空殼,最終讓精神性的文學現象僅僅就是大雜燴式的文學「政績」的整合,從而大大地降低了原本暗含著的歷史價值。

中國傳統文化其實也一直關注和記錄著地域風俗的社會文化意義,《詩經》與《楚辭》的差異早就為人們所注目,《禹貢》早已有清晰明確的地域之論,《漢書》《隋書》更專列「地理志」,以各地山川形勝、風土人情為記敘的內容,由此開啟了中國文化綿邈深遠的「地理意識」。新時期以後,中國文學研究以古代文學為領軍,率先以「文學地理」的概念再寫歷史,顯然就是對這一傳統的自覺承襲,至新世紀以降,文學地理學的理論建構日臻自覺,似有一統江山,整合各種理論概念之勢——包括先前的地域文學、區域文學。有學者總結認為:「文學地理學是由中國本土學者提出並發展起來的一門學

〔註3〕曾大興:《「地域文學」的內涵及其研究方法》,《東北師大學報》2016年5期。
〔註4〕方維保:《邏輯荒謬的省籍區域文學史》,《揚子江評論》2012年2期。

科，也是由中國本土學者提出與發展起來的一種新的文學批評方法。」〔註 5〕這也是特別看重了這一理論建構與中國傳統文化的深刻聯繫。

當然，也正如另外有學者所考證的那樣，西方思想史其實同樣誕生了「文學地理學」的概念，並且這一概念也伴隨著晚清「西學東漸」進入中國，成為近代中國文學地理思想興起的重要來源：「文學地理學是 18 世紀中葉康德在他的《自然地理學》中提出的一個地理學概念，由於康德的自然地理學理論蘊涵著豐富的人文地理學和地域美學思想，在西方美學和文學批評中產生了深遠的影響。清末民初，在西學東漸和強國新民的歷史大潮中，梁啟超、章太炎、劉師培等人將康德的『文學地理學』和那特硜的『政治學』用於中國古代文學藝術南北差異的研究，開創了中國文學地理學的學科歷史。」〔註 6〕認真勘察，我們不難發現西方淵源的文學地理學依然與我們有別：「在康德的眼裏，文學地理學是地理學的一個分支學科而不是文學的分支學科」〔註 7〕，後來陸續興起的文化地理學，也將地理學思維和方法引入文學研究，改變了傳統文學研究感性主導色彩，使之走向科學、定量和系統性，而興起於後殖民時代的地理批評以「空間」意識的探究為中心，強調作品空間所體現的權力、性別、族群、階級等意識，地理空間在他們那裡常常體現為某種的隱喻之義，現代環境主義與生態批評概念中的「地方」首先是作為「感知價值的中心」而非地理景觀，用文化地理學家邁克・克朗的話來說就是：「文學作品不能被視為地理景觀的簡單描述，許多時候是文學作品幫助塑造了這些景觀。」〔註 8〕較之於這些來自域外的文學地理批評，中國自己的研究可能一直保持了對地方風土的深情，並沒有簡單隨域外思潮起舞，雖然在宏觀層面上，我們還是承認，現當代中國的文學地理學是對外開放、中西會通的結果。

「地方路徑」一說是在以上這些基本概念早已經暢行於世之後才出現的，於是，我們難免會問：新的概念是不是那些舊術語的隨機性表達？或者，是不是某種標新立異的標題招牌？

這是我們今天必須回答的。

〔註 5〕鄒建軍：《文學地理學：批評和創作的雙重空間》，《臨沂大學學報》2017 年 1 期。

〔註 6〕鍾仕倫：《概念、學科與方法：文學地理學略論》，《文學評論》2014 年 4 期。

〔註 7〕鍾仕倫：《概念、學科與方法：文學地理學略論》，《文學評論》2014 年 4 期。

〔註 8〕【英】邁克・克朗（Mike Crang）：《文化地理學》，楊淑華、宋慧敏譯，南京大學出版社 2003 年版，第 55 頁。

二

在現代中國討論「地方路徑」，容易引起的聯想是，我們是不是要重提中國文學在各個地方的發展問題？也就是說，是不是要繼續「深描」各個區域的文學發展以完整中國文學的整體版圖？

我們當然關注現代中國文學的一系列共同性的問題，而不是試圖將自己侷限在大版圖的某一局部，為失落在地方的文學現象拾遺補缺，從這個意義上來說，跨出地方的有限性，進入區域整合的視野甚至民族國家的視野乃題中之義。但是，這樣的嘗試卻又在根本上有別於我們曾經的區域文學研究。

在中國，區域文學與文化研究集中出現在 1990 年代中期，本質上是 1980 年代以來「走向世界」的改革開放思潮的一種延續。嚴家炎先生主編的《二十世紀中國文學與區域文化》叢書最早在 1995 年推出，作為領命撰寫四川現代文學與巴蜀文化的首批作者，我深深地浸潤於那樣的學術氛圍，感受和表達過那種從區域文化的角度推進文學現代化進程的執著和熱誠。在急需打破思想封閉、融入現代世界的那種焦慮當中，我們以外來文化為樣本引領中國文學與文化的渴望無疑是真誠的，至今依然閃耀著歷史道義的光輝，但是，心態的焦慮也在自覺不自覺中遮蔽了某些歷史和文化的細節，讓自我改變的激情淹沒了理性的真相。例如，我們很容易就陷入了對歷史的本質主義的假想，認為歷史的意義首先是由一些巨大的統攝性的「總體性質」所決定的，先有了宏大的整體的定性才有了局部的意義，中國文化的現代化進程也是如此，先有了整個國家和民族的現代觀念，才逐步推廣到了不同區域、不同地方的思想文化活動之中，也就是說，少數先知先覺的知識分子對西方現代化文化的接受、吸收，在少數先進城市率先實踐，形成了中國現代文化的「總體藍圖」，然後又通過一代又一代的艱苦努力，傳播到更為內陸、更為偏遠的其他區域，最終完成了全中國的現代文化建設。雖然區域文學現象中理所當然地涵容著歷史文化的深刻印記，但是作為「現代文學」的歷史進程的重要環節，我們的主導性目標還是考察這一歷史如何「走向世界」、完成「現代化」的任務，所以在事實上，當時中國文學的區域研究的落腳點還是講述不同區域的地方文化如何自我改造、接受和匯入現代中國精神大潮的故事。這些故事當然並非憑空捏造，它就是中國文化在近現代與外來文化交流、溝通的基本事實，然而，在另外一方面的也許是更主要的事實卻可能被我們有所忽略，那就是文化的自我發展歸根到底並不是移植或者模仿的結果，而是自我的一種演進和生長，也就是說，是主體基於自身內在結構的一種新的變化和調整，這裡的主體性和內源性是不可或缺的基礎。如果說現代中國文學最終表現出了一種不容迴避的「現代性」，那麼也必定是不同的「地方」都出現了適應這個時代的新的精神的變遷，而不是少數知識分子為中國先建構起了一個大的現代的文化，然後又設法將這一文化從中心輸送到了各個地方，說服地方接受了這個新創建的文化。在這個意義上，地方的發展彙集成了整體的變化，是局部的改變最後讓全局的調整成為了現實。所謂的「地方路徑」並非是偏狹、個別、特殊的代名詞，在通往「現代」的征途上，它同時就是全面、整體和普遍，因為它最後形成的輻射性效應並不偏於一隅，而是全局性的、整體性的，只不過，不同「地方」對全局改變所產生的角度與方向有所不同，帶有鮮明的具體場景的體驗和色彩。從這裡，我們可以得出結論：在現代中國文學的學術史上，我們曾經有過的區域文化研究其實還是國家民族的大視角，區域和地方不過是國家民族文學的局部表現；而地方路徑的提出則是還原「地方」作為歷史主體性的意義，名為「地方」，實則一個全局性的民族文化精神嬗變的來源和基礎，可謂是以「地方」為方法，以民族文化整體為目的。

「地方」以這種歷史主體的方式出場，在「全球化」深化的今天，已經得到了深刻的證明。

在當今，全球化依然是時代的主題。然而，越來越多的人都開始意識到一個重要的問題：全球化是不是對體現於「地方」的個性的覆蓋和取消呢？事實可能很明顯，全球化不僅沒有消融原本就存在的地方性，而且林林種種的地方色彩常常還借助「反全球化」的浪潮繼續凸顯自己，在一個相當長的時期內，全球化和地方性都會保持著一種糾纏不清的關係，有矛盾衝突，但也會彼此生發。

文學與地方的關係也是如此。現代中國的文學一方面以「走向世界」為旗幟，但走向外部世界的同時卻也不斷返回故土，反觀地方。這裡，其實存在一個經由「地方路徑」通達「現代中國」的重要問題。

何謂「現代中國」？長期以來，我們預設了一些宏大的主題——中國社會文化是什麼？中國文學有什麼歷史使命、時代特點？不同的作家如何領悟和體現這樣的歷史主題？主流作家在少數「中心城市」如何完成了文學的總體建構？然而，文學的發生歸根到底是具體的、個人的，人的文學行為與包裹著他的生存環境具有更加清晰的對話關係，也就是說，文學人首先具有切實的地方體驗，他的文學表達是當時當地社會文化的有機組成部分，文學的存在首先是一種個人路徑，然後形成特定的地方路徑，許許多多的「地方路徑」，不斷充實和調整著作為民族生存共同體的「中國經驗」，當然，中國整體經驗的成熟也會形成一種影響，作用於地方、區域乃至個體的大傳統，但是必須看到，地方經驗始終存在並具有某種持續生成的力量，而更大的整體的「大傳統」卻不是一成不變的，「大傳統」的更新和改變顯然與地方經驗的不斷生成關係緊密。正是在這個意義上，我們認為，並不是大中國的文化經驗「向下」傳輸逐漸構成了「地方」，「地方」同樣不斷凝聚和交融，構成了跨越區域的「中國經驗」。「地方經驗」如何最終形成「中國經驗」，這與作為民族共同體的「中國」如何降落為地方性的表徵同等重要！在現代中國文學發展的過程之中，不僅有「文學中國」的新經驗沉澱到了天南地北，更有天南地北的「地方路徑」最後匯集成了「文學中國」的寬闊大道。〔註 9〕

這樣，我們的思維就與曾經的區域文學研究有所不同了。

在另外一方面，地方路徑的提出也意味著我們將有意識超越「地域文學」或者「地方文學」的方式，實現我們聯結民族、溝通人類的文學理想。

如前所述，我們對區域文學研究「總體藍圖」的質疑僅僅是否定這樣一種思維：在對「地方」缺乏足夠理解和認知的前提下奢談「走向世界」，在缺乏「地方體驗」的基礎上空論「全球一體化」，但是，這卻並不意味著我們要固守在「地方」之一隅，或者專注於地方經驗的打撈來迴避民族與人類的共同問題，排斥現代前進的節奏。與「區域文學」「地方文學」的相對靜止的歷史描述不同，「地方路徑」文學研究的重心之一是「路徑」，也就是追蹤和挖掘現代中國文學如何嘗試現代之路的歷史經驗，探索中國文學介入世界進程的方式。換句話說，「路徑」意味著一種歷史過程的動態意義，昭示了自我開放的學術面相，它絕不是重新返回到固步自封的時代，而是對「走向世界」的全新的闡發和理解。

同樣，我們也與「文學地理學」的理論企圖有所不同，建構一種系統的文學研究方法並非我們的主要目的，從根本上看，我們還是為了描述和探討中國文學從傳統進入現代，建設現代文學的過程和其中所遭遇的問題，是對現代中國文學的「現象學研究」，而不是文藝學的提升和哲學性的概括。當然，包括中外文學地理學的視角、方法都可能成為我們的學術基礎和重要借鑒。

〔註 9〕參見李怡：《「地方路徑」如何通達「現代中國」》，《當代文壇》2020 年 1 期。

三

現代中國文學的「地方路徑」研究當然也有自己的方法論背景，有著自己的理論基礎的檢討和追問。

「地方路徑」的提出首先是對文學與文化研究「空間意識」的深化。

傳統的文學研究，幾乎都是基於對「時間神話」的迷信和依賴。也就是說，我們大抵都相信歷史的現象是伴隨著一個時間的流逝而漸次產生的，而時間的流逝則是由一個遙遠的過去不斷滑向不可知的未來的勻速的過程，時間的這種不以人的意志為轉移的勻速前進方式成為了我們認知、觀察世界事物的某種依靠，在很多的時候，我們都是站在時間之軸上敘述空間景物的異樣。但是，二十世紀的天體物理學卻告訴我們，世界上並沒有恒定可靠的時間，時間恰恰是依憑空間的不同而變化多端。例如愛因斯坦、霍金等人的宇宙觀恰恰給予了我們更為豐富的「相對」性的啟示：沒有絕對的時間，也沒有絕對的空間，時間總是與空間聯繫在一起，不同的空間有不同的時間。「相對論迫使我們從根本上改變了我們的時間和空間觀念。我們必須接受，時間不能完全脫離開和獨立於空間，而必須和空間結合在一起形成所謂的時空的客體。」〔註 10〕二十世紀以後尤其是 1970 年代以後，西方思想包括文學研究在內出現了眾所周知的「空間轉向」，傳統觀念中的對歷史進程的依賴讓位於對空間存在的體驗和觀察，這些理念一時間獲得了廣泛的共識：「當今的時代或許應是空間的紀元……我們時代的焦慮與空間有著根本的關係，比之與時間的關係更甚。」〔註 11〕「在日常生活裏，我們的心理經驗及文化語言都已經讓空間的範疇、而非時間的範疇支配著。」〔註 12〕「一方面，我們的行為和思想塑造著我們周遭的空間，但與此同時，我們生活於其中的集體性或社會性生產出了更大的空間與場所，而人類的空間性則是人類動機和環境或語境構成的產物。」〔註 13〕有法國空間理論家列斐伏爾等人的倡導，經由福柯、

〔註 10〕【英】霍金：《時間簡史》，吳忠超譯，湖南科學技術出版社 2002 年版，第 22 頁。

〔註 11〕【法】福柯：《不同空間的正文與上下文》，陳志悟譯，見包亞明主編：《後現代性與地理學的政治》，上海教育出版社 2001 年版，第 18 頁、20 頁。

〔註 12〕【美】詹明信：《晚期資本主義文化的邏輯：詹明信批評理論文選》，陳清僑等譯，三聯書店 1997 年版，第 450 頁。

〔註 13〕愛德華・索亞語，見包亞明：《後大都市與文化研究・前言：第三空間、後大都市與文化研究》，上海教育出版社 2005 年版，第 1 頁。

詹姆遜、哈維、索雅等人的不斷開拓，文學的空間批評得到了前所未有的長足發展，文本中的空間不再只是故事發生的背景，而是作為一種象徵系統和指涉系統，直接參與到了主題與敘事之中，空間因素融入傳統的社會歷史批評、文化批評、性別批評、精神批評等，激活了這些傳統文學研究的生命力，它又對後現代性境遇下人們的精神遭際有著獨到的觀察和解讀，從而切合了時代的演變和發展。

如同地理批評遠遠超出了地方風俗的文學意義而直達感知層面的空間關係一樣，西方文學界的空間批評更側重於資本主義成熟年代的各種權力關係的挖掘和洞察，「空間」隱含的主要是現實社會中的制度、秩序和個人對社會關係的心理感受。

在中國現代文學的研究中，我們長期堅信西方「進化論」思想的傳入是驚醒國人的主要力量，從嚴復的「天演公例」到梁啟超的「新民說」、魯迅的「國民性改造」，中國文學的歷史巨變有賴於時間緊迫感的喚起，這固然道出了一些重要的事實，然而，人都是生存於具體而微的「空間」之中的，是這一特殊「地方」的人生和情感的體驗真實地催動了各自思想變化，文學的現代之變，更應該落實到中國作家「在地方」的空間意識裏。近現代中國知識分子，同樣生成了自己的「空間意識」：

> 中國近現代知識分子是在一種極為特殊的條件下形成自己的時空觀念的。不是時間觀念的變化帶來了他們空間觀念的變化，而是空間觀念的變化帶來了他們時間觀念的變化。我們知道，正是由於鴉片戰爭之後中國的知識分子發現了一個「西方世界」，發現了一個新的空間，他們的整個宇宙觀才逐漸發生了與中國古代知識分子截然不同的變化。
>
> 中國現代知識分子的「地理大發現」，發現的卻是一個無法統一起來的世界，一個造成了空間割裂感的事實。這種空間割裂感是由於人的不同而造成的。
>
> 我們既不能把西方世界完全納入到我們的世界中來，成為我們這個世界的一個有機組成部分，我們也不願把我們的世界納入到西方世界中去，成為西方世界的一個有機組成部分。二者的接近發生的不是自然的融合，而是彼此的碰撞。
>
> 上帝管不了中國，孔子管不了西方，兩個空間結構都變成了兩

> 個具有實體性的結構，二者之間的衝撞正在發生著。一個統一的沒有隙縫的空間觀念在關心著民族命運的中國近現代知識分子的意識中可悲地喪失了。這不是一個他們願意不願意的問題，而是一個不能不如此的問題；不是一個比中國古代知識分子「先進」了或「落後」了的問題，而是一個他們眼前呈現的世界到底是一個什麼樣子的問題。正是這種空間觀念的變化，帶來了他們時間觀念的變化。〔註 14〕

近現代中國知識分子同樣在「空間」感受中體驗了現實社會中的制度與秩序，覺悟了各種不平等的權力關係，但是，與西方不同的在於，我們在「空間」中的發現主要還不是存在於普遍人類世界中的隱蔽的命運，它就是赤裸裸的國家民族的困境，主要不是個人的特異發現，而是民族群體的整體事實，它既是現實的、風俗的，又是精神的、象徵的，既在個人「地方感」之中，又直陳於自然社會之上。從總體上看，近現代中國的空間意識不會像西方的空間批評那樣公開拒絕地方風土的現實「反映」，而是融現實體驗與個人精神感受於一爐。我覺得這就為「地方路徑」的觀察留下了更為廣闊的可能。

「地方路徑」的提出也是對域外中國學研究動向的一種回應。

海外的中國學研究，尤其是美國漢學界對現代中國的觀察，深受費正清「衝擊／反應」模式的影響，自覺不自覺地站在西方中心的立場上，以西歐社會的現代化模式來觀察東方和中國，認定中國社會的現代化不可能源自本土，只能是對西方衝擊的一種回應。不過，在 1930、40 年代以後，這樣的思維開始遭受到了漢學界內部的質疑，以柯文為代表的「中國中心觀」試圖重新觀察中國社會演變的事實，在中國自己的歷史邏輯中梳理現代化的線索。伴隨著這樣一些新的學術思想的動態，西方漢學界正在發生著引人矚目的變化：從宏大的歷史概括轉為區域問題考察，從整體的國家民族定義走向對中國內部各「地方」的再發現，一種著眼於「地方」的文學現代進程的研究正越來越多地顯示著自己的價值，已經有中國學者敏銳地指出，這些以「地方」研究為重心的域外的方法革新值得我們借鑒：「從時間與空間起源上，探究這些地區如何在大時代的激蕩中形成具有現代意義的文學觀念、如何生發具有地域特色的文學文本，考察文學與非文學、本土與異域、沿海

〔註 14〕王富仁：《時間・空間・人（一）》，《魯迅研究月刊》2000 年 1 期。

與內地、中心與邊緣之間的多元關係，便不失為中國現代文學研究的一種新路徑。」〔註15〕

當然，必須指出的是，中國學者對「地方路徑」問題的發現在根本上說還是一種自我發現或者說自我認知深化的結果，是創立中國學術主體性的積極體現。以我個人的研究為例，是探尋近現代白話文學發生的過程中，接觸到了李劼人的成都寫作，又借助李劼人的地方經驗體驗到了一種近代化的演變曾經在中國的地方發生，隨著對李劼人「周邊」的摸索和勘察，我們不斷積累著「地方」如何自我演變的豐富事實，又深深地體悟到這些事實已經不再能納入到西方—中國先進區域—偏遠內陸這樣一個傳播鏈條來加以解釋了。與「中國中心觀」的相遇也出現在這個時候，但是，卻不是「中國中心觀」的輸入改變了我們的認識，而是雙方的發現構成了有益的對話。這裡的啟示可能更應該做這樣的描述：在我們力求更有效地擺脫「西方中心」觀的壓迫性影響、從「被描寫」的尷尬中嘗試自我解放、重新獲得思想主體性的時候，是西方學者對他們學術傳統的批判加強了這一自我尋找的進程，在中國人自己表述自己的方向上，我們和某些西方漢學家不期而遇，這裡當然可以握手，可以彼此對話和交流，但是卻並不存在一種理論上的「惠賜」，也再不可能出現那種喪失自我的「拜謝」，因為，「地方路徑」的發現本身就是自我覺醒的結果。這裡的「地方」不是指那種退縮式的地方自戀，而是自我從地方出發邁向未來的堅強意志。在思考人類共同命運和現代性命題的方向上我們原本就可以而且也能夠相互平等對話，嚴肅溝通，當我們真正自覺於自我意識、自覺於地方經驗的時候，一系列精神性的話題反而在東西方之間有了認同的基礎，有了交談的同一性，或者說，在這個時候，地方才真正通達了中國，又聯通了世界。在這個時候，在學術深層對話的基礎上，主體性的完成已經不需要以「民族道路的獨特性」來炫示，它同時也成為了文學世界性，或者說屬於真正的「人類命運共同體」的有機組成部分。

上世紀20年代，詩人聞一多也陷入過時代發展與「地方性」彰顯的緊張思考，他曾經激賞郭沫若《女神》的時代精神，又對其中可能存在的「地方色彩」的缺失而深懷憂慮，他這樣表達過民族與世界、地方與時代的理想關係：「真要建設一個好的世界文學，只有各國文學充分發展其地方色彩，同時又

〔註15〕張鴻聲、李明剛：《美國「中國學」的「地方」取向與中國現代文學研究——以中國現代文學研究的區域問題為例》，《中國現代文學論叢》2018年13輯。

貫以一種共同的時代精神，然後並而觀之，各種色料雖互相差異，卻又互相調和」〔註 16〕。在某種意義上，這可以被我們視作中國現代文學沿「地方路徑」前行的主導方向，也是我們提出「地方路徑」研究的基本原則。

〔註 16〕聞一多：《〈女神〉之地方色彩》，《創造週報》第 5 號，1923 年 6 月 10 日。

序：女性文學研究——廣闊的道路

王富仁

上世紀 50 年代中期，秦兆陽有一篇文學論文，題目就叫《現實主義——廣闊的道路》，當時讀了頗受感動，至今認為是在那時讀到的一篇很好的文學論文，現在我將它的副標題移用於女性文學研究，並作為鄧如冰的這本專著的序言。

大凡一個文化領域的興起，都是在與舊有的文化傳統對立的意義上被自覺提倡的，中國新文化是在與中國舊文化對立的意義上被提倡的，現實主義文學是在與浪漫主義文學對立的意義上被肯定的，女性文學也是在與男性文學對立的意義上發展起來的。這幾乎是人類文化發展的一個帶有規律性的文化現象：如果沒有與固有文化傳統不同的新的旨趣和要求，一個新的文化領域建立的必要性又在哪裏呢？但當一個新的文化領域已經建立起來，也就是說，當它已經有了自己存在和發展的合法地位與獨立空間，已經有了被人理解和接受的基本前提條件，人們並不再從根本上否定它的價值和意義，它與固有文化傳統直接對立的意義就基本消失了，至少也是淡化了。在「五四」時期，中國的新文化是在與中國的舊文化直接對立的情勢下發展起來的，但時至今日，恐怕已經沒有任何一個新文學作家是在反對中國舊文化傳統的意圖下進行創作的，因為在這時，繼續開拓自己的文化空間，推動自身的繼續發展，成了中國新文化的主要任務和目標。中國古代文化（「五四」時期稱之為「舊文化」）與中國現當代文化（「五四」時期稱之為「新文化」）成了兩種並立的文化形態，是中國文化發展過程中的兩個不同的發展階段，其文學作品也是作為兩種不同的文學形態而存在的，二者共同構成了中國當代文化繼續發展的文學資源，對立鬥爭的態勢基本上已經轉化為差異互補的態勢。如果仍然在二元對立的意義上看待二者的關係，就會遇到很多現實的問題，因為當代知識分子已經不是在「五四」時期新文化倡導者當時的文化語境中，其文化直感也發生了許多重大的變化。

我認為，中國的女性文學研究也面臨著這樣一個研究路向的變化問題。毫無疑義，女性文學以及女性文學研究的生成與發展，是與反叛固有的男性文化傳統有直接的關聯的。不論是在西方，還是在東方，人類文明都發生於男性確立了自己的社會中心地位之後。在那時，構成社會的是男性，女性被排斥在社會之外。文化從來都是社會性的，女性被排斥在社會之外，也就意味著被排斥在文化之外。因而當時的人類文化在整體上就是男權文化，或曰以男性權力為中心的文化，女性的權利在整個人類文化中是受到漠視乃至排斥的。女性進入社會，成為人類社會主體的一部分，是在歐洲資產階級革命之後，在那時，女性開始進入社會，成為獨立的職業勞動者，也有了極其卑微的社會地位，而女性文學也隨之而生。那時的女性文學，還沒有較為清醒的獨立意識，是作為以男性文學為主體的文學整體的一個組成成分意識自己的，其基本的形態與李清照之與宋代文學有相似之處。女性文學自身的甘苦，也像當時的李清照一樣，是「如魚飲水，冷暖自知」，並不作為整個女性的權力問題而受到社會的重視。女權主義文學理論，是在世界女性文學已經有了較大程度的發展之後於上世紀下葉在世界範圍內興盛起來的。在這時，它才有了自己獨立的理論形態，是將世界女性文學作為一個整體來看待的，它以反抗男權文化的統治為指歸，以張揚女性的社會權利為旗幟，標誌著女性文學已經從男權文化的籠罩下獨立出來，正式走上了世界文化的舞臺。這種理論在文化大革命結束之後傳入中國大陸，刺激了中國大陸女性文學、特別是女性文學研究的成長和發展。我主觀認為，在中國大陸新時期的文學研究中，具有轉折意義的是兩大研究領域，其一是比較文學研究，其二就是女性文學研究。

其實，女性主義文化並不是孤獨的，它能在人類文化的整體中誕生出來，一是由於它自身的努力，二是因為即使在人類近代文化的整體中，也是有它的同盟軍的。它的同盟軍有兩個：其一是殖民地、半殖民地人民的反殖民文化（在當代社會則有後殖民主義文化理論），其二是無產階級革命文化（在當代社會則有以西方馬克思主義為代表的反資本主義文化）。它們之所以能夠結成同盟，就是因為它們都是在當代社會為自己爭取合法權利的弱勢文化。它們有共同的背景——受壓迫的地位，有共同的主張——反對文化霸權主義，有共同的風格——激進的、反抗的。當西方女權主義理論傳入中國的時候，正是文化大革命結束後一個短暫的中國文藝復興的時期，在那時走進中國大陸文化領域的是文化大革命之前畢業的大學生和文化大革命後回到城市的上山下鄉知識青年，從總體上屬於一個弱勢群體。可以說，西方女權主義文學理論傳入中國後，並沒有遇到中國大陸男性文化的正面狙擊，很快就在中國大陸扎下根來，並有了一個不大但也不是微不足道的女性文學的創作隊伍和女性文學的研究隊伍。從女性文學作家和女性文學研究者自身體驗的角度，肯定會感到我在這裡低估了她們遇到的困難，但必須看到，在那時，一些男性作家和男性文學研究者也經歷著與女性作家和女性文學研究者同樣甚至更為嚴峻的困難。面對女性文學對男權文化的挑戰，他們有自己的困惑，有自己的迷蒙，但將女性主義文學視為自己的對立面的文革後男性文學研究者，恐怕只是極個別的人。

中國大陸的女性主義文學研究，同新時期的比較文學研究一樣，具有後發性，是在西方同樣一種文學研究形態得到較長期的發展之後發展起來的，並且直接借鑒了西方較近成熟的理論與方法。這樣的研究領域，一般在開始之後就具有更為猛烈的發展勢頭，但在得到最初的發展之後也常常沾滯於固有理論的本質主義規定而走上自我異化的道路。實際上，任何的理論，都是建立在大量直感直覺印象的基礎之上的，沒有大量直感直覺印象做基礎，我們是無法賦予一種理性的本質主義規定以具體的思想內涵和文化內涵的，形式上的比附只能使自己越來越遠地離開這種理論上的本質主義規定，而不會使自己越來越走近它。女權主義理論也是如此。我認為，在女權主義文化理論和女性主義文學研究的合法性已經得到了現實社會的口頭承認並擁有了自己存在和發展的有限文化空間的條件下，將其理性的本質主義規定放到一個更寬廣的社會歷史背景上給以更加具體細緻的分析和瞭解，是中國大陸女性主義文學研究防止自身異化的根本途徑。在這裡，我想申述的有下列幾點：

其一，如上所述，任何一種有價值的文化理論和文學理論，都是有社會性的，都不僅僅侷限於某個或某幾個人的直感感覺和願望。不論是女權主義文化理論，還是女性主義文學理論，都是建立在當代社會女性對人類文化歷史及其未來發展的整體感受和理解之上的，都是建立在要將當代社會女性的文化意識注入到整個人類文化存在和發展的過程中，並以此從根本上改變人類文化以男權為中心的單性化特徵。也就是說，儘管女性主義文化理論與女性主義文學理論提出的只是女性的權力與女性的文學的問題，但其最終的指向目標卻是一種新的人類文化觀。只要從這種整體的人類文化觀的角度出發，我們就會知道，女權主義文化理論在其整體的意義上是超於男女兩性的簡單對立的，它既不等同於自然主義的男性觀和在以男性權力為中心的社會歷史上形成的男權文化觀，也不等同於自然主義的女性觀和在以女權為中心的意識中建立起來的女權文化觀，而是一種在過往人類文化史上一直處於缺位狀態的「第三性」觀。這是它的社會性，也是它的超越性，試想，假若沒有這種超越性，假若它僅僅侷限於為女性自身爭取絕對的社會權力和文化權力，它又以什麼樣的力量獲得包括男性在內的整個人類社會的同情、理解和支持呢？

其二，女權主義文化理論、女性主義文學理論是建立在與以男性權力為中心的整個人類文化歷史的對立基礎之上的，但必須意識到，這是它的立論根據，是建構自己並以自己的存在和發展改變人類文化歷史和現狀的必要性的說明。但卻不是它的具體的人類文化歷史觀，不是它賴以分析和判斷人類文化歷史現象的具體標準和尺度。也就是說，它對人類文化歷史的這種判斷永遠是整體的，是在整體上才有價值和意義的，而不具有對具體文化現象做出是非、善惡、美醜判斷的功能。這恰恰是所有立足於自身建設的文化理論和文學理論的根本特徵。儘管女權主義文化理論和女性主義文學理論不遺餘力地攻擊迄今為止的人類文化歷史的男權主義性質，但在其根本的意義上它們仍然是建設性的，而不是破壞性的。它們的全部努力都在於通過自身的生成與發展而改變人類文化發展的固有方向，而不是為了否定過往人類文化歷史的存在價值和意義。有它們自身的生成與發展，它們就有改變人類文化固有發展方向的功能和意義；沒有它們自身的生成與發展，即使它們批倒了過往人類歷史上所有的文化和文學，它們仍然無法實現自身的追求目標，因而也是毫無價值和意義的。

其三，只要我們意識到女權主義文化理論與女性主義文學理論首先是建設性的，而不是破壞性的，我們就會知道它們同樣存在一個尋求自身文化資源的問題，同樣必須進入具體的、有分析的文化史和文學史的敘述，這不但是它們自身生成和發展的需要，同時也是與男性讀者溝通的需要。在這時，女權主義文化理論和女性主義文學理論首先必須解決的是這樣一個問題，即過往以男性權力為中心的人類文化是怎樣生成的？我們知道，在人類歷史上曾經有一個漫長的母系氏族社會的歷史發展階段，在那時，是以女性權力為中心的，而不存在男性權力對女性權力的漠視和排斥。只有到了國家產生之後，男性的絕對權力地位才正式確立下來。國家權力是在與外民族的戰爭中建立起來的，參加戰爭的是男性成員，國家也就成了男性成員的專利，當國家越來越成為制衡整個社會生活的工具和手段、具有了凌駕在整個社會之上的「上層建築」的性質，以男性權力為中心的社會結構形式便正式形成了，圍繞著國家繁衍和發展起來的人類文化也隨之成為以男性權力為中心的文化，女性的權力在這個社會結構中是受到漠視的，是受到排斥的，這種漠視和排斥又被社會文化確定下來，成為國家法律和社會倫理道德體系的總體特徵。也就是說，儘管迄今為止的人類文化都是以男性權力為中心的文化，儘管這種文化對女性的權力是漠視的、排斥的，但這種文化卻並不是建立在全體人類的全部願望和要求的基礎之上的，甚至也不是建立在全部男性社會成員的全部願望和要求的基礎之上的。在這裡，也就有了對人類社會歷史和人類文化歷史進行分析性考察的可能。如上所述，女權主義文化理論與女性主義文學理論對迄今為止人類文化的男權主義性質的批判永遠只是整體性的批判，而不具有對具體文化現象做出是非、善惡、美醜判斷的功能，其主要原因就在於它體現的僅僅是國家社會生活和國家意識形態的整體性質，而絕對不是任何一個個體人的全部言行的本質。在這裡，人們必須有一個根本的意識，即越是接近依靠國家權力和國家意識形態維繫的集體生活的領域，其男權主義的性質就越加濃厚，而越是靠近不需要國家權力和國家意識形態維繫的私人化的生活空間，其男權主義的性質則越加薄弱。這使我們沒有權利將女權主義文化理論和女性主義文學理論對過往人類文化男權主義性質的判斷帶入任何一個男人或女人的私人化生活空間之中去。在《牛郎織女》的故事中，牛郎不是一個男權主義者，織女也不是一個女權主義者，因為他們不是依照國家權力和國家意識形態的力量結合在一起的。正像我們不能將馬克思主義階級鬥爭學說套用到任何兩個不同的人的關係中，我們也不能將女權主義關於人類文化的男權主義性質的判斷套用到任何兩個男女兩性的關係中。

其四，當我們談到文學的問題，我們必須首先對文學的特質有一個基本的瞭解和判斷。首先，在過往的人類文化中，只有文學是更加逼近個體人內心獨立願望和要求的人類文化成果，只有文學是更加遠離政治的權力和經濟的權力而更加逼近私人化生活空間的文體形式。它需要的是讀者的理解和同情，而不是讀者的屈從或擁護；是心靈與心靈的溝通，而不是權力對權力的壓迫。這也就意味著，越是一部偉大的文學作品，儘管我們不能斷然地認為它的作者在現實社會生活的任何一個層面上都是完全擺脫了男權意識的人（我們沒有權利要求一個人必須是聖人，也沒有權利要求一個文學家就沒有任何男性權力的意識），但至少在這樣的文學作品中不是更多地充斥著男性霸權意識，而是更少地表現出這種意識。即使在人類歷史上，那些更多地充斥著男性霸權意識的文學作品也只是那些屈從於政治、經濟強權的趨時媚俗的作品。只有這樣，女性主義文學研究才成其為真正的文學研究。試想，如果運用女性主義文學理論打倒的都是那些人類歷史上最偉大的文學作品，而重新捧起來的卻是人類歷史上那些趨時媚俗的低劣作品，女性主義文學理論對於文學研究的價值和意義又何在呢？其次，在文學創作中，對文學家的一個重要要求就是要具有更加強大的對象化能力。也就是說，文學家不僅要善於站在自己的立場上觀察、瞭解、感受外部的世界，也要善於站在對象的立場上觀察、瞭解、感受到自己。正是這種對象化的能力，使那些人類歷史上偉大的文學家，儘管自身是男性，但在對女性心理的感受和瞭解上，也是超於當時的多數人的，其中也包括那個時期的多數女性。曹雪芹的《紅樓夢》就是一個有力的證明。

在這裡，我們談一下魯迅。

魯迅是個男性作家，女權主義文化理論與女性主義文學理論都將迄今為止的人類文化和文學視為以男性權力為中心的文化與文學，我們用這樣的標準研究魯迅作品，並在魯迅作品中發現了諸多男權主義的特徵，這似乎是順理成章的、理所當然的，但是文學研究自然是「研究」，就不是如此簡單明瞭的事情，我們必須看到，當女權主義文化理論和女性主義文學理論對迄今為止的人類文化做出了整體性否定的同時，魯迅也對中國固有的文化傳統做出了自己的否定，他所否定的根據何在呢？

> 於是大小無數的人肉的筵宴，即從有文明以來一直排到現在，人們就在這會場中吃人，被吃，以凶人的愚妄的歡呼，將悲慘的弱者的呼號遮掩，更不消說女人和小兒。〔註1〕

如上所述，這種對過往文化的整體否定形式反映的正是一種文化重建的

〔註1〕魯迅《墳·燈下漫筆》。《魯迅全集》第1卷，人民文學出版社，1985年版，第217頁。

願望和要求。我們可以看到，魯迅這種文化重建的願望和要求實際是與西方女權主義文化理論基本相同的，並且魯迅也特別提出了女性的社會地位問題，亦即女性權力問題。關於《傷逝》這篇小說，很多人認為，魯迅之所以將男性涓生作為一個敘述者，起到的是將女性子君擋在了身後的作用，反映了魯迅作為一個男性作家的男權意識。我認為，分析一篇小說，必須從自己的藝術感受和思想感受出發，不能僅從表面的形式特徵出發。小說不是蓋房子，有了一堵牆，就把後面的東西擋在了視線之外。實際上，涓生在《傷逝》中，被魯迅所用的是眼睛和心靈。這雙眼睛看到的更是子君，而不是自己；這個心靈是一個懺悔者的心靈，而不是一個男性霸權主義的心靈，不是將所有的錯誤歸於別人、而將所有的功勞歸於自己的那種蠻悍、不講理的心靈，他有反思自我的能力。所有這一切，都將子君這個女性的悲劇命運突出出來，只要我們聯想到在《傷逝》之前已經發表過的《娜拉走後怎樣》，我們就會知道，魯迅這篇小說的第一主人公恰恰是子君，而不是涓生。在小說裏，涓生這個想像中的人物，起到的其實是魯迅的替身的作用，通過涓生這個人物，將魯迅送到一個嚮往新生活，嚮往新思想的女性子君的身邊，並在想像中經歷了一段愛情—婚姻—離散的生活。在這裡，他對這樣一個女性及其命運有了徹心徹肺的感受和瞭解，對自己善惡交織的內在心靈也有了清醒的意識和體驗。這恰恰是一個男性作者克服自身的侷限性，通過想像而使自己具有進入女性心靈的對象化的努力。魯迅沒有將全部的罪責推到涓生的身上，但也正是因為如此，《傷逝》展現出來的才是一個西方女權主義理論和女性主義文學理論所反覆強調的迄今為止的人類社會和人類文化都是以男性權力為中心的社會和文化。當然，即使像魯迅這樣的男性作家，也無法代替女性自身的創作，更不屬於女性主義文學的範疇，但必須看到，這樣的男性作家的作品，至少可以為男性讀者感受、理解和接受女權主義文化和女性主義文學疏通了道路。女性文學研究者沒有必要將這樣的文學推到自己的對立面去，正像二十年代末期那些革命文學家沒有必要將魯迅推到自己的對立面去的一樣。在這裡，我們應該注意到，魯迅一生不僅推出了自己的作品，還推出了像蕭紅這樣的女性作家，魯迅不是女性文學的敵人，而是女性文學的同道和戰友，他們是在同樣一個起點上出發的。

其五，女權主義文化理論和女性主義文學理論都把迄今為止的人類文化視為以男性權力為中心的文化，這同時也意味著在這樣一種文化的環境中，絕大多數女性也不能不在這種文化的禁錮和壓迫下帶上畸形化的特徵。所以，女權主義文化理論和女性主義文學理論不僅具有反思男性文化的作用和意義，更有反思自身並在反思自身過程中求取成長與發展的意義和內涵。對於女權主義文化和女性主義文學，後者比前者更加重要。絕不能認為，任何一個女性天然地就是一個女性主義者，任何一個女性的思想觀念天然地就屬於女性主義的文化觀念。不斷地尋找通向女權主義文化和女性主義文學的道路，並在這種道路上做出符合自己心願的堅持不懈的努力，才是發展女權主義文化和女性主義文學的有效途徑。

綜上五點，我認為，儘管女權主義文化理論和女性主義文學理論都建立在與過往人類文化的整體對立之上，都將過往人類文化視為以男權為中心的文化，但在具體的文學研究中，卻不能僅僅將這種本質主義的規定直接用於對象，因為在這種本質主義的規定中是有十分複雜的內容和無限生發的新的內涵的。

上世紀的 80 年代，是中國大陸文學研究重生的年代，那時的文學研究雖然幼稚，但卻富有生氣，大都有一種「初生犢子不怕虎」的勁頭。1987 年，上海錢虹編了一本《盧隱集外集》，讓我寫篇序言，我就寫了一篇《談女性文學》，後來發表在當年的《名作欣賞》第 1 期上。在電影界，還參加過一個中國女性導演的學術討論會，有個發言，但沒有寫成文章。其實，那時我還不知道西方有一種女權主義文化理論和女性主義文學理論，只是就印象談印象而已。到了上世紀 90 年代，中國的女性文學研究迅速發展起來，對西方女權主義文化理論和女性主義文學理論也多有翻譯和介紹，因為自己不是女性，自知沒有能力為女性文學研究做出什麼有益的貢獻，所以始終與女性文學研究保持著一定的距離，但我主觀認為，即使從魯迅文藝思想出發，我們對西方女權主義文化理論和女性主義文學理論也是能夠接受的。在中國歷史上，中國女性一直被排斥在中國社會及其社會文化之外，這是一個事實，不是西方女權主義者杜撰出來的。從「五四」新文化運動以來，我們在觀念上已經承認男女兩性的平等權利，但決定整個中國社會命運的，仍然是在男性與男性之間進行的激烈的軍事的、政治的、經濟的鬥爭，文化的鬥爭一直圍繞著這種軍事的、政治的、經濟的鬥爭進行，在其內部運行的不能不是男性的權力原則。社會教育的發展，女性受教育的權利得到了基本的保障，女性大量進入中國社會，但她們在固有的文化傳統中卻找不到僅僅屬於自己的語言和文化，西方女權主義文化理論和女性主義文學理論之得到中國女性的重視，不是天經地義的嗎？

但是，在西方，女權主義文化理論和女性主義文學理論原本是結合在一起的，從事女性主義文學寫作的大都是女權主義者，女權主義者也大都重視女性主義文學的寫作，這就使西方的女性主義文學和女性主義文學研究在開始階段始終有一種方向感，我認為，上世紀 90 年代的中國女性文學研究者也大都是有這種方向感的。但到了 21 世紀，中國的女性文學研究繁榮起來，但也與女權主義文化理論脫了鉤，對於中國女性整體社會命運的關注變得極為淡漠，女性主義文學研究卻成了一個更廣大的文學空間，中國女性主義文學研究便越來越走向了自我異化的道路。實際上，只要我們關注中國女性整體的社會命運和文化處境，甚至連我這個男性社會成員也是感到觸目驚心的。從 70 年代末開始的大量拐賣婦女的事件，流行至今的溺嬰事件，城市底層青年婦女和進城農村青年女性的性工具化，對女性的家庭暴力，在就業過程中普遍存在的女性歧視，都是一些有目共睹的事實，但我們的女性文學研究卻越來越走向對上世紀三十年代左翼文學（上世紀三十年代最有成就的女性作家都集中在左翼）、「五四」新文學（中國的女性文學是在「五四」新文化運動中走上歷史舞臺的）、特別是魯迅（魯迅把一個女性——女媧塑造為中華民族的創世神）的研究。在所有這些方面，中國的女性文學研究都與中國的文化保守主義走到了一起。我認為，在這裡，提出的一個尖銳的問題是，一個女性研究者如何逐漸走向作為一個女性的自己、走向一個中國女性對中國文學的感受和體驗中來。這不是一個理論的問題，不是一個僅僅依靠對西方女權主義文化理論和女性主義文學理論就可以解決的問題，而是一個具體的研究實踐的問題。

進入 21 世紀之後，我的博士研究生中的女同學也逐漸多了起來，她們中的很多人都願意選擇一個女性文學研究的題目，但我這個男教師即使能夠感覺到女性文學研究中一些問題，其切入點仍然常常停留在男性的視野之中，其思考方式也是男性更加擅長的政治、經濟、社會的直入方式。鄧如冰是我的 2003 年入學的博士研究生，在她選題的時候，提出了她現在出版的這部書的題目。當時我著實一愣，好像眼前突然亮了起來，似乎直到那時，我才真正懂得了什麼是女性主義文學、什麼是女性主義文學研究。我想，女性主義文學，不就是由女性創作出來的任何男性也不可能創作出來的文學嗎？女性文學研究不就是女性研究者所進行的任何男性都不可能做出的研究嗎？不論西方女權主義文學理論和西方女性主義文學理論為女性提出了多麼高遠的文化目標和文學目標，都不是在這樣一點一滴的積累當中逐漸實現的嗎？在發展至今的人類文明中，不論社會發生什麼變化，女重衣，男重食，不是一個亙古未變的事實嗎？女性對衣服的直感感受和心靈體驗、男性對食物的直感感受與心靈體驗不都是很難被異性所代替的嗎？儘管我這個男性教師很難斷定從這個入口進入中國現代文學的研究將會發現出什麼具體的東西來，但這個題目是一個真正的女性文學的研究題目則是毫無疑義的。所以，我肯定了鄧如冰的這個選題，並盡力支持她做下去。2006 年，鄧如冰完成了自己的博士論文的寫作，順利通過了博士學位論文答辯。現在出版的這部著作，就是她在自己博士學位論文的基礎上進一步修改、潤色而成的。

我認為，這個論題，是有繼續做下去的必要的。在當前，文學研究者的隊伍不斷擴大，像我們這一代那種蜻蜓點水式的研究已經不適應當前文學研究的現狀，要有專家式的學者，在整體瞭解的背景上專注於一個角度的研究，並將這一個角度的研究推向整體，推向深入，推入到自己的審美感覺和精神感受之中去，從而達到前無古人、後有來者的高度，並為整個文學研究做出一個女性研究者才能做出的獨立的貢獻。張愛玲小說的服飾描寫值得研究，整個中國現代文學（包括男性作家）的衣飾描寫也需要研究。我相信，只要深入研究下去，從任何一個真正女性的角度都是可以將女性主義文學研究推向新的高度的。

我期盼著。

2009 年 12 月 6 日於汕頭大學文學院

目次

緒　論

一、近現代：「宏大敘事」中的服飾變革

（一）「宏大敘事」與身體盲視

> 我們不大能夠想像過去的世界，這麼迂緩，安靜，齊整——在滿清三百年的統治下，女人竟沒有什麼時裝可言！一代又一代的人穿著同樣的衣服而不覺得厭煩。開國的時候，因為「男降女不降」，女子的服裝還保留著顯著的明代遺風。從十七世紀中葉直到十九世紀末，流行著極度寬大的衫褲，有一種四平八穩的沉著氣象。領圈很低，有等於無。穿在外面的是「大襖」。在非正式的場合，寬了衣，便露出「中襖」。「中襖」裏面有緊窄合身的「小襖」，……〔註1〕

在這流暢、典雅、機智的娓娓道來聲中，一場中國近現代服飾變革的小型展覽在我們面前徐徐展開。這場展覽的提供者不是一個歷史學家、民俗學家，而是一個並不普通的服飾愛好者——一個集「衣服狂」式的服裝狂熱分子和傑出的現代女作家雙重身份的張愛玲，僅僅憑藉這兩個身份和這篇俏皮的《更衣記》，彷彿就有理由從「服飾」的角度對她和她的作品進行一番研究。

在論及張愛玲作品中的服飾描寫之前，我們不妨先對她筆下的人物有可能經歷的中國近現代服飾變革做一番審閱。張愛玲筆下的大部分人物生活的時代——十九世紀末到二十世紀中葉前，正是中國的服飾改革最為迅疾的時

〔註1〕張愛玲《更衣記》，《張愛玲散文全編》，來鳳儀編，杭州：浙江文藝出版社，1992年。凡本書所引述的張愛玲散文中的內容，未作特別注釋者，均引自本散文集。

代，同時也是整個中國社會政治生活急劇變化的近現代。在十九世紀末之前的任何一段時間裏，服飾從來都沒有像在這個歷史階段那樣重要，不僅是在人們的日常生活中，在許多與國家社稷相關的思考中也是如此。清人徐珂曾記載道：「及經光緒甲午、庚子之役，外患迭乘，朝政變更，衣飾起居，因而皆改革舊制，……」〔註 2〕可見服飾變化與政治生活之間有著緊密的聯繫。近現代特殊的政治環境使服飾不再僅僅是作為個人化的物品和生活中瑣碎渺小的事物來存在，而是有可能成為政治變革中的一個元素、成為「家國敘事」中的一個聲部。的確，歷史進入到近代中國後，過去一貫處於文化邊緣的服飾在此時被賦予了極其重大的意義：它常常與「社會變革」聯繫在一起，成為開民智、新民風的先鋒。較早把服飾與「國家」、「國民精神」等「宏大敘事」聯繫在一起的是維新人士，維新初期康有為上書朝廷道：

今則萬國交通，一切趨於尚同，而吾以一國，衣服獨異，則情意不親，邦交不結矣。〔註 3〕

在康有為等看來，服飾改革並不僅僅是廢除陳規陋習這樣簡單的行為，而是可以「改民視聽」、「新民耳目」、「振國民精神」的大事，甚至可以提到「強國」和「救國」的高度上來。在他們心中，改革的動機不是來自於「美」與「舒適」等服飾的基本特點，取而代之的是似乎與服飾本身並無太大關係的「家國情緒」，服飾改革的呼聲被納入了「宏大敘事」中。究其原因，自然是因為中國知識分子把將自己的強國的熱切、救國的焦灼等濃厚的愛國情緒深深注入到了服飾之中。也就是從此時起，晚清服飾變革傳載著巨大的現實意義拉開了序幕。

在整個清朝，服飾一直是政治生活中重要的一環。滿清一統中國後，勒令漢族百姓改換旗裝，並明確規定「男降女不降」，男子須剃髮留辮，而女性服飾則可以沿襲明制。所有的漢族人都認為，髮辮與旗裝都是典型的滿族裝飾，尤其在一些反滿的人士心目中，服飾隨滿制，便是「淪於夷狄」的表現：

忍令上國衣冠，淪於夷狄。相率中原豪傑，還我河山。〔註 4〕

在這樣的歷史背景之下，服飾改革成為維新人士和其他知識分子提出的

〔註 2〕徐珂《清稗類鈔》第十三冊，「服飾」卷，北京：中華書局，1986 年，第 6201 頁。

〔註 3〕康有為《請斷髮易服改元摺》，《中國近代史資料叢刊．戊戌變法資料》（二），上海：神州國光社，1953 年，第 263 頁。

〔註 4〕鄒容《革命軍》，北京：華夏出版社，2002 年，第 2 頁。

政治改良的重要組成部分，是自然而然的事情。具體說來，近現代的服飾改革主要集中於三個方面：斷髮（剪掉男子頭上的髮辮）、易服（去掉繁縟的中國傳統服飾，改易西服）、廢纏足。在「西風東漸」的近代，中國人在西方資本主義國家「器物」與「精神」雙重「現代化」的對比下，很快地發現了自身外形上的「落後」和因此而來的屈辱，髮辮被譏為「豚尾」，小腳被視為「奇觀」，「若在外國，為外人指笑」，「既緣國弱，尤遭戲侮」，而要強國，就有必要「與歐美同俗」〔註5〕，改變服飾，做到身形的「現代化」。

「廢纏足」是針對女性服飾的改革，因其影響之大，被視為「中國服飾近現代化重要的一環」，也是民國時期服飾變革的「前奏」〔註6〕。作為晚清服飾改革的一個重要組成部分，「廢纏足」蘊涵著深厚的家國意義。康有為在給清帝的奏章中寫道：

> 試觀歐美之人，體直氣壯，為其母不裹足，傳種易強也。迴觀吾國之民，弱纖僂，為其母裹足，故傳種易弱也。〔註7〕

在康有為等維新人士看來，纏足與「弱種」、「弱國」緊密相聯，纏足有害女性身體健康，進而會損害孩子的健康，最終整個中華民族都會成為「東亞病夫」。這一邏輯得到了民間廣泛的響應：

> （纏足使女性）舉步維艱，周身血氣，不能流通，斯疾病生矣。此時為病女，將來即為病婦，病體之遺傳，勢必更生病孫。……統二萬萬之婦女，已皆淪於此境界，迄未改革焉，則人種之健全，必不可得，彼東亞病夫之徽號，誠哉其有自來矣。〔註8〕

正因為纏足影響「強國」和「強種」，維新人士和當時的有識之士們號召婦女放足，也主要是著眼於「愛國」和「愛種」。在十九世紀和二十世紀之交的報刊雜誌，如《大公報》、《中華新報》、《女子世界》、《婦女雜誌》以及各地的日報等著名報刊雜誌中，用「振起愛國精神」、「挽祖國之危亡」等愛國言辭激勵女性放足的篇章比比皆是，而女性衝破政治勢力和習慣勢力的層層阻

〔註5〕康有為《請斷髮易服改元摺》，《中國近代史資料叢刊．戊戌變法資料》（二），第263頁。

〔註6〕《中國服飾通史》，陳高華、徐吉軍主編，寧波：寧波出版社，2002年，第633頁。

〔註7〕康有為《康有為奏議》，《中國近代史資料叢刊．戊戌變法資料》（二），上海：神州國光社，1953年。

〔註8〕煉石《女界之與國家之關係》，《中國新女界》1907年第2期。

撓身體力行廢纏足，也正來自於愛國情緒的感召。與斷髮、易服一樣，廢纏足這一具體的服飾改革措施籠罩在「宏大敘事」之下，看似個人化的服飾變化絕對不是僅屬個人行為，裏面涵蓋的家國意義才是服飾改革的重中之重。總的說來，在中國近代這一段政治經濟文化都發生著重大變革的特殊的歷史階段，服飾在人們的政治文化生活中的地位「異軍突起」，被納入了國家、民族、民主、自由、解放、國民性等等「宏大敘事」的範疇之中。

「廢纏足」作為近現代服飾改革重要的一環，不僅是因為有中國人「家國情結」的光芒的照射，同時也是因為它是與女性身體、心理密切聯繫的一項服飾改革。在整個女性歷史和女性服飾史上，晚清時期的「廢纏足」運動相對於其他的女性服飾改革運動而言，是一段異常奪人眼目的存在，不僅是因為晚清是現代意義上的中國女性解放運動發生的時段，而此時的廢纏足運動又是女性意識覺醒的源頭，最為重要的是，對女性而言，纏足最為切中女性的「身體之痛」，廢纏足最能緩解「身體之痛」，而身體與女性心理、女性的「自我」的關係又是緊密相連的。因此，當我們的研究對象是女性服飾和與之相關的文化、文學現象的時候，必須要注意到這樣的觀點：「這三者——衣裝、身體和自我——不是分開來設想的，而是作為一個整體被想像到的。」〔註 9〕或許除了這三者之外，還要加上另外一項：性別，這個整體才會顯得更為完整。

然而，在晚清關於「廢纏足」的種種敘述中，正是由於高高在上的「宏大敘事」的籠罩，女性身體被隱匿、被忽略、被跳過，成為歷史上的一塊盲視區域。誠然，在當時的廢纏足運動中，女性的身體之痛在當時也曾經屢屢被提及：

> （纏足女子）齒齔未易，已受極刑，骨節折落，皮肉潰脫，創瘍充斥，膿血狼籍，呻吟弗顧，悲啼弗恤，哀求弗應，嗥號弗聞，數月之內，杖而不起，一年之內，舁而後行，……〔註 10〕

> 女子何罪，而自幼童，加以刖刑，終身痛楚……〔註 11〕

在此類文章中，強調「強種」、「強國」之前一般都會提及纏足帶來的痛

〔註 9〕（英）喬安妮·恩特維斯特《時髦的身體——時尚、衣著和現代社會理論》，郜元寶譯，桂林：廣西師範大學出版社，2005 年，第 6 頁。

〔註 10〕梁啟超《戒纏足會敘》，《時務報》第 16 冊，1897 年 1 月 3 日。

〔註 11〕康有為《康有為奏議》，《中國近代史資料叢刊·戊戌變法資料》（二），上海：神州國光社，1953 年。

苦，女性的身體之痛，是「家國敘事」的起點。但這僅僅是提及肉體的痛苦，纏足給女性帶來的更深的與肉體之痛相聯的心理、性、政治、生命等方面的「痛感」，以及女性創傷性的身份意識的形成、她們由此在家庭和社會中地位的確定等等話題都未有更多的探討。單純的肉體痛苦不能代表女性「身體之痛」的全部內涵，肉體之痛是看得見的，我們更要注意的是那些留存於女性「身體之內」、內化在女性的集體無意識中、甚至女性自身都對此已經形成盲視的痛苦，那些「一切統治結構為了證明自身的天經地義、完美無缺而必須壓抑、藏匿、掩蓋和抹殺的東西。」〔註 12〕如果沒有看到肉體之痛下的文化壓抑，「身體之痛」的內涵還遠沒有被窮盡。

事實上，在整個歷史長河中，女性的身體始終體現著某種「權力」對它的壓抑。正如福柯所說：「肉體直接捲入某種政治領域；權力關係直接控制它，干預它，給它打上標記，訓練它，折磨它，強迫它完成某些任務、表現某些儀式和發出某些信號。」〔註 13〕而纏足正是男權在女性肉體上打下的「標記」，通過對女性身體的「訓練」和「折磨」，實現對女性這一性別的「直接控制」。「宏大敘事」最大的盲視之處，就是對這種身體與權力的關係的迴避，一方面，通過僅僅將「身體之痛」等同與「肉體之痛」，抽空了身體的心理文化內涵；另一方面，通過從肉體之痛到家國話語的飛躍，剪除了女性身體與男權關係的聯繫。因此，我們現在看到在種種提倡廢纏足的篇章中，對女性肉體的痛苦提及僅僅是個「起點」，越過這個起點之後，人們的注意力上升至洋洋灑灑的「國家」、「民族」等話題，而忘記了承受這些痛苦的女性的身體以及整整這一個性別的真實處境。至少在話語和文本上，女性的身體與本質被連篇累牘的「家國敘事」掩蓋起來了。這誠然與當時的歷史侷限性有關，但也由於近現代的服飾改革與當時的女性解放運動那樣，提倡者和領導者本身就是深陷父權文化中的男性「精英」，並不是一場女性自發的以性別覺醒為動力的改革。它不自覺，也不獨立，始終處於「家國敘事」的控制之下，這使得女性的身體盲視成為一種事實。

（二）細節：悖論與遊戲

在服飾和身體這一對關係中，正常地說來，它們應該如影隨形、烘雲托

〔註 12〕孟悅、戴錦華《浮出歷史地表》，北京：中國人民大學出版社，2004 年，第 4 頁。

〔註 13〕福柯《規訓與懲罰》，劉北成、楊遠嬰譯，北京：三聯書店，1999 年，第 27 頁。

月、相互發明，身體在服飾的烘托下愈顯美麗與自由，服飾也因為與身體的和諧而獲得「完整性」:「沒有人的身體，衣裝就缺乏它的完整性和動感；它還是尚未完成的。」〔註14〕晚清的女性服飾精雕細琢，圖案繁麗，色彩光豔，美侖美幻，如果放置於博物館，它們是讓人驚歎的藝術品，然而，如果穿戴在人的身上，它們卻常常和衣服之下的身體形成悖論：它們背叛了身體，身體被服飾隱匿、覆蓋、掩埋而趨消失。

晚清女性服飾最明顯的特點是有著繁複的細節，張愛玲曾說:「對於細節的過分的注意，為這一時期的服裝的要點。」〔註15〕隱匿女性身體的正是這些沒有節制的細節。當我們現在再看晚清纏足女性的繡花鞋時，不得不驚訝於其細節的繁多、工藝的複雜，正是由於這個原因，晚清繡花鞋有著多種多樣的款式名稱，如並蒂金蓮、并頭金蓮、釵頭金蓮、單葉金蓮、紅菱金蓮、碧臺金蓮、鵝頭金蓮、棉邊金蓮等，如果不借助實物，很難單以這些莫名其妙的名稱為依據想像鞋的樣子。不僅如此，京式、滬史、杭式、晉式等不同地區的鞋也大相異趣，按照地域的分類使得鞋樣更為複雜起來。總的說來，要稱得上是一雙「合格」的繡花鞋，鞋面上各種圖案的繡飾自然是必不可少，鞋幫上也必要滿滿地繡花繡朵，鞋上也經常綴有一些絨球、銅鈴或搖曳著的蝴蝶或花鳥作為裝飾，尤其是人們還常常在鞋底上也投入極大的熱情，如民間流傳的「步步生蓮花」，在鞋底上鏤空出朵朵蓮花，鞋底的一側製一精緻的小抽屜，裝上香粉，走路時香粉從鏤空的蓮花中掉下來，一步一個蓮花印，讓人不得不佩服時人在細節上的創造力和想像力（圖一)。因為晚清女性最重足裝，因此形成了一整套關於女人小腳和鞋子的「藝術」，「蓮癖」們也留下了一大堆詠頌「三寸金蓮」的「詠蓮」詩詞。然而，當我們現在再來研讀那些臭名昭著的泳蓮詩詞時，發現了一個有趣的現象:「腳」離不開「鞋」，吟泳腳的詩都必同時吟泳小鞋，如「碧雲淺露月牙彎」、「笑移纖筍整香裙」、「香鉤小襪裁春羅」、「膝衣繡做芙蓉瓣」〔註16〕，詩中專指「小腳」的名詞「月牙」、「纖筍」、「香鉤」、「芙蓉瓣」等，都必是指穿上鞋的腳。這使我們不得不考慮：所謂「三寸金蓮」到底是指腳還是指鞋？在人們的潛意識中，是否「鞋」

〔註14〕（英）喬安妮·恩特維斯特《時髦的身體——時尚、衣著和現代社會理論》，郜元寶譯，第6頁。

〔註15〕張愛玲《更衣記》。

〔註16〕此處詩句皆出自《香閨鞋襪典略》，（清）蘇馥編，臺北：文海出版社，1974年。

（服飾）已將「腳」（身體）隱藏、替代和掩蓋？

當代作家馮驥才八十年代的名作《三寸金蓮》描寫的正是晚清纏足與放足的這一段歷史，書中詳細描述了纏足的技術、工藝等「學問」，也有大量篇幅的對「金蓮」之「美」的鑒賞，書中描寫之事應該是較能反映當時的實際情況的。小說構建了一個典型的男權控制下的女性服飾世界：佟家的幾位少奶奶為了爭奪家庭地位而賽腳，而家庭中至尊的長者正是一位不折不扣「蓮癖」。事實上，說是「賽腳」，不如說是「賽鞋」：

> 大夥幾乎同時瞧見，每個門簾下邊都留了一截子一尺長短的空兒，伸出來一雙雙小腳，這些腳各有各的道飾，紅紫黃藍、描金鑲銀、挖花繡葉、掛珠頂翠，都賽稀世奇寶，即使天仙下凡，看這場面，照樣犯傻。

圖一　在鞋底也大做文章的「三寸金蓮」

選自《中國服飾百年時尚》，楊源主編，呼和浩特：遠方出版社，2003 年，第 73 頁。

同樣，與其說「蓮癖」們喜歡的「三寸金蓮」是小腳，不如說是繡花鞋：

> 陸達夫竟把酒杯放進鞋跟裏，杯大鞋小，使勁才塞進去。「我就拿它喝！」陸達夫大笑大叫。
>
> ……兩手突然一鬆，小鞋不知掉到哪裏，人都往地上看地上找，……原來小鞋在喬六橋嘴上，給上下牙咬著鞋尖，好賽叼著一隻紅紅大辣椒！

為了獲得「蓮癖」們的歡心，書中每一位女性都挖空心思地在繡花鞋上做文章，在一雙小小的鞋上無休無止地堆砌著花樣繁多的細節，務必要通過一雙繡花鞋為其主人爭到家庭和社會中的地位以及丈夫、公公、廣大「愛蓮」男性的寵愛。而在後者的眼裏，他們看到的並不是女性本人，甚至不是繡花鞋裏的那雙腳，而只是一雙雙繡花鞋。「人」完全變成了「物」，身體之痛也被完全忘卻，人們記得的只有細節本身的形式美，身體被服飾所遮蔽、掩蓋、遺忘。服飾喧賓奪主地取代了身體的地位，身體也完全失去了生命的光彩。

晚清女性衣裝也同樣重視細節，張愛玲在《更衣記》中對此有這樣的描寫：

> 襖子有「三鑲三滾」、「五鑲五滾」、「七鑲七滾」之別，鑲滾之外，下擺與大襟上還閃爍著水鑽盤的梅花、菊花。袖上另釘著名喚「闌干」的絲質花邊，寬約七寸，挖空鏤出福壽字樣。

相信這裡的描繪只是「窺斑見豹」，真正的情形是，當時女裝上的工藝遠比這要豐富、複雜得多。晚清女裝主要流行寬衣大袍，衣服長及膝蓋，袖口和下擺的長度常常達到一米以上，寬大的褲腿使褲子看起來像裙子，袖口、領口、衣褲的下擺都鑲滾著很多道工藝細緻的花邊。女裝寬大的理由彷彿是要使衣服有足夠的面積來裝載哪些圖案複雜的花邊，越是講究的衣服鑲滾的花邊越多（圖二），民間所謂的「十八鑲」，就是指「京師婦女之服之滾條，道數甚多」〔註 17〕。花邊上的文飾極其細緻和考究，一般都是精心繡出的花草圖案和象徵吉祥的魚、水紋等圖案，看起來這些圖案都很相似，但仔細看下去，又絕對不重樣。這樣的花邊一道接著一道，色彩豔麗，變化多端，完全地吸引了人們的注意力，人們所看到的只是這些細節本身，身體的存在被徹底忽視；細節不斷地放大，從衣服的邊緣不斷向中心侵染，逐漸淹沒了身體的要害部位，終於壓抑、掩埋、覆蓋了整個身體；服飾也因為細節的堆砌而不斷地變得繁複、冗大、沉重起來，身體在服飾的對照下，渺小得幾乎可以忽略不計。不妨對照一下莫羅·勒熱納於 1777 年所作的畫《告別》，圖中的貴婦身著華麗的禮服去看歌劇，卻因為服裝過於龐大和飾物過於累贅幾乎被卡在包廂通道上。人為衣服所累，身體受到了衣服的限制，衣服本身是美麗的，但身體的自由和美卻消失殆盡。「18 世紀越來越暴露的女人的胸部其實只起到了展示戴在脖子周圍的珠寶的玻璃陳列櫃的作用」〔註 18〕參照這個說法，晚清女性穿著綴滿花飾的寬衣大袍的身體只起到了衣服架子的作用。而服飾之下的一個個有血有肉的女性已被細節驅逐，遠走於人們視線之外，成為「看不見」的一個性別。

〔註 17〕徐珂《清稗類鈔》第十三冊，「服飾」卷，第 6186 頁。
〔註 18〕（英）喬安妮·恩特維斯特《時髦的身體——時尚、衣著和現代社會理論》，郜元寶譯，第 128 頁。

圖二　大鑲大滾的女裝

選自《中國服裝史》，黃能馥、陳娟娟著，北京：中國旅遊出版社，1995 年，第 131 頁。

細節使女性身體徹底淪為「物」——著裝的女人是一個個衣架，而縫製服裝的女人是一台臺製衣的機器，她們共同的功能是製作和展示那些漫無節制的細節。於是，所謂的「女人」只是一個空洞的名詞，一切都變成了布料與絲線的拼接遊戲。我們可以想像，晚清無數的女性終年被困於家中無休無止地沉溺與那些漫無邊際的服飾的製作，她們的閨房實際上變成了一座座繡房，而她們的價值也並不在於她們自己，而在於生產於她們手下的綴滿細節的服飾。她們的生活本身也變成了一場具有競爭性質的遊戲，每天挖空心思地在服飾細節上做文章，務必使自己的作品以奇、美、豔、繁制勝，以圖打敗其他女性，獲得男性的專寵。對於男性而言，這更是一場有趣的遊戲，如同《三寸金蓮》中描寫的那樣，「賽腳會」就是「蓮癖」們的狂歡節，看著那些攜帶著繡花鞋竟相爭豔的女人一一走過眼前，他們的狂喜、興奮、滿足感都達到了極至，如同古羅馬的貴族觀看角鬥士的撕殺那樣，他們不會想到角鬥士們從身到心的血淋淋的痛苦，只會在血腥的刺激下，感受到一種權利者獨享的快樂。我們有理由相信，這些不可思議的事情就發生在現實生活中，《清稗類鈔》中記載：清中葉以後，纏足之風盛行，直隸宣化等地竟然出現「小腳會」，當地每年五月十三日城隍廟會之期，廟前數里長街上，百姓稠密，遊人如堵。有些婦女「列坐大門前，少則五六人，多則十餘人，各穿新鞋，供遊人觀賞。」〔註 19〕《香閨鞋襪典略》也記載張家口地區的女

〔註 19〕《清稗類鈔》，轉引自《中國服飾通史》，陳高華、徐吉軍主編，第 505 頁。

性在每年三四月間的「小足會」上賽腳，時人有詩歌詠這種「盛景」:「如弓如月賽家家，雙瓣紅菱瓅若霞，都把金蓮做時樣，不嫌夫婿向人誇。」〔註 20〕更有甚者，在永平等地，「相沿於清明前後十日，無論貧富紳倡，皆許婦女華服靚妝坐門首晾其雙腳，任人評其優劣，其有撫弄者，父兄夫婿恬不為怪。」〔註 21〕這樣的「奇觀」，到底是男權文化所為，還是女性親手造就？

在這樣的「遊戲」式的服飾製作中，女性親手將自己的有血有肉的身體淹沒在了繁多的花飾細節下，使自己作為「女人」這一個性別完全消失，而「物化」為如鞋一般的男性的「玩物」。然而，這場遊戲的導演又絕不是女性本身，而是千百年來壓抑女性的男權文化。的確，繡花鞋上的花飾是美麗的，然而，這並不是男性鼓勵女性纏足的真正目的。清代《女兒經》中說道:「為甚事，裹了足？不因好看如弓曲，恐他輕走出房門，千纏萬裹來拘束。」纏足不是為了「美麗」，而是為了將女子拘於室內，「深居簡出，教育莫施，世事莫問」〔註 22〕，使女性從體力到腦力都低於男子，進而給她們戴上「愚笨」之名，這就是父權制在女性服飾上實施的最大的陰謀，但偏偏這個陰謀是以「美麗」為名來實施的。父權制既要控制女性的身體和心靈的自由，又要隱藏這種居心，「美麗」便是最好的說辭，因此在中國歷史上的相當長的一段時間，人人都以「三寸金蓮」為美，以繡花鞋上面的複雜繁麗的細節為美。借用福柯的字眼，這正是父權對女性身體的一種「規訓」，福柯這樣界定「規訓」:「這些使身體運作的微妙控制成為可能的，使身體的種種力量永久服從的，並施於這些力量一種溫馴而有用關係的方法就是我們所謂的規訓。」「規訓……是權力的個體化技巧。規訓在我看來就是如何監視某人，如何控制他的舉止、他的行為、他的態度，如何強化他的成績、增加他的能力，如何將他安置在他最有用之地。」〔註 23〕福柯認為，在專制年代，君主們要以五馬分屍等酷刑懲罰身體暴烈的力量，但現代的權力持有者對犯人的監禁制度變得越來越「溫和」和「狡詐」，他們設想以溫和的方式使犯人從身體到心靈都自動屈服。參照這個說法，中國的纏足正是一種「狡詐的對待身體經驗的技

〔註 20〕蘇馥《香閨鞋襪典略》，第 90 頁。

〔註 21〕蘇馥《香閨鞋襪典略》，第 91 頁。

〔註 22〕《臨時大總統關於勸禁纏足致內務部令》，《中華民國檔案資料彙編》，第 2 輯第 35 頁，南京：江蘇人民出版社，1981 年。

〔註 23〕福柯《言與文》，轉引自《身體經驗與自我關懷——福柯的生存哲學研究》，《浙江大學學報》2000 年 8 月。

術」，父權將對待女性身體的殘酷懲罰納入審美的範疇，用審美的標準遮蓋了身體的痛苦，女性的身體與心靈在「美麗」的標準之下變得溫馴起來。

（三）改革：身體與時尚

晚清女性服飾的改革，不僅是男性維新精英們所提出的「家國敘事」的需要，更是女性自身身體突破細節的層層重壓、顯示真正女性自我的需要。回望女性服飾的歷史，沒有哪一個朝代的女裝比晚清時期的更寬大、繁瑣、沉重，而此期無以復加的細節更是令女性身體感到無比沉重、疲憊與拘束，「女性」整整一個性別的個性、自我、自由也消失無蹤，「不脫衣服，不知道她和她有什麼不同。」〔註 24〕其實，早在十九世紀早期，一些敏感的女性已經捕捉到了服飾給女性帶來的性別劣勢，例如秋瑾，她敏銳地感受到當時的女性服飾與女性心理的之間有微妙的關聯：

> 足兒纏得尖尖的，頭兒梳得光光的，花兒朵兒札的鑲的戴著，一生只想依傍男子，穿的吃的全靠男子，身兒柔柔順順地媚著，氣虐兒是悶悶地受著，淚球兒是常常地滴著，生活兒是巴巴結結地做著，一世的囚徒，半生的牛馬。〔註 25〕

她常常著男裝、披寶劍、騎白馬，疾行於紹興街道。她試圖以「易裝」來激發女性身體的熱情，從而展示一種全新的女性精神的境界：

> 使我女子生機活潑，精神奮飛，絕塵而奔，以速進於大光明世界，為醒獅之前驅，為文明之先導……〔註 26〕

或許正是因為此，秋瑾要以「身」作則，從自我身體出發，以「易裝」來彰顯女性本身所應具有的生機與自由。她的服飾與與她的革命詩和革命行動是一致的，都是一種激烈的反抗，不僅反抗當時的政治，也反抗男權。當然，近現代服飾變革並沒有採取秋瑾式的激進的易裝，但是，改革已經是勢在必然了。

「我們的時裝的歷史，一言以蔽之，就是這些點綴品的逐漸減去。」〔註 27〕張愛玲的這句話，精妙地概括了晚清女性服飾改革的具體內容。民國

〔註 24〕張愛玲《更衣記》。

〔註 25〕秋瑾《敬告姊妹篇》，《秋瑾全集箋注》，郭長海、郭君兮輯注，長春：吉林文史出版社，2003 年，第 377 頁。

〔註 26〕秋瑾《中國女報發刊詞》，《秋瑾全集輯注》，第 374 頁。

〔註 27〕張愛玲《更衣記》。

前後因為改朝換代，女性的服飾在急劇變化的社會中也迅速發生著改變，不妨拿晚清和民初流行的畫報作一對比：1880 年左右由吳友如等人繪製的《點石齋畫報》和《海上百豔圖》中的家常女性幾無例外全是花團錦簇的寬衣大袍，而 1920 年左右的丁悚《民國風情百美圖》中已完全沒有此類服飾，大多是剪裁合身的衣裙，緊身窄袖，「七鑲七滾」變成了只有韭菜般窄窄的「線香滾」，各種闌干、鏤空也被去掉；也有一些少女著褲裝，褲長僅及膝，露出小腿；髮型主要是長辮和簡單的髮髻，幾乎沒有頭飾。細節在一度統治女性服飾之後，逐漸退到了邊緣地帶，甚至消失。服飾變得簡潔、清晰、合理起來。顯然，民國後女性的服飾變化與當時女性社會地位的提高、生活方式的改變以及越來越多的女性參加工作、經濟獨立有很大的關係，隨著現代女性活動空間的擴大，繁瑣的晚清服飾已成為身體的累贅，人們越來越需要既美麗又實用的服飾與身體達成和諧。

變化最為明顯的自然是腳上風光。而「腳上風光不再」就是近現代服飾改革最大的成績。這裡包含兩層意思，一方面，象徵女性痛苦的三寸金蓮不復存在，尖尖的繡花鞋永遠進入了歷史的博物館；另一方面，女人的腳的地位大大降低，「足裝」的重要性難以為續，人們（尤其是女性自己）已經越來越不重視「腳上風光」了。我們現在似乎並不容易找到民國時期專門關於女鞋的資料，從當時的書報雜誌廣告等媒介中可看到，鞋的種類只有布鞋、膠鞋、皮鞋，時髦女性多穿高跟皮鞋，款式也較單一，多為露出腳面的淺幫鞋，看來「足裝」似乎並不是當時的女性關注的重點。而在過去的幾百年中，「婦女最重足裝，整之潔之，以俏利勝。」一個女人的善惡成敗，很大程度上取決於她的一雙腳；判斷她是否是個「完整」的女人，也是看她是否有一雙小腳。例如，《紅樓夢》裏的賈母見到尤二姐裙下的小腳後贊道：「是個齊全孩子。」可見，纏足隱含著這樣的悖論：身體被損傷者是「齊全」的，毫髮無傷者反而「不完整」。這裡的「齊全」其實隱含了一個道德上的判斷，如同 19 世紀不穿緊身胸衣的女人的那樣，她們被目為「鬆散」、「放縱」的女人（loose women），道德上的行為不檢點者〔註 28〕。中國的女性也是如此，如果身體上沒有束縛自己，道德上也將被視為「不完整」而遭受唾棄，正是因為此，她們必須自我撕裂，使自己的身體成為她們自身萬劫不復的牢獄。

〔註 28〕（英）喬安妮·恩特維斯特《時髦的身體——時尚、衣著和現代社會理論》，郜元寶譯，第 18 頁。

在幾百年的中國歷史上，中國女性形象完全被簡單化為一雙腳（鞋），而放足之後，女性一方面是解脫肉體上的痛苦，但更重要的是，對「足下風光」的漠視，象徵著舊有的道德標準被拋棄，女性摘下了跟隨幾百年的精神桎梏，才有可能成為有別於舊式女子的「新女性」。

與此期的衣裝一致的是，鞋上繁瑣的裝飾也被徹底摒棄，鞋依腳而造，而不是腳為鞋而飾，服飾與身體的關係又回到了合理與和諧。服飾的改變與身體的自由（以及心靈的自由）有著密切的關聯，放足之後，女性越來越意識到對自己身體掌控的必要，也越來越體會到身體自由給自己這一性別所帶來的社會地位和文化心理上的變化，她們的身體不再被鎖於深閨之中，內心也對自己的性別身份有了新的認識。從丁悚《民國風情百美圖》中看，民國女性不像《點石齋畫報》和《海上百豔圖》裏的女性那樣主要居於室內，而是出現在街道、茶室、公園、溜冰場、電影院等各種公共場合中（圖三和圖四）。有人對民初以來暢銷上海的雜誌《禮拜六》上的仕女封面進行研究，認為這些女性「目光由謙卑垂視而含笑平視，由拘泥、守禮而活潑、自信，姿態鬆弛、隨意。」「至此，女性形象從端莊謙恭、卑微刻板，轉向自然活潑、無所拘束的過程大體完成。」〔註 29〕正是在這些「新女性」妙曼的身影中，服飾的革新與身體的自由以及心理的變化正在彼此相互輝映、相互證明中逐漸得到實現。

然而，我們還應該考慮的問題是：到底是什麼讓女性的身體通過服飾的改變得到顯露並獲得自由？是因為男性知識分子精英（如維新人士）的提倡嗎？還是國家政治的要求？抑或是「西學東漸」之風中西方女性服飾的影響？還是女性自身自發的推動？既是這一切，又不全是這一切。我們能找到一個既與這一切因素相關，又有別於這一切因素的推動女性改革向前躍進的原因，就是「時尚」。

時尚與女性的關係源遠流長。在語言體系中，針線活被稱為「女紅」，就可看到人們長久以來所認為的女性與時尚之間的強烈的關聯。喬安妮・恩特維斯特曾細緻地梳理了女性與「時尚」之間的聯繫：「服裝的製作，從原料配備到服裝樣式的改動，很大程度上都出自女子之手。」「女人是和編織、紡織活和時尚的觀念緊密聯繫在一起的，這些是『女人』的活計。」而且女性在時

〔註 29〕羅蘇文《女性與近代中國社會》，上海：上海人民出版社，1996 年，第 176 頁。

尚的消費中起到了「核心作用」〔註 30〕。然而，正因為與時尚的緊密聯繫，女性又同時被賦予了許多負面的、隱喻性的聯繫：「女人的特點和『無足輕重』的時尚緊緊相連」，「人們還逐漸將時尚與女性化和輕薄浮華聯繫起來」。「即使通常意義上華麗的服飾也是一種惡習，這種思想被混合進有關女人本質的概念中。」〔註 31〕從以上觀念的陳述上看，女性和時尚一起長期背負著許多難堪的惡名，而這一切都是男權強加而來的。

圖三　吳友如《海上百豔圖》中的居家女性（1880 年代）

選自《海上百豔圖》，（清）吳友如繪，長沙：湖南美術出版社，1998 年。

〔註 30〕（英）喬安妮·恩特維斯特《時髦的身體——時尚、衣著和現代社會理論》，郜元寶譯，第 103 頁，第 187 頁。

〔註 31〕（英）喬安妮·恩特維斯特《時髦的身體——時尚、衣著和現代社會理論》，郜元寶譯，第 185 頁，第 95 頁，第 189 頁。

圖四　丁悚《民國風情百美圖》中的滑冰場上的女性（1920 年代）

選自《民國風情百美圖》，丁悚繪，北京：中國文聯出版社，2004 年，第 81 頁。

如果一定要把女性和時尚捆綁在一起，我們寧可相信，長久以來被壓抑著的女性身體，正湧動著某種與時尚的本質一致的力量——「時尚」意味著不斷的變動、創新、否定、超越，對歷史和文化中一切巋然不動的觀念形成挑戰。而且，女性的時尚還隱含著極大的智慧，首先，它具有相容性，它吸取各方的力量為己所用，例如在晚清女性的服飾改革中，男性的、國家政治的、西方文化的力量都參與在其中；其次，它是尖銳的，它像女性手中的針和剪，將舊有的秩序撕破，並迅速確立自己的標準；再次，它是不動聲色的，時尚引領的改革既沉默又洶湧，「隨風潛入夜，潤物細無聲」，在不知不覺間，在人們還未來得及反應的時候，周遭已是一片新的天地。時尚的這些特性，在十九世紀末二十世紀初的女性服飾改革中得到了充分的體現。

先看看民國前後男性服飾的改革與女性服飾改革有什麼樣的區別。民國成立後，孫中山明令服飾改革，「凡我同胞，允易滌舊染之污，做新國之民。」〔註 32〕宣布廢除滿式服飾和纏足，提倡西服和天足。事實上，「改易西服」是就男性服飾而言，民國男性（尤其是官員和都市富庶之家的男性）流行頭戴禮帽、身著大衣、腳穿皮鞋、身佩懷錶、手持手杖，「西化」得很明顯，

〔註 32〕《臨時大總統關於限期剪辮致內務部令》，《中華民國檔案資料彙編》，第 2 輯，南京：江蘇人民出版社，1981 年，第 32 頁。

然而，官方對女性服飾的規定仍保留了明顯的晚清服飾的特點。例如女性的禮服：

> 女子禮服用長與膝及的對襟長衫，有領，左右及後下端開衩，周身得加以錦繡。下身著裙，前後中幅平，左右打褶，上緣兩端用帶。〔註33〕

就像當年滿清政府入關後規定女性服飾仍沿襲明制一樣，民國「官方」也沒有真正重視女性的服飾改革。然而，民間女性在使用禮服的場合併未採納官方的意思，例如在婚禮上，多數女性直接採取「拿來主義」，選擇了各種款式的西式婚紗代替中式禮服。如此「大膽」的違背官方服飾制度，正是「時尚女性」的先鋒所在。不僅是禮服，民國女性的日常服飾也悄然「西化」，在中式服裝外面罩上一件西式大衣，或者身穿中式服裝，卻燙著一頭捲髮，更為時髦的女性乾脆身著洋裝，在一些畫報和廣告上，甚至看到了身穿游泳衣的女性。以維新人士為首的精英知識分子提倡的服飾改革只給女性提出了一個空洞的口號，真正完成改革的卻是女性自己。民國前後女性既沒有聽從長期以來父親們（常常是通過母親）告訴她們的著裝方法，甚至也沒有聽從一心一意試圖挽救她們脫離苦海的精英兄長們的著裝意見，而是自己自主選擇了自己的著裝方式，通過完全地廢棄纏足、改變衣裝風格迅速地建立起新的時尚觀念。正是這種自主性，使得此時的時尚成為真正現代意義上的「時尚」，而民國女性服飾也由此進入了她的黃金時代。

民國女性服飾用「日新月異」、「目不暇接」來形容，絕不為過。自從女人的腳不再被重視後，女性身體其他部位的重要性顯示了出來。比如，人們去掉了滿清女性頭上沉重的飾物，開始注意頭髮本身，模仿西人的燙髮成為時尚；臉上的濃妝被拋棄，代之以淡淡的妝靨，顯露出個性各異的面龐；真正顯示女性身體從隱藏到顯露的過程的是20年代之後風行的旗袍。旗袍在此後的不同的時期都有較大的改良，每一次的改良都對解除身體的束縛至關重要。五四新文化運動後的所謂「冷嚴方正」的旗袍總體造型還是直線型，比較平正，毫無曲線可言，但袖子已退至肘部，下擺也升至膝部，胳膊和小腿都顯露出來，實現了身體的第一步自由。30年代的旗袍時興收腰，腰部纖細，胸部隆起，使身體曲線畢露。40年代的旗袍去掉了袖子，衣領降低，下擺升

〔註33〕轉引自《中國服飾通史》，陳高華，徐吉軍主編，第541頁。

到膝蓋以上，整個身體都顯得輕快簡潔〔註 34〕。在旗袍長達三十年的不斷改良的過程中，袖子或短或長，下擺或高或低，變化之快讓人目不暇接，但總體來說是盡力地在展示中國女性的身體的美麗，這也是旗袍獲得長久的生命力的原因。旗袍最具「革命性」的改良是側面的開叉，往往下擺越長，開叉越高，例如 30 年代的旗袍下擺長至腳背，開叉卻高至大腿中部以上，本被極端束縛的身體驟然間就得到了自由，服飾和身體獲得了奇妙的和諧與平衡。這一切「改革」都得益於「時尚」的推動，在「時尚」的掩護下，女性從身到心、從外到內的「改革」都進行得既「不動聲色」又「有聲有色」。

當我們現在再來回望那一段女性服飾的「花樣年華」，不得不感慨那個時候的服飾時尚是真正屬於女性的時尚：這是她們自己選擇的「時尚」，她們顯露自己的身體，抒發自己的心聲。而在此之前，她們為幾百年來不變的寬衣大袍和繁瑣細節束縛著，在此之後，她們的形象在政治的干擾下陷於前所未有的灰色和單調，又一次地集體性地墮入了身體盲視中。在服飾、身體和心靈都相對自由的現在，我們不得不仍然敬佩彼時女性在服飾改革中所顯露的勇氣和智慧。

二、張愛玲：作為作家的「衣服狂」

（一）文獻綜述

身體、自我、性別，這些大概就是我們研究張愛玲《傳奇》中的服飾描寫的著眼點。在關於張愛玲作品的連篇累牘的論著中，服飾描寫的研究一直是一個盲點。當然，對張愛玲本人對服飾的喜愛，傳記作家們都給予了非常的關注，在各種版本的「張愛玲傳」中，關於張愛玲的「奇裝炫人」一直是大家津津樂道的話題，大家都認為，對於張愛玲這樣一位喜歡穿自己設計的服飾、對服飾也有著特別的「研究」的作家，她的服飾之間的關係，似乎是不能繞開的話題。在諸本傳記中，余斌的《張愛玲傳》在這一方面相對落墨較多，她書中專闢一章「奇裝炫人」，羅列了不少張愛玲有關服飾方面的「逸事」，並談到了張對服飾的別具一格的鑒賞，她認為，張愛玲的衣服「對她不僅是衣服。於自己那是小規模的創造，是盡情的遊戲，是生活的藝術，是藝術的生活；於眾人，那是她個性、氣質、心境的流露，是她希望製造的效果。」

〔註 34〕參見黃能馥、陳娟娟《中國服裝史》，北京：中國旅遊出版社，1995 年；包銘新編著《中國旗袍》，上海：上海文化出版社，1998 年。）

「她敏於思訥於言，不善交際，但是她的衣著讓她『此時無聲勝有聲』，無言中亦自咄咄逼人。」〔註 35〕於青在《奇才逸女張愛玲》中把張愛玲對服飾的「別出心裁」的追求與她的作品風格聯繫了起來：「在色彩和款式的追求和愛好上，體現了與她的小說、散文同一格調的審美傾向，即中西結合，古今並舉。在大俗大土的色彩下，卻洋溢著古老文明才能薰陶出來的文化雅趣與韻味。」〔註 36〕胡辛《最後的貴族張愛玲》也有類似評論。這一類的論述將服飾與張愛玲的個性、氣質聯繫在一起，但對「作家」與「衣」之間的精神聯繫卻並不是很關心。尤為遺憾的是，即使對張愛玲的作品進行了一些文本分析，但對於小說中人物的服飾幾乎所有的傳記都沒有注意到，服飾與文本、人物之間的關係，更是未有提及。

傳記作家的遺漏之處，在一些學者對張愛玲及其作品的研究中得到了一定的彌補。在很多年以前，夏志清就注意到了服飾描寫對於張愛玲作品的重要性，如在論述張愛玲小說「意象的豐富」時曾提到：「張愛玲在《傳奇》裏所描寫的世界，上至清末，下迄中日戰爭；這世界裏面的房屋、傢俱、服裝等等，都整齊而完備。她的視覺的想像，有時候可以達到濟慈那樣華麗的程度。至少她的女角所穿的衣服，差不多每個人都經她詳細描寫。自從《紅樓夢》以來，中國小說恐怕還沒有一部對閨閣下過這樣一番寫實的工夫。」〔註 37〕孟悅在討論張愛玲小說的「意象化空間」時也提到：「在她作品中，從人物居室的布局和情調、傢俱、擺設、器皿、衣著，到日常出入的街道及場所，都佔有非常重要的地位。」它們共同構成了「人物的博物館」，「封存著人物沒有講出的生活史」，張愛玲便是從服飾與這些器物構成的「中國的生活形態去觀察時間」，從而體現出其「現代性」的〔註 38〕。孟悅論文的可貴之處，是她首先將張愛玲筆下的服飾與「現代性」聯繫到了一起，但她將人物的服飾與他們所處的居室、他們周圍的傢俱、器皿、擺設等置於同一思考空間，而未對其意義單獨加以甄別，也一定程度上模糊了服飾描寫的意義。但是，從這兩篇張愛玲研究的力作上，我們可以看到張愛玲作品中的服飾描寫可能蘊含著重要的意義，這些意義也有被發掘出來的必要。

〔註 35〕余斌《張愛玲傳》，桂林：廣西師範大學出版社，2000 年，第 197 頁。
〔註 36〕於青《奇才逸女張愛玲》，濟南：山東畫報出版社，1995 年，第 74 頁。
〔註 37〕夏志清《中國現代小說史》，上海：復旦大學出版社，2005 年，第 259 頁。
〔註 38〕孟悅《中國文學「現代性」與張愛玲》，《今天》，1992 年第 3 期。

將服飾與人物的性格發展、深層心理、精神世界聯繫起來討論的有許子東的論文《重讀〈日出〉、〈啼笑因緣〉和〈第一爐香〉》，他在談到張愛玲的《沉香屑‧第一爐香》的女主角葛薇龍的「墮落」時，看到了服飾對於薇龍性格、命運發展的重要性，他認為薇龍是一個「貪圖金錢虛榮而墮落」的人，小說中出現的「衣裙」和「手鐲」象徵了薇龍不斷膨脹的金錢欲和征服欲：「為了抓住（嫁給）喬琪喬，薇龍最終還是需要（而且不斷需要）司徒協的『手鐲』。」〔註 39〕另外還有兩位學者注意到了《沉香屑‧第一爐香》中服飾的重要性，臺灣學者水晶在《「爐香」嫋嫋〈仕女圖〉——比較分析張愛玲和亨利‧詹姆斯的兩篇小說》〔註 40〕中將薇龍的墮落歸於她「酷愛時裝」，但只是點到即止而已。宋明煒在專著《傳奇文學與流言人生——張愛玲的文學》中也提到了服飾的象徵意味，他認為小說中寫到的「薇龍一邊走一邊擰她的旗袍，絞幹了，又和水裏撈起的一般。」「這個情節。象徵著站在命運的轉折點上，薇龍徒勞的努力。」〔註 41〕結論似乎有點牽強，但作者已看到了服飾在小說中的地位。除了《沉香屑‧第一爐香》外，《紅玫瑰和白玫瑰》中的服飾描寫也是學者們的另一個關注點。萬燕在專著《海上花開又花落：解讀張愛玲》〔註 42〕中注意到這篇小說中的色彩的意味，提到王嬌蕊的服飾的「刺激的色調」意味著她「熱情」和「富有生命力」，她認為「張愛玲本意上就是著重從人物衣飾或皮膚等方面的色彩來塑造人物的」。雖然論述不多，但也見很給人啟發。

將張愛玲的多部小說同時放於「服飾」的框架下討論的是臺灣學者周芬伶，她在其著作《豔異——張愛玲與中國文學》中談到：「張愛玲偏愛服飾描寫，因為描寫衣服即描寫女人自身。」〔註 43〕她在書中專門設計了一小節「衣服」，將張愛玲筆下服飾描寫置於性別分析的目光中，討論了《鴻鸞禧》、《金鎖記》、《沉香屑‧第一爐香》等三部小說中的服飾描寫對於女性的象徵意義：

〔註 39〕許子東《重讀〈日出〉、〈啼笑因緣〉和〈第一爐香〉》，《文藝理論研究》1995 年第 6 期。

〔註 40〕水晶《「爐香」嫋嫋〈仕女圖〉——比較分析張愛玲和亨利‧詹姆斯的兩篇小說》，《替張愛玲補妝》，濟南：山東畫報出版社，2004 年。

〔註 41〕宋明煒《傳奇文學與流言人生——張愛玲的文學》，北京：三聯書店，1998 年，第 78 頁。

〔註 42〕萬燕《海上花開又花落》，南昌：百花洲文藝出版社，1996 年，第 201 頁。

〔註 43〕周芬伶《豔異——張愛玲與中國文學》，北京：中國華僑出版社，2003 年，第 277 頁。

她認為薇龍對服飾的沉迷意味著「囚禁女人的枷鎖不僅是房子、首飾，還又如影隨形的衣服」，長安「過度重視服飾的另一面正是漠視肉體或逃避肉體」，《鴻鸞禧》中的服飾描寫表明「男人是『生者』，女人則是『死者』」。這樣的觀點有很大的啟發性，但總的來說還是蜻蜓點水式的分析，因為「衣服」這一節的總字數只有千餘字，許多深層的內涵都未來得及進一步分析，這不能不說是一個遺憾。

此外，近年來還有少量關於張愛玲的服飾描寫的短文見諸於一些刊物，但大都分析不夠深入，影響不大，在此不再引述。

（二）「衣服狂」

「衣服狂」（clothes-crazy）是張愛玲給自己的名稱〔註 44〕。從她一生的經歷中，的確可以看到她對服飾有著超出常人的興趣。在她的回憶裏，美好的東西總是與服飾相聯，例如童年：

> 到上海，坐在馬車上，我是非常侉氣而快樂的，粉紅地子的洋紗衫褲上飛著藍蝴蝶。〔註 45〕

> ……還有這件衣服——不過我記得是淡藍色薄綢，印著一蓬蓬白霧。T 字形白綢領，穿著有點傻頭傻腦的，我並不怎麼喜歡，只感到親切。〔註 46〕

還有，關於母親的回憶，也常常與服飾相伴：

> 我最初的回憶之一是我母親立在鏡子跟前，在綠短襖上別上翡翠胸針，我在旁邊仰臉看著，羨慕萬分，自己簡直等不及長大。〔註 47〕

> 我母親和姑姑一同出洋去，上船的那天她伏在竹床上痛哭，綠衣綠裙上面釘有抽搐發光的小亮片子。〔註 48〕

張愛玲出生於曾經輝煌的大家族中，儘管到父親的一代時已經走向下坡路，但「百足之蟲，死而不僵」，在張愛玲的童年時期，父親的生活奢華考究，

〔註 44〕張愛玲在《對照記》中稱自己為「衣服狂」（clothes-crazy）。《對照記》，哈爾濱：哈爾濱出版社，2003 年，第 41 頁。

〔註 45〕張愛玲《私語》。

〔註 46〕張愛玲《對照記》，第 6 頁。

〔註 47〕張愛玲《童言無忌》。

〔註 48〕張愛玲《私語》。

家中人物繽紛多彩的服飾作為舊家族文化的一個重要部分，在聰慧的她的腦海裏留下了清晰的記憶。但好景不長，母親出國留洋，父親娶了後母，張愛玲的生活景況迅速跌落。中學時代她的衣服大都是後母穿剩的，「只有兩件藍布大褂是我自己的。在被稱為貴族化的教會女校上學，確實相當難堪。」〔註 49〕後母給的衣服有些領口都磨破了，尤其是有一件衣服，讓她始終不能忘記（圖五）：

> 永遠不能忘記一件暗紅色的薄棉襖，碎牛肉的顏色，穿不完地穿著，就像渾身都生了凍瘡，冬天已經過去了，還留著凍瘡的疤——是那樣的憎惡與羞恥。〔註 50〕

圖五　張愛玲穿著繼母給的舊衣服與姑姑的合影

她說，因為「後母贈衣」造成了一種特殊心理，「以至於後來一度 clothes-crazy（衣服狂）。」，選自《對照記》，張愛玲著，哈爾濱：哈爾濱出版社，2003 年，第 41 頁。

〔註 49〕張愛玲《對照記》，第 40 頁。
〔註 50〕張愛玲《童言無忌》。

後母「贈衣」嚴重地影響著她的心情、個性和生活態度，張愛玲很不快樂：「一大半是因為自慚形穢，中學生活是不愉快的，也很少交朋友。」〔註 51〕中學時期的國文老師汪宏聲印證了張愛玲的說法，他回憶道：

……唱到張愛玲，便見到最後一排，最末一個座位上站起一位瘦骨嶙峋的少女來，不燙髮（我曾加統計，聖校學生不燙髮者約占全數五分之一弱，而且大半上虔誠的基督教徒或預科生——小學高年級程度），衣飾也並不入時——那時風行窄袖旗袍，而她穿的則是寬袖——走上講臺來的時候，表情頗為板滯。我竭力讚美她文章寫得好，……而愛玲則仍舊保持著她那副板滯的神情。〔註 52〕

對於一個十幾歲的敏感的少女來說，穿著過時的舊衣服走在貴族女校的眾目睽睽之中，再是因為作文寫得好而得到老師的表揚，大約也是一件「羞恥」的事吧？張愛玲在教室中坐在最後一排、最末一個座位，並始終保持著那「板滯」的神情，大約也是一種防衛，遮掩著她內心的敏感和自尊。張愛玲也說，自己之所以成為「衣服狂」，正是「後母贈衣造成的特殊心理」〔註 53〕，但這種心理影響了她的一生。

直到到香港讀大學後，得了兩個獎學金，「覺得我可以放肆一下了，就隨心所欲做了些衣服，至今也還沉溺其中。」〔註 54〕雖然大學還沒有讀完就因戰事回到了上海，但上海時期的她聲名鵲起，迅速走紅，有了足夠的錢來買衣服，她的壓抑已久的「衣服狂」心理終於可以真正得到宣洩，服飾的熱情也隨心所欲地釋放出來了。她盡興地表達著自己的想像力和創造力，常常自己設計服裝，款式極其「特別」，看看她的弟弟張子靜的描述就可窺見一斑：

她的脾氣就是喜歡特別：隨便什麼事情總愛跟別人兩樣一點。就那衣裳來說罷，她頂喜歡穿古怪樣子的，記得三年前她從香港回來，我去看她，她穿一件矮領子的布旗袍，大紅顏色的底子，上面印著一朵一朵藍的白的大花，兩邊都沒有紐扣，是跟外國衣裳一樣鑽進去穿的，領子真矮，可以說沒有，在領子下面打著一個結子，袖子短到肩膀，長度只到膝蓋。我從沒有看見過這樣的旗袍，少不

〔註 51〕張愛玲《童言無忌》。

〔註 52〕汪宏聲《記張愛玲》，《張愛玲評說六十年》，子通、亦清主編，北京：中國華僑出版社，2001 年，第 16 頁。

〔註 53〕張愛玲《對照記》，第 41 頁。

〔註 54〕張愛玲《童言無忌》。

> 得要問問她這是不是最新式的樣子，她淡漠的笑道：「你真是少見多怪，在香港這種衣裳太普通了，我正嫌這樣不夠特別呢！」嚇的我也不敢再往下問了。我還聽說有一次，她的一個朋友的哥哥結婚，她穿了一套前清老樣子繡花的襖褲去道喜，滿座賓客為之驚奇不止，上海人真不行，全跟我一樣少見多怪。〔註55〕

張愛玲敢於穿著這些奇特的服飾外出、社交，所到之處每每引起轟動：「當時報刊上報導張愛玲的消息，也總要費些筆墨說說她的衣裝，小報不用說，更是大加渲染。通常只有電影明星的衣著才是人們感興趣的，而那一陣張愛玲風頭之健，隱然更在其上。她創下了一個文壇之最——從來沒有哪一位作家的服飾似這般聳人聽聞。」〔註56〕即使是時過境遷，後來的人在回憶張愛玲的時候，也對回憶她的服飾「情有獨衷」，例如，柯靈老人在「三十年後」再回憶張愛玲的時候，很多當時事情的細節都「已經在記憶中消失，說不清楚了」，但是對於張愛玲的服飾，還有非常清楚的記憶和描述〔註57〕。張愛玲遠走美國之後，她的「奇裝炫人」的身影逐漸淡出人們的視線，但少數幾次的出現，人們都對她的服飾充滿好奇。雖然老年時期的她服飾已「屬於保守派」〔註58〕，但只要是有機會接近她的人，似乎都是不可避免要對她的服飾費一些筆墨〔註59〕。總之，張愛玲作為「衣服狂」的形象貫穿著她的一生，她的服飾就像她的另一種形式的作品，使她同時以一位作家和一位「衣服狂」的身份，深深地銘刻在文學史當中。

（三）服飾描寫的文學性

在寫作中，張愛玲本人對服飾也是情有獨鍾，我們且先看看這些句子：

> 生命是一襲華美的袍，爬滿了蝨子。〔註60〕
>
> 服裝是隨身帶著的袖珍戲劇。〔註61〕

〔註55〕張子靜《我的姊姊張愛玲》，上海：學林出版社，1997年，第91頁。

〔註56〕余斌《張愛玲傳》，第192頁。

〔註57〕柯靈《遙寄張愛玲》，《滄桑憶語》，南京：江蘇文藝出版社，2005年。

〔註58〕莊信正《初識張愛玲》，《張愛玲評說六十年》，第190頁。

〔註59〕莊信正《初識張愛玲》，水晶《蟬——夜訪張愛玲》，戴文采《華麗緣——我的鄰居張愛玲》等文都描述過張愛玲晚年時期的服飾，見《張愛玲評說六十年》。

〔註60〕張愛玲《我的天才夢》。

〔註61〕張愛玲《童言無忌》。

我們各自生活在自己的衣服裏。〔註62〕

這是張愛玲所獨有的「張氏風格」的言論，它們很簡短，不經意地散佈在她的各種作品中，卻成為其中最為精妙的一筆。在這些充滿才情的言語中，我們可以直覺到服飾——生命之間的微妙的關聯：這是她對人的生活狀態的基本概括，也是她對人的生命本質的獨特認識。服飾之於她，早已遠遠超出了一女性愛美的天性的意義，某種程度上說，對服飾的選擇和處理，是她表達對社會、生活、生命的看法，是她選擇以什麼樣的姿態出現在世人面前的重要方式。正因為服飾對於張愛玲生命的重要，她的文本中才會處處出現充滿「意味」的服飾描寫，我們也才有可能通過這樣的服飾描寫更深刻地領會和瞭解她筆下的人物和作家本人。

通過服飾描寫來分析文學作品的方法早已有之，例如，針對《紅樓夢》中的服飾描寫，脂評裏有段極為精彩的評述：

寶琴翠羽斗篷，賈母所賜，言其親也。寶玉紅猩猩氈斗篷，為後雪披一襯也。黛玉白狐皮斗篷，明其弱也。李宮裁斗篷是多囉呢，昭其質也。寶釵斗篷是蓮青斗紋錦，致其文也。賈母是個大斗篷，尊之其詞也。鳳姐是披著斗篷，恰似掌家人也。湘雲有斗篷不穿，著其異樣行動也。岫煙無斗篷，敘其窮也。只一斗篷，寫得前後照耀生色。

以一件斗篷的式樣、色彩、質地、來歷的差異，來說明各個人物的興趣愛好、性格修養社會地位等方面的差異，含蓄、傳神又別致，區區一件斗篷，其作用卻勝過許多言語。在魯迅先生的小說中，也有一些「白描」式的服飾描寫，非常簡潔，但傳達的信息卻很豐富，如王富仁先生曾注意到孔乙己的「長衫」，他分析道：

孔乙己窮到無以為生的地步，仍不肯脫長衫。他輕視勞動，輕視勞動人民，極力維護著自己「讀書人」的體面，其思想根源都是封建等級觀念。封建科舉制度對他的思想毒害，集中表現在這種思想觀念上。〔註63〕

類似的分析可以說是挖掘出了服飾描寫的「文學性」，因為服飾描寫除了

〔註62〕張愛玲《更衣記》。

〔註63〕王富仁《中國反封建思想革命的鏡子——〈吶喊〉〈彷徨〉綜論》，北京：北京師範大學出版社，2000年，第34頁。

應體現人物所處的社會環境，他們的性格、心理特徵，還應提供深入他們的精神世界的途徑。通過服飾描寫，我們可以瞭解他們的痛苦和喜悅、夢想和追求，探究到了人物的獨特的精神狀態，以及這種精神狀態的成因。具體到張愛玲的小說，可以發現其中的服飾描寫不僅體現人物的性格特徵、精神世界，而且強烈地介入到了文學作品的諸種構成要素之中（人物塑造、情節推動、環境渲染、象徵系統等等），成為作品不可缺少的一個組成部分。《傳奇》中的許多篇章如果少了其中的服飾描寫，人物形象就會變得乾癟許多，甚至小說情節無法順利地往前發展，小說的魅力也就大打折扣。我們不能想像這個「衣服狂」的作品中沒有服飾描寫的情形，如果是這樣，張愛玲也就不是張愛玲，《傳奇》也就不是《傳奇》了。

選擇《傳奇》〔註 64〕中的小說作為分析的對象，是因為這本小說集彙集了張愛玲的最好的作品，裏面的小說也張愛玲影響最大的作品，這大概是公認的事實。另外，還因為張愛玲寫作《傳奇》的時間，正好是她最為「奇裝炫人」的時期，生活中的「衣」與文本中的「衣」發生一些互相動，大概也是不可避免的。論文的題目為「人與衣」，就是想通過「衣」來看「人」——小說中的人（人物）和現實中的人（作家）；其中，小說中的「人」分別從「女人」和「男人」兩個角度來討論，這構成了論文的前面三章的內容；第四章討論作家與「衣」，是通過服飾來看取張愛玲的精神世界的嘗試。研究張愛玲這樣一位以描寫女性為主的作家和她的小說，性別分析的方法大概是無法避免的，因此，尤其在分析女性人物的時候，性別分析的色彩較為明顯；但就表現人類普遍性的痛苦而言，張愛玲又是一位「超性別寫作」的作家，因此，有些地方也可能會越過性別分析的界線。總的來說，因為論文的研究對象是小說中的服飾描寫、人物和作家，最重要的是要儘量地貼近文本，力求在文本中的服飾描寫的語言和細節的基礎上，通過朦朧的、細緻的、直接的感悟，品味到其中所傳達的精神狀態和生命意識，進而進行理性的分析和意義的追問。如果說有什麼「方法」的話，這就是本文所採取的「研究方法」。

在本文的論述中，「衣」即為「服飾」。在開始正文之前，有必要對「服飾」一詞作一界定。根據日本學者山內智惠美的說法，「服飾」的內容包括：

〔註 64〕本文選擇的版本是《傳奇》增訂本，上海：山河圖書公司，1946 年。本文所引用的小說中的語句均出自此版本，後文不另作注釋。

1. 服

（1）頭部：帽子、頭巾、冠、冕等

（2）軀幹：衣、裳（裙、褲），外衣、內衣等

（3）足部：鞋、襪

（4）手部：手套

2. 飾

（1）化妝：胭脂、粉、髮油、香水等

（2）飾物：釵、簪、墜兒、環、鐲、項鍊、戒指、眼鏡、髮卡等

（3）髮型：長髮、短髮，直髮、燙髮，髻等

（4）身體的改革：纏足、束胸、文身、穿耳、整容等

（5）衣服上的飾物：胸花、巾、帶、手帕等〔註65〕

〔註65〕山內智惠美《20世紀漢族服飾文化研究》，西安：西北大學出版社，2001年，第1頁。

第一章　人物論：女人與衣（一）

服飾描寫出現在小說中，自然是與人物的關係最為緊密。正如張愛玲所說：「衣服是一種言語，隨身帶著的一種真戲劇。」〔註 1〕服飾如同靜默的言語，訴說著著裝者的所思所想；服飾又像不出聲的戲劇，著裝者在人們面前表演著他們的悲喜哀樂。在現實生活中，我們從孩童時代起就開始學習著裝的規則和禁忌，在許可的範圍內不斷發現自己喜歡的色彩、款式、紋理、質地，既要發揮自己的個性，又要符合社會的規範。如果穿著自己喜愛的並且是合適的衣服，我們會在人群中安閒自在、遊刃有餘，如果在某個場合中穿著自己厭惡的衣服或者著裝不當，我們會感到尷尬和無所適從。服飾無時不刻地將我們的內心與社會聯繫到一起，它本身就是個體與群體、自我與他人、私人與公眾等多重關係的交匯點，它隨時隨地都在揭示著在這些關係中的人的精神世界。正如羅蘭．巴特所說，服飾可以被當作「符號」來對待，「一面是樣式、布料、顏色，而另一面是場合、職業、狀態、方式，或者我們可以進一步將其簡化為一面是服裝，另一面是世事。」〔註 2〕因此，服飾描寫是一種可能到達人物內心深處的途徑。通過人物的服飾來瞭解人物的精神世界，分析他們的意識和潛意識，不管是在小說中還是在現實生活中，都是一種可行之計。

在這最初的一章裏，我們將分析《傳奇》中的女性與服飾之間的關係，我們有理由相信，與她們如影隨形的服飾在隱藏她們的身體的同時，又已經

〔註 1〕張愛玲《童言無忌》。

〔註 2〕（法）羅蘭．巴特《流行體系——符號學與服飾符碼》，敖軍譯，上海：世紀出版集團，2000 年，第 24 頁。

在不知不覺中洩露了她們的內心。

一、「衣冠不整」與「嚴裝正服」：兩種女人

《紅玫瑰與白玫瑰》在張愛玲的《傳奇》中有著提綱挈領的意義，因為她惟有在這篇小說裏涉及了女性類別的劃分：「紅玫瑰」和「白玫瑰」——在男主人公佟振保／男性的眼中，分別對應著「熱烈的情婦」和「聖潔的妻」。然而，對於身為「衣服狂」的女性作家張愛玲來說，小說中的服飾描寫卻很可能隱含著、洩露著另一些隱蔽的實事：張愛玲以不同女性人物的服飾風格的描寫，以她們如何通過服飾面對身體、自我、他人、社會的方式，解構著佟振保／男性眼中的兩類女性的傳統內涵，又不斷以她的／女性的眼光，為她們填充著新鮮的意義。

張愛玲筆下最大膽的女人要數《紅玫瑰與白玫瑰》中的王嬌蕊，因為只有她敢在「衣冠不整」的情況下與陌生人見面。她第一次與佟振保見面時的裝束是這樣的：

> 內室走出一個女人來，正在洗頭髮，堆著一頭的肥皂沫子，高高砌出雲石雕像似的雪白的波卷鬈。……一件條紋布浴衣，不曾繫帶，鬆鬆合在身上，從那淡墨條子上可以約略猜出身體的輪廓，一條一條，一寸寸都是活的。

然後他們一起吃飯，但嬌蕊並未改變她的裝束：

> 她做主人的並不曾換件衣服上桌子吃飯，依然穿著方才那件浴衣，頭上頭髮沒有乾透，胡亂纏了一條白毛巾，毛巾底下間或滴下水來，亮晶晶綴在眉心。

見面與吃飯的地點是嬌蕊家的客廳和飯廳，與「內室」相比，這兩個地方顯然屬於「公共空間」，在普通人看來，嬌蕊的穿著多少有點「不合時宜」，「非但一向在鄉間的篤保深以為異，便是連振保也覺稀罕」，但她自己並不這樣認為，仍然談笑風生、應付自如。第二次見面，她仍然保持了自己的著裝風格：

> 她穿了一件曳地長袍，是最鮮辣的潮濕的綠色，沾著什麼就染綠了。……衣服似乎做得太小了，兩邊迸開一寸半的裂縫，用綠緞帶十字交叉一路絡了起來，露出裏面深粉紅的襯裙。

在自己的家裏，嬌蕊沒有必要穿隆重的禮服，顯然，這件「曳地長袍」

並不是類似於禮服那樣的「正裝」，而是更接近於睡袍那樣的便服，也是不適宜在公共空間出現的。他們第三次見面的時候，嬌蕊乾脆身著一件睡袍出現在振保眼中：

> 她不知可是才洗了澡，換上一套睡衣，是南洋華僑家常穿的紗籠布製的襖褲，那紗籠布上印的花，黑壓壓的也不知道是龍蛇還是草木，牽絲攀藤，烏金裏面綻出橘綠，襯得屋子裏的夜色也深了。

在其他的時候，嬌蕊同樣的「衣冠不整」：

> 她一隻手拿起聽筒，一隻手伸到肋下去扣那小金核桃鈕子，扣了一會，也並沒扣上。
>
> 她扭身站著，頭髮亂蓬蓬地斜掠下來……
>
> 剛才走得匆忙，把一隻皮拖鞋也踢掉了，沒有鞋的一隻腳便踩在另一隻的腳背上。

這是很有意思的現象，幾乎嬌蕊的每一次出現在振保面前，都是處於「衣冠不整」的服飾狀態下，換言之，她的著裝程序並沒有完全完成：頭髮沒有梳好，鞋沒有穿好，紐扣沒有扣上。尤其是衣服，無論是浴衣、長袍還是睡衣，其實都接近於貼身內衣的性質，她幾乎是穿著內衣與一個陌生男子共處一室。

衣服與身體的關係緊密，而內衣尤其如此。一個女子穿著貼身的衣服來面對一個男子，其中的意味是曖昧而複雜的。內衣不能隨便在外人面前顯露，這是中國古已有之的傳統。在一切日常的生活中，尤其是男女交往之中，服飾應該如《禮記》中所記載的那樣：「冠勿免，勞勿袒，暑勿褰露。」即使是在勞動和暑熱之中也要注意服飾的齊整，切勿「衣冠不整」、裸露身體。內衣在古代被稱做「褻衣」，即暗示著內衣與女性身體之間的替代性關聯，如果看到女性的內衣，即使對其身體的褻瀆。正如王政所指出的那樣：「在中國民俗中，女衣是女身的象徵，男子得到了女子的貼身衣，那就意味著他和她發生了『私情』。」〔註3〕《紅樓夢》中寶玉和襲人、晴雯都曾互贈衣服和腰帶，以表現彼此間的好感和親密；戲子蔣玉涵為了向寶玉示好，送給他自己貼身的汗巾子（即繫內褲的褲帶），而這條「茜香國女王所貢」的汗巾子，又是喜歡他的北靜王送給他的。可見，貼身的衣服（或對象）含有「情」和「性」的色彩，讓對方擁有自己的貼身服飾，意味著身體上和精神上雙重的親密、交付、信任和依賴。

〔註3〕王政《女衣——女身的象徵》，《東南文化》，1997年。

王嬌蕊以一身「衣冠不整」的裝容出現在振保面前，她的服飾正洩漏著內心隱秘的愛情。對她而言，服飾是別致的情感性的語言，不管振保怎樣看她，她已經以她自己的「服飾語言」向他表明了自己的好感和信賴，儘管這一切都可能是發生在潛意識中，直到最後振保發現了她對自己的愛：

> 他在午飯的時候趕回來拿大衣，大衣原是掛在穿堂裏的衣架上的，卻看不見。他尋了半日，著急起來，見起坐間的房門虛掩著，便推門進去，一眼看見他的大衣鉤在牆上一張油畫的畫框上，嬌蕊便坐在圖畫下的沙發上，靜靜地點著支香煙吸。

王嬌蕊以這種別致的方式實現了與佟振保的相互「贈衣」，此刻的她暫時地佔有了振保的衣服，同時也暫時地擁有了他的身體、他的愛情。

貼身的衣服使得身體處於半裸的狀態中，而半裸的身體常常被認為比全部裸露的身體更性感〔註4〕。在振保眼中，「衣冠不整」的嬌蕊意味著性感和引誘，因此在嬌蕊面前，他經常是心猿意馬的：嬌蕊頭髮上的肥皂沫子濺在他的手背上，「他不肯擦掉它，由它自己乾了，那一塊皮膚便有一種緊縮的感覺，像有張嘴輕輕吸著它似的。」嬌蕊身上的浴衣鬆鬆地繫在身上，在他看來「一條一條，一寸寸都是活的」；嬌蕊洗頭後頭髮掉在地上，他「把瓷磚上的亂頭髮一團團揀了起來，集成一嘟嚕」，「把它塞進褲袋裏去」，「只覺得渾身燥熱」。振保覺得自己的舉動很「可笑」，然而正是這個「可笑」的行為洩露了他內心的情感——正像嬌蕊愛上了他一樣，他也愛上了她，因為「贈髮」有著與「贈衣」類似的意味。中國人自古以來就認為頭髮受之於父母，不可以隨意處置它，如果要斷髮，必是在下大決心之時，如《紅樓夢》中的司棋以剪髮表示自己終身不嫁侍奉賈母，而如果把頭髮送給對方，則是表明自己從身到心對對方的忠誠。如果得到了對方的頭髮，當然應該視之為珍寶好好保存，因為其中所包含的正是對方深厚的「情」與「義」。振保希望擁有嬌蕊的頭髮，正像嬌蕊希望擁有他的衣服那樣，實現身體和情感雙重的收穫。振保的內心有這樣的渴望：如果眼前這個尤物真正屬於自己，那該多好。但是，理智告訴他，保存一個女人的頭髮的行為是「可笑」的，他「又把那團頭髮取了出來，輕輕拋入痰盂。」——這個「棄髮」的行為暗示了振保最終會拋棄嬌蕊。

〔註4〕（美）珍妮佛・克雷克《時裝的面貌》，舒允中譯，北京：中央編譯出版社，2004年，第163頁。

儘管他們已經完全地實現了「贈衣」的寓意——彼此佔有了對方的身體和情感，但振保認為嬌蕊是「娶不得的女人」，在她為愛情勇敢地（然而是天真地）向前跨出一大步的時候，他卻退卻了。他斷然離開了她，娶了他的妻子——一個與嬌蕊完全不同的另一類型的女人——孟煙鸝。

與嬌蕊相反，大部分的情況下，煙鸝的著裝是整齊的：

> 初見面，在人家客廳裏，她立在玻璃門邊，穿著灰地橙紅條子的綢衫，可是給人的第一個印象是籠統的白。……風迎面吹過來，衣裳朝後飛著，越顯得人的單薄。

「籠統的白」，這是煙鸝給人的第一印象——實際上，她始終都給人這樣的印象，雖然在小說中她從來沒有穿純白色的衣服。與嬌蕊第一次見到振保所穿的「條紋布浴衣」相比，她的「灰地橙紅條子的綢衫」色彩更為鮮豔，質地也更為貴重。但不管穿什麼樣的衣服，她總是「白」的：

> 臉生得寬柔秀麗，可是，還只單覺得白。
>
> ……雪白的肚子，白皚皚的一片。
>
> 燈下的煙鸝也是本色的淡黃白。
>
> ……她的白把她的周圍的惡劣的東西隔開，像病院裏的白屏風，可同時，書本上的東西也給隔開了。
>
> 結了婚八年，還是像什麼事都沒有經過似的，空洞白淨，永遠如此。

很顯然，煙鸝的「白」意味著空洞、乏味、無內容、沒有自我。如果把服飾看作是一種自我塑造的方式的話，她的白，正源自於長久以來的著裝方式：「嚴裝正服」，一切都按照社會的、他人的、男性的理想來塑造自己，把自己變成一個最合乎規矩的、然而是毫無想像力和缺乏自我意識的女性。——或者說，煙鸝的著裝風格是「被」塑造成的，她被要求著按照他人的理想來自我塑造，從很小的時候，就是如此：

> 煙鸝進學校十年來，勤懇地查生詞，背表格，黑板上有字必抄，……在中學的時候就有同學的哥哥之類寫信來，她家裏的人看了信總說是這種人少惹他的好，因此她從來沒有回過信。

在娘家時，煙鸝是標準的好女兒；結婚後，是個標準的好妻子，替嫖妓的丈夫護短，對家裏的僕人做小伏低。她的「嚴裝正服」的著裝風格反映著她慣常的思維方式和行為方式：盡力做著一個「美麗嫻靜」的，「最合理想」

的太太，盡力成為一個符合傳統的「妻子」的角色規範的女人。因此，煙鸝在這個家中僅有的意義是一個「妻子」之名——只是作為一個符號存在，這個符號作為家庭結構中必要的一個成分，使她的丈夫有一個他一輩子孜孜以求的「對」的世界；對於她自己，則僅僅是一個意味著空虛和寂寞的空洞的名稱而已。丈夫從新婚之時就「對她的身體並不怎樣感到興趣」，隨著時間的推移，「對於一切漸漸習慣了之後」，認為她「變成一個很乏味的婦人」，此後，他開始宿娼。她再無可能使丈夫關心自己的身體，更無可能指望他關心自己的內心，她變成了一個名副其實的「空洞能指」。

服飾的確是一種「符號」：「衣冠不整」的王嬌蕊代表著性感，而「嚴裝正服」的孟煙鸝代表著乏味；嬌蕊的性感，是因為他認定她是個「不守規矩」的「娶不得」的女人，而煙鸝的乏味，是因為他不滿於她的中規中矩，毫無想像力和刺激性。這就是煙鸝身上的「悖論」：她既是一個「娶得」的、「理想」的太太，同時又是一個讓丈夫「不滿」的女人。她的命運，幾乎代表了任何一個「對」的家庭婦女的注定的命運：先被塑造，然後被拋棄。

煙鸝也偶有「衣冠不整」的時候，那是在浴室（一個私密性極強的所在）裏，她以便秘（一種難以訴說的、鬱結性的、不雅的、令人羞慚的疾病）為名長時間地待在浴室裏，「一坐坐上幾個鐘頭」，「只有在白色的浴室裏她是定了心，生了根」，她看自己雪白的肚子，看自己肚臍變來變去的各種形狀。——關於她的身體的這些微小的變化，小說中有字數不少的一段篇幅來描寫，這個看起來很無聊的行為在煙鸝自己的體會中，卻彷彿是喜悅的、令她好奇的、值得探究的，她似乎是在發現著、感受著、親愛著自己的身體，只有在這個時候，她那寂寞的身和心才能感受到一點點來自她自己的愛，而在別的時候，她的身體永遠都是孤寂的，而精神永遠是空白、一無所有。

如果我們想一想煙鸝的處境，想一想她長時間地獨處於浴室中，褪去身上的衣服研究自己身體的情形，就會發現她內心湧動著的、壓抑著的瘋狂。長期的寂寞、長期的被漠視、長期的被困於家中，她的單薄身體和脆弱的精神一天一天地被時光層層消蝕著，變成沒有人的氣味的空洞的「白」色。她偶而發作的一次瘋狂也迅速偃旗息鼓——那是她唯一的一次「出軌」，與一個裁縫私通，卻被精明的丈夫發現了。「裁縫」這個角色身份的設計無比巧妙，因為正是一個「裁縫」才是一個可能真正瞭解她的身體的人。他通過為她測量身體，為她做一件合體的衣服，儘管可能達不到對她的真正的瞭解，但即使是一點點對她的身體的真實的尊重和探詢，也能讓她撫平一些內心的瘋狂。但是，她終究是個怯弱的「好」女人，她沒有勇氣爆發自己的瘋狂和憤怒，她只是悄悄觀察著丈夫，「大約認為他並沒有什麼改常的地方，覺得他並沒有起疑，她也就放心下來，漸漸地忘了她自己有什麼可隱藏的。」瘋狂像燒盡的火柴一樣在瞬間閃耀了一下，她又回到了單調的「白」的生活中。不能把她比做「閣樓上的瘋女人」〔註5〕，瘋女人尚且能使她的丈夫（既是家族的又是性別的控制者）感到對她的瘋狂和憤怒的恐懼，而她已經自己消化掉了內心的瘋狂和憤怒，因而也喪失了令人恐懼的能力。她只能使她的丈夫更加厭惡她，而她自己也更加顯得病態和卑微。

如果說張愛玲曾經給自己作品裏的女性進行過分類的話，就是在這篇《紅玫瑰與白玫瑰》裏，但她是以男性的視角、同時又是調侃男性的口吻來談的：

> 振保的生命裏有兩個女人，他說一個是他的白玫瑰，一個是他的紅玫瑰。一個是聖潔的妻，一個是熱烈的情婦——普通人向來是這樣把節烈兩個字分開來講的。
>
> 也許每一個男子全都有過這樣的兩個女人，至少兩個。娶了紅玫瑰，久而久之，紅的變了牆上的一抹蚊子血，白的還是「床前明月光」；娶了白玫瑰，白的便是衣服上沾的一粒飯黏子，紅的卻是心口上一顆朱砂痣。

「紅玫瑰」、「白玫瑰」，這是振保這個男人從自己的男性本位出發對周圍的兩個女人的簡單的分類而張愛玲卻在借用這兩個名稱的同時，又通過對她們服飾的描寫把新的內涵填充在這兩個名稱中——「紅」為破壞陳規，「白」為恪守規矩。如果把服飾看作是福柯所謂的「規訓」的話，就會瞭解任何時代的「服飾規則」其實都是權利擁有者對管理對象的身體的約束，而通過對「身體運作的微妙控制」，實現對管理對象的舉止、行為、態度的控制，某種程度上說，服飾規則也是一種「權利的個體化技巧」〔註6〕。服飾規則與行為

〔註5〕美國學者吉爾伯特和古芭在她們的專著《閣樓上的瘋女人：女作家與十九世紀的文學想像》中，認為《簡·愛》中的男主人公羅賈斯特是權力的中心，被關了閣樓上的他的前妻伯莎·梅森內心壓抑的瘋狂就是女性（女作家）反抗和叛逆男性權力的象徵。《閣樓上的瘋女人：女作家與十九世紀的文學想像》，耶魯大學出版社，1979年。

〔註6〕福柯《言與文》，轉引自《身體經驗與自我關懷——福柯的生存哲學研究》，

規則常常是相互聯繫著的，破壞服飾規則同時也意味著破壞行為規則。

紅玫瑰王嬌蕊顯然是個「不守規矩」的女人，她的服飾總是處於「衣冠不整」的狀態下（圖六），她尚未完全按照「服飾規則」來裝扮自己，或者，她刻意地不按照服飾規則來裝扮自己（她曾經對振保說：「你不是喜歡我穿規規矩矩的中國衣服麼？」但她大多數的情況下她的穿著都不夠「規矩」）。張愛玲巧妙地為她設計了一個「華僑」的背景，使她在情理上可以免受中國式的衣冠禮節的約束，但實際上，她是個自由、率性的人，她按照自己的意願穿衣，她的穿著很明顯地突出了她的自我精神。「嚴裝正服」的服飾規則與她的夢想——追求真正的愛，這愛情是違反道德規範的——是相悖的，或者說，一個在父權制社會中安分守己、恪守規則的女性是不該有什麼夢想的，而一個女人要實現夢想，就必須要破壞父權制的服飾／行為規則。相反，煙鸝是個地地道道的中國傳統家庭婦女，她的著裝象徵著她對行為規範的認同的遵從，她沒有夢想，或者說，她最大的夢想就是討好丈夫：「她愛他，不為別的，就因為在許多人之中指定了這一男人是她的。」相反，即使是在家中，她的著裝大部分情況下也是嚴裝正服（圖七）。她一直在兢兢業業地做著一個「好」女人該做的一切，她一直試圖做一個好學生、好女兒、好妻子、好母親，她是標準的中國傳統要求的「無我」的女性。

張愛玲顯然是處處都在把這兩個女人對照著來寫的，看看下表所顯示的她們的服飾的一些對比：

	紅玫瑰	白玫瑰
風格	「衣冠不整」	「嚴裝正服」
款式	浴衣、睡衣、長袍	家常旗袍、衫
色彩	綠色、暗紫藍、烏金、橘綠、金色	灰地橙紅、白地小花、黑色
圖案	淡墨條子、印花草木	橙紅條子
布料	條紋布、紗籠布、喬其紗、綢	綢
飾物	雞心項鍊、緬甸佛頂珠環	無

在任何一方面，嬌蕊的服飾比煙鸝的都要豐富，尤其是在色彩上，煙鸝是簡單的灰、白、黑（「灰地橙紅條子」是指衣料的主色為灰色，條形圖案為橙紅色），嬌蕊的色彩富於變化，尤其是她的顏色本身就是幾中顏色的調和，

《浙江大學學報》2000 年 8 月）

更顯示出多種層次。嬌蕊的所有衣服中，給人印象最為深刻的是她那件「曳地長袍」：

> 她穿了一件曳地長袍，是最鮮辣的潮濕的綠色，沾著什麼就染綠了。她略略移動了一步，彷彿她剛才所佔有的空氣上便留著個綠跡子。衣服似乎做得太小了，兩邊迸開一寸半的裂縫，用綠緞帶十字交叉一路絡了起來，露出裏面深粉紅的襯裙。那過分刺眼的色調是使人看久了要患色盲症的。也只有她能若無其事地穿著這樣的衣服。

圖六　「衣冠不整」的王嬌蕊

選自《張愛玲畫話》，止菴、萬燕著，天津：天津社會科學院出版社，2003年，第72頁。此圖是張愛玲為自己的小說手繪的插圖。

圖七　「嚴裝正服」的孟煙鸝

從這兩副張愛玲本人的手繪圖中也可發現她們二人氣質上的不同。選自《張愛玲畫話》，止菴、萬燕著，天津：天津社會科學院出版社，2003年，第82頁。此圖是張愛玲為自己的小說手繪的插圖。

「衣如其人」，這件長袍最能顯示嬌蕊的個性，從顏色——無人敢穿的鮮辣潮濕的綠色——來看，她是自信的、大膽的、率性的、勇敢的，這種「沾著什麼就染綠」的色彩還包含著一種感染力、開放性、一種爭取的主動性和奪人眼目的生命力。同時，她的「若無其事」的穿著中也還包含著一種天真，「以為只要她這方面的問題解決了，別人是絕無問題的。」她以為自己可以改變自己的命運，但現實卻往往不符合她的理想。但她的天真也是可愛的，正如振保所想的：「嬰孩的頭腦與成熟的婦人的美是最具誘惑性的聯合。」

總之，嬌蕊的生命力是頑強的，在愛情失敗、夢想破滅後，她毅然離開了那懦弱的愛人，自己頑強地活了下來。多年之後當振保與她再次相遇時，面對淡然的她，忍不住眼淚滔滔而下。這是嬌蕊生命力的勝利，而這種生命力，業已在她的服飾的反叛性和豐富性中體現無遺。大概也正是因為嬌蕊有這些特點，振保要叫她為「紅」玫瑰——所有的顏色中最為奪目的、耀眼的色彩，儘管其實她在小說中從來沒有穿過紅色。

同樣，煙鸝也沒有穿過純白色，但她總是給人「籠統的白」的印象，這種最不引人注目、平凡的色彩，與她平時的中規中矩的著裝一起，揭示了她有著與嬌蕊正好相反的特點：不自信、不自由、無知、怯懦。煙鸝的服飾從色彩到款式都很難給人留下印象——她整個人的形象無論是在振保心中還是在文本中，漸漸褪色、縮小，幾近於無。張愛玲似乎在通過她們服飾的不同來暗示：一個「不守規則」的求夢女性恰恰是內涵豐富的、充滿吸引力的、極具生命力的，而一個恪守規則毫無夢想的女性卻只能淪為空洞乏味的「符號」。振保雖然沒有娶嬌蕊，卻多年來都對她魂牽夢縈；雖然與煙鸝結合，卻視之為無物，他的選擇和感受反諷性地證明了張愛玲在這兩類女性身上所賦予的深刻含義。

《傳奇》中的女性，幾乎都可以歸入紅玫瑰和白玫瑰這兩個類型中。那些試圖改變自己的命運的女人，或多或少具有一些紅玫瑰的特徵：葛薇龍（《沉香屑·第一爐香》）、白流蘇（《傾城之戀》）是正當年華、蠢蠢欲動的紅玫瑰，薇龍姑媽（《沉香屑·第一爐香》）、曹七巧（《金鎖記》）是曾經滄海、年華已逝的紅玫瑰；那些在日常生活中逐漸變得麻木、瑣碎、乏味的小姐太太們，都帶著白玫瑰的影子：吳翠遠（《封鎖》）、鄭川嫦（《花凋》）、邱玉清（《鴻鸞禧》）、姜長安（《金鎖記》）、愫細（《沉香屑·第二爐香》）是消磨著青春和生命的年輕的白玫瑰，龐太太、王太太、奚太太那一大群無所事事、整日相互抱怨的太太們（《等》）都是已經老去的白玫瑰。如果想像一下她們的歷史、現在和未來，或許她們每一個人都曾經既是紅玫瑰，又是白玫瑰，既具有紅玫瑰的某些特徵，又帶有白玫瑰的一些品性，紅玫瑰和白玫瑰的特點以不同的比重分布在她們每個人的身上；在不同的時期，她們也可能會發生角色互換，這個時候她是紅玫瑰，另一個時候，她又變成了白玫瑰。

二、衣裙和手鐲：攻守之戰

在張愛玲 1943 年正式登上文壇後的第一篇小說《沉香屑・第一爐香》中，服飾就已經顯示了它非凡的意義。在這之前，張愛玲也發表了一些作品，如《霸王別姬》、《牛》等等，陳子善先生還考證出了她的「處女作」應該是《不幸的她》〔註 7〕，但我更願意認為《沉香屑・第一爐香》是張愛玲的「處女作」（之前的作品只是她的「習作」），像許多其他天才的作家一樣，他們的剛剛拋出的第一部作品往往是代表他們最高成就的作品之一（例如魯迅、曹禺），《沉香屑・第一爐香》雖不及後來的《傾城之戀》、《金鎖記》那樣技巧圓熟，但它無疑是張愛玲最好的小說之一，正是從這部小說起，張愛玲開始了她輝煌的「傳奇」時代。也正像所有的「處女作」一樣，雖然略嫌青澀，但卻最有可能反映著作家對世界和人生的看法和思考。

在《沉香屑・第一爐香》中，服飾極其深刻地參與到了情節發展和人物的心理變化之中，可以說，如果不仔細分析其中的服飾描寫，簡直不能很好地理解小說的人物、結構和主題。先來看看可以給人啟發的俄國批評家普洛普的《民間故事的形態學》，他在書中提到：「敘事功能是敘事結構的基本要素，正是敘事功能之間的相互關係，構成了基本的結構類型。」他為敘事作品概括了三十一項敘事功能：離家、禁止、違禁、偵察、圈套、依從、誘拐、勒索、驅趕、囚禁等等〔註 8〕，《沉香屑・第一爐香》至少符合其中這幾項：

離家：葛薇龍離開家庭向姑媽（梁太太）求助，以便得以在留在香港繼續念書；

偵察：薇龍與姑媽相互試探；

圈套：姑媽將薇龍留下並籠絡她；

依從：薇龍聽從姑媽意見，與各色人物交際，並嫁給喬琪喬；

誘拐：司徒協、喬琪喬等人引誘薇龍；

囚禁：薇龍留在姑媽家，「等於賣了給梁太太和喬琪喬」，「不是替喬琪喬弄錢，就是替梁太太弄人。」

在這些敘事功能的基礎上增加、減少或擴展、縮略一些功能，便可以構成《傳奇》其他的小說的功能，可以說，作為「處女作」的《沉香屑・第一爐

〔註 7〕陳子善《天才的起步——略談張愛玲的處女作〈不幸的她〉》，《說不盡的張愛玲》，上海：上海三聯書店，2004 年。

〔註 8〕羅鋼《敘事學導論》，昆明：雲南人民出版社 1994 年，第 21 頁～49 頁。

香》為張愛玲後來的小說提供了一個基本的結構。上述敘事功能構成了這部小說的骨幹，而服飾在每一項功能中都是至關重要的，既推動著情節的發展，也在人物心理變化中不動聲色地起到關鍵性的作用。

表面上看，這部小說是一個個人悲劇，一個關於女性「墮落」的故事——葛薇龍因「貪圖金錢虛榮而墮落」〔註 9〕，或因「對那紈絝子弟、花花公子喬琪喬不可思議的盲目癡迷」而「自甘墮落」〔註 10〕。而如果換個角度來看，這不僅是「一個人」的故事，也是其他女人的故事；不僅是一個關於「墮落」的小說，也是關於抗爭的小說。小說中關於服飾描寫的篇幅很多，每一款服裝、每一件飾物都美輪美奐：姜汁黃朵雲縐旗袍、瓷青薄綢旗袍、夜藍縐紗包頭、高跟織金拖鞋、朱漆描金折枝梅木屐、燦燦精光的金剛石手鐲……共同織就了一個絢爛華美的服飾世界。然而，絢爛華美只是小說的表層，在故事深處卻是另一番景象：危機四伏、烽煙四起，你來我往、機關算盡——每一件服飾都意味著微妙的交鋒。簡言之，這是一場圍繞服飾進行的戰爭，戰爭雙方打頭陣的是兩位女性：葛薇龍和她的姑媽梁太太。

像許多二十世紀初期的女學生一樣，薇龍把人生目標設計為「個人奮鬥」式的一生，她要憑藉自己的力量改變自己的命運。小說的開始，薇龍來到姑媽家試圖討要生活費和學費，就是為了好好讀書，完成在香港的學業。然而，僅僅是在三個月後，她就由「個人奮鬥」變成了「沉淪墮落」，其間的既巨大又微妙的心理變化與服飾息息相關。

薇龍第一次發現服飾的「不對勁」是在她家的女用人陳媽身上：

> （陳媽）穿著一件簇新藍竹布罩衫，漿得挺硬。人一窘，便在藍布褂裏打旋磨，擦得那竹布淅瀝沙啦響。她和梁太太家的睇睇和睨兒一般的打著辮子，她那根辮子卻紮得殺氣騰騰，像武俠小說裏的九節鋼鞭。薇龍忽然之間覺得自己並不認識她，從來沒有用客觀的眼光看過她一眼——原來自己家裏做熟了的用人是這樣的上不得臺盤。

薇龍貌似「客觀」的眼光其實已經帶上了很強的主觀色彩，就是因為之前曾經在梁太太家作過短暫的停留，她下意識地開始把陳媽與梁家的用人睇

〔註 9〕許子東《重讀〈日出〉、〈啼笑因緣〉和〈第一爐香〉》，《文藝理論研究》1995 年第 6 期。

〔註 10〕陳暉《張愛玲與現代主義》，廣州：新世紀出版社，2004 年，第 1 頁。

睇和睨兒進行對比，後者是甜甜膩膩的「糖醋排骨之流」，相比之下，陳媽自然「殺氣騰騰」、「上不得臺盤」了。陳媽穿的「藍竹布罩衫」其實薇龍並不陌生，她在學校長期穿的制服就是「翠藍竹布衫」。「竹布」是一種平紋棉布，因其價格低廉，多為平民和貧窮家庭所用，自然是與富貴人家所鍾愛的紗、綢、緞不能同日而語的。薇龍僅僅是在幾天前在梁家打了個轉，就已經不由自主地受到了梁家「淫逸空氣」的影響，自己給自己抬高了身價。她自己也沒有意識到，還沒有正式走進姑媽的門，她就已經不是從前的她了。——服飾如此精微地表現了人物的心理變化。

薇龍自以為是清醒、精明的，幾天前在姑媽家的頭一次會面中，她一邊發現了姑媽名不虛傳的「壞名聲」：「如今看這情形，竟是真的了，我平白來攪在渾水裏，女孩子家，就是跳到黃河裏也洗不清！」一邊又告誡自己：「只要我行得正，立得正，不怕她不以禮相待。外頭人說閒話，盡他們說去，我念我的書。」但姑媽是比她老練得多的「有本領」的人，她給薇龍設計的圈套是不動聲色的：

> 梁太太道：「你有打網球的衣服麼？」薇龍道：「就是學校裏的運動衣。」梁太太道：「哦！我知道，老長的燈籠褲子，怪模怪樣的，你拿我的運動衣去試試尺寸，明天裁縫來了，我叫他給你做去。」便叫睨兒去尋出一件鵝黃絲質襯衫，鴿灰短褲；薇龍穿了覺得太大，睨兒替她用別針把腰間折了起來。

在不經意間，姑媽通過貶低薇龍過去的衣服否定了她的過去（包括她過去的理想），並通過為她設計新的衣服設計了她的未來——成為一個像她一樣的人，以身體和美色換取金錢，一個「小號」的梁太太。此刻的薇龍在意識中還在「暗暗擔著心事」，考慮怎樣哄騙父親，而那絲質襯衫柔滑的質地和柔和的色彩已經悄無聲息地在她的心中扎下根來，當她再來看本來極熟悉的穿著「藍布褂」的陳媽時，就免不了要另換一種「眼光」了。

在薇龍和姑媽之間，一直有著微妙而激烈的戰爭：姑媽要拉攏薇龍，就要「進攻」，要她徹底成為自己的奴隸，徹底臣服鬼界法則；薇龍則要「抗爭」，爭取利用姑媽的錢「好好念書」，實現她的「個人奮鬥」之夢，抵抗女性以身體換取物質的命運。而在這進門之前的第一個回合中，薇龍就已敗北，——儘管她並未完全意識到。

第二個回合發生在來到梁家的第一天，雖然薇龍憑直覺感到姑媽家是個危險的地方，並且她如林黛玉進賈府般的時時小心，步步在意，自以為「行得正，立得正」，卻在這第一個夜晚就一頭鑽了進梁太太為她精心設計的圈套——衣櫥中：

> 薇龍打開了皮箱，預備把衣服騰到抽屜裏，開了壁櫥一看，裏面卻掛滿了衣服，金翠輝煌，不覺咦了一聲道：「這是誰的？想必是姑媽忘了把這櫥騰空出來。」她到底不脫孩子氣，忍不住鎖上了房門，偷偷的一件一件試著穿，卻都合身，她突然省悟，原來這都是姑媽特地為她置備的。家常的織錦袍子，紗的，綢的，軟緞的，短外套，長外套，海灘上用的披風，睡衣，浴衣，夜禮服，喝雞尾酒的下午服，在家見客穿的半正式的晚餐服，色色俱全。一個女學生哪裏用得了這麼多？薇龍連忙把身上的一件晚餐服剝了下來，向床上一拋，人也就膝蓋一軟，在床上坐下了，臉上一陣一陣的發熱，低聲道：「這跟長三堂子裏買進一個討人，有什麼分別？」坐了一會，又站起來把衣服一件一件重新掛在衣架上，衣服的肋下原先掛著白緞子小荷包，裝滿了丁香花末子，薰得滿櫥香噴噴的。
>
> ……薇龍一夜也不曾合眼，才合眼便恍惚在那裡試衣服，試了一件又一件。毛織品，毛茸茸的像富於挑撥性的爵士樂；厚沉沉的絲絨，像憂鬱的古典化的歌劇的主題歌；柔滑的軟緞，像《藍色多瑙河》，涼陰陰的匝著人，流遍了全身。才迷迷糊糊盹了一會，音樂調子一變，又驚醒了。樓下正奏著氣喘吁吁的倫巴舞曲，薇龍不由想起壁櫥裏那條紫色電光綢的長裙子，跳起倫巴舞來，一踢一踢，淅瀝沙啦響。想到這裡，便細聲對樓下的一切說道：「看看也好！」

之所以不厭其煩地將原文引下，是因為這一夜的「衣櫥經驗」對小說的情節發展和薇龍心理的變化來說實在太重要了。如果說上一次姑媽讓薇龍試穿運動服只是「小試牛刀」的試探的話，這一次的「金翠輝煌」的衣櫥就是一個華麗的圈套、一個美麗的引誘、一次溫情的腐蝕、一次強大又凌厲的全面的宣戰。那一排排款式不同、質地上乘的衣裙就是姑媽的秘密武器，它們將薇龍的防線層層剝落，終於以溫情的面目尖銳地刺中了薇龍的身體。儘管薇龍的意識中清楚地知道這些衣服的真正含義：「這跟長三堂子裏買進一個討人，有什麼分別？」然而夢境之中的她還是禁不住一件一件地試穿那些衣服。再也明顯不過的是，夢境中的薇龍與現實中的薇龍是合二為一的，那些服飾如富貴、柔美、高雅的音樂般浸潤著她的整個身心，她將來可能擁有的「一般女孩子們所憧憬著的」物質生活已在她眼前徐徐展開，並已開始在服飾的暗示下（毛茸茸的、厚沉沉的、古典性的、挑撥性的、憂鬱的、柔滑的……）感受那將要到來的豐富的、多彩的、複雜的、不再單調的生活。薇龍在意識中不能認同這一切，因此她在夢境中接受了這些誘惑，決定安心地住下來「看看也好」。這一次的「衣櫥體驗」，象徵著薇龍將要向姑媽屈服，象徵著她將把自己的身體和靈魂都交到一個「女魔鬼」的手中（薇龍覺得姑媽家是個「鬼氣森森」的世界，下文還會論述到姑媽的「鬼」性）。

經過這次「衣櫥體驗」後，薇龍「兵敗如山倒」，「在衣櫥裏一混就混了兩三個月」，與各色人物交際，給姑媽當幌子，幫她吸引年青人。薇龍一邊做著這些，一邊打著自己的小算盤：夜裏念書念到天亮，還悄悄計劃著找一個「合適的人」，幻想著「遇到真正喜歡我的人，自然會明白的，決不會相信那些無聊的流言。」幻想著在她和姑媽的這場較量中有朝一日能反敗為勝。然而她既然已經來到了這裡，姑媽手中的繩索只會越套越緊——不僅是姑媽，還有其他的男性，他們齊打夥地一起對她實施誘拐。姑媽與薇龍之間的第三次較量發生在一個雨夜，這一次，她還有一個同夥——老情人汕頭搪瓷大王司徒協，他們試圖降伏薇龍的武器是一隻飾物——「金剛石手鐲」：

> 車廂裏沒有點燈，可是那鐲子的燦燦精光，卻把梁太太的紅指甲照亮了。……薇龍托著梁太太的手，只管嘖嘖稱賞，不想喀拉一聲，說時遲，那時快，司徒協已經探過手來給她戴上了同樣的一隻金剛石鐲子，那過程的迅疾便和偵探出其不意地給犯人套上手銬一般。薇龍嚇了一跳，一時說不出話，只管把手去解那鐲子，想把它硬褪下來。……

手鐲如手銬，假如薇龍接受了它，就意味成了姑媽的「犯人」，一生都被拷住，不得解脫，而她自己則將永遠出賣自己的身體，靈魂卻無所皈依。薇龍非常明白這隻手鐲的分量，她暫時地將手鐲收下，小心翼翼地放在衣櫥中，尋思著找機會「想法子還給他」，但內心的驚懼就像當晚翻山攪海的風雨那樣狂暴，讓她「在床上翻來覆去，煩躁得難受」。正因為內心的驚懼，連大自然都草木皆兵起來：滿山醉醺醺的樹林所散發出騰騰「殺氣」，連「吹進來的風也有些微微的腥氣」。事實上，這「殺氣」不是來自山林，而是來自身旁的姑媽。她明白司徒協不會無緣無故送她一份這樣的厚禮，「他不是那樣的人」，

「他今天有這一舉，顯然是已經和梁太太議妥了條件。」薇龍已經看見姑媽帶著一蓬一蓬的殺氣向自己步步逼近，「梁太太犧牲年青女孩子來籠絡司徒協，不見得是第一次。她需要薇龍作同樣的犧牲，也不見得限於這一次。」她開始意識到，在這場「戰爭」中，自己不是姑媽的對手，她想到了逃跑：「唯一推卻的辦法是離開這兒。」

然而，「三個月的工夫，她對這裡的生活已經上了癮了」。這三個月，正是薇龍「混」在衣櫥的三個月：「她得了許多穿衣服的機會：晚宴，茶會，音樂會，牌局。」那一排排不同款式的衣服把她領到了色彩各異的物質生活中，讓她「穿也穿了，吃也吃了，交際場中，也小小地有了些名了；普通一般女孩子們所憧憬著的一切，都嘗試到了。」但同時，也把她的意志一點一點地腐蝕掉了。當初「好好讀書」的打算被「活到哪裏算哪裏」的消極所替代，想找個「合適的人」的計劃也由於姑媽「橫裏殺將出來」而擱淺。經過了這個「殺氣騰騰」的「手鐲事件」後，已經無力逃跑的薇龍決定把自己交給花花公子喬琪喬。而喬琪喬並不是薇龍的振救者，他是男性中的梁太太，他先引誘、然後又拋棄了她：「薇龍，我不能答應你結婚，我也不能答應你愛，我只能答應你快樂。」他玩世不恭、事無忌憚地剝削著薇龍的身體、蹂躪著她的情感。他也是梁太太的同謀者，他們共同謀劃並期待著薇龍成為他們共同的奴隸。

薇龍最後向梁太太的「投降」也是以她對手鐲的態度的轉變為標誌的：

> 薇龍垂著頭，小聲道：「我沒有錢，但是……我可以賺錢。」梁太太向她飄了一眼，咬著嘴唇，微微一笑。薇龍被她激紅了臉，辯道：「怎麼見得我不能賺錢？我並沒問司徒協開口要什麼，他就給了我那隻手鐲。」

當葛薇龍徹底接受手鐲的時候，就是她徹底「敗北」、徹底向姑媽臣服的時候：她接受了手鐲、衣服——衣櫥裏的一切，接受了喬琪喬、司徒協——向她索取身體的一切男性，接受了姑媽為自己設計的角色——以身體換取金錢。她自己也成了他們的同夥，與他們一起殘酷地踐踏著自己的身體、青春、尊嚴、生命，終至一無所有。

從薇龍把自己的身體交付給衣櫥裏的服飾的同時，也把自己的靈魂放逐到了「無邊的荒涼，無邊的恐怖」之中。她的未來也變成了「不能想，想起來只有無邊的恐怖」。她時時刻刻都在提醒自己不要上當，然而，當她深陷衣櫥的時候，她「新生的肌肉深深地嵌入了生活的柵欄裏，拔也拔不出」了。應該說，薇龍的墮落是清醒的——唯其清醒，更覺可怖，在這篇小說裏，最可怕的不是讀者看見她的墮落，而是她自己眼睜睜地看著自己被服飾誘惑、控制和毀滅。

在張愛玲的眼裏，現實生活與薇龍那裝滿華美服飾的衣櫥是具有某種同質性的：

> 衣櫥裏黑洞洞的，丁香末子香得使人發暈。那裡面還是悠久的過去的空氣，溫雅、悠閒、無所謂時間。

散發著薰人氣息的衣櫥是一個美麗、充滿誘惑、然而卻致命的圈套，象徵著那「肮髒，複雜，不可理喻的現實」，表面極為絢爛，實質卻無比荒涼。像薇龍這樣的女性自踏出家門，就注定會走向「無邊的荒涼，無邊的恐怖」的命運，彷彿身不由己地踏入了充滿毒水的泥潭，眼睜睜看著自己的潰爛和墮落，身心滿是創痛。張愛玲寫薇龍的悲劇，不是因為對她個人失望，而是因為對現實失望，對人、尤其對女人的終極命運感到悲涼。葛薇龍的悲劇之所以成為悲劇，不是因為她個人「自甘墮落」，而是因為她是在奮鬥之時的墮落、抗爭之後的頹敗、飛昇之後的下墜，因此才顯得格外驚心和悲涼。她始終在與自己的內心作戰，在堅守理想和向現實妥協、在她希望成為和不願意變成的那個人之間作戰，但她注定要成為一個戰敗者。同時，她也始終在與另一個女人作戰，這個女人要把她變成她不願意成為的那個人，而這個女人是她的親人。這悲涼中的悲涼。——在張愛玲的筆下，女性被男性壓迫的命運是一種常態，也不是她的創舉，她的驚人之處，是善於寫女性之間的戰爭，這樣的戰爭常常發生在家庭之內、至親之間，在不經意間，一個女人死在了另一個女人的殺人不見血的刀下，——這樣的模式，貫穿於整部《傳奇》之中。

三、黑色服飾：「瘋人」和「女鬼」

薇龍想依靠自己的力量改變命運，卻被命運所改變，這似乎是所有「紅玫瑰」的結局。薇龍是年輕的，她將來的命運會怎樣？在她自己想來，只是「無邊的恐怖」。然而，如果看看另外兩個已經老去的「紅玫瑰」，便會知道這種「恐怖」會以怎樣的形式呈現出來。

梁太太（薇龍姑媽）和《金鎖記》中的曹七巧便是將來的紅玫瑰的寫照，不妨將她二人作一次對比性的「互讀」：她們和薇龍、流蘇一樣，都是以年輕的身體換取一個物質上「可靠」的將來。一個嫁給軟骨病人，一個嫁給高齡老翁，她們都戴上了「金鎖」，金錢對於她們來說是讓她們安心生活的靠山，但更是將她們身心禁錮、不得自由的枷鎖，她們本來年輕的、富於情感的心逐漸枯萎，變成了一片荒地、一口枯井、一個怎麼填也填不滿的溝壑。她們「永遠不能填滿心裏的饑荒」，那黃金枷鎖不僅封鎖了自己，還用那「沉重的枷角劈殺了幾個人，沒死的也送了半條命。」正如傅雷評價《金鎖記》時所說的：「情慾的作用，很少像在這件作品裏那麼重要。」「愛情在一個人身上不得滿足，便需要三四個人的幸福與生命來抵債。」〔註 11〕其實這樣的評價不僅適用於曹七巧，也同樣適用於梁太太。雖然《沉香屑・第一爐香》中作為「配角」的梁太太是一個拖薇龍下水的一無是處的「壞」女人，但她對情感的渴求和匱乏都不壓於曹七巧，只要想想七巧經歷過多少愛與恨，就能想像梁太太曾經有過多少滄桑往事。她們之間所不同的是對待「情慾」的方法，曹七巧以「禁慾」的方式壓抑情慾，而梁太太是以「縱慾」的方式宣洩情慾，曹七巧最後變成了一個「瘋人」，梁太太變成了一個「女鬼」。

《沉香屑・第一爐香》通過薇龍在姑媽家生活的三個月的時間表現一老一少兩個紅玫瑰的生活，她們之間幾十年的空白正好是由七巧嫁到姜家後的三十年的時間來填補的。如果《沉香屑・第一爐香》是在空間中展現紅玫瑰的物質和精神狀態，《金鎖記》則是在時間上展現了一個涉世未深的女子是怎樣變成一個害人害己的「瘋子」的。這個過程，可以通過七巧服飾三十年來的變化看得很清楚。七巧第一次出現在讀者眼前時，是這樣的裝扮：

> （七巧）一隻手撐著門，一隻手撐了腰，窄窄的袖口裏垂下一條雪青洋縐綢手帕，身上穿著銀紅衫子，蔥白線香滾，雪青閃藍如意小腳褲，瘦骨臉兒，朱口細牙，三角眼，小山眉……

參看張愛玲幾十年後由《金鎖記》改編的《怨女》，可以知道銀娣／七巧是個很喜歡打扮、且善於打扮自己的人，她看見家中女眷臉上「擦得猴子屁股似的」，「她猜是北邊規矩」，覺得「鄉氣」。七巧與銀娣的服飾是一樣的「窄袖，小褲腳管」，《怨女》中指出這種的款式正是當時「時興的式樣」（圖八）。七巧衣衫上的「線香滾」也是當時時髦的滾邊方法：在衣服的邊緣窄窄地滾上一條邊，取代了早年曾經大為流行的「大鑲大滾」。服飾的顏色有銀紅（淺

〔註 11〕迅雨《論張愛玲的小說》，《張愛玲評說六十年》，子通、亦清主編，北京：中國華僑出版社，2001 年。

於大紅色的一種紅色）、蔥白（白中略微帶青的顏色）、雪青（青白色）、閃藍如意（褲子上有藍色如意圖案，隨著布料的飄動，能產生色彩變幻的效果，稱「閃」）〔註 12〕，色彩的精心搭配既明朗又富於層次感，衣衫的主體顏色「銀紅」透出年輕女性的心底的溫情來。如果要以一種顏色來形容此時的七巧的話，可以說，她還處於「紅」色時期，這時的她剛嫁到姜家幾年的時間，有了兩個孩子，軟骨病的丈夫使她對婚姻極端失望，然而，越是感情匱乏，就越是需要感情的溫暖，內心的情慾像紅色的火山岩漿在她心中湧動著。她愛上了自己的小叔子姜季澤，認為「命中注定她要和季澤相愛」，只要看見他，就總是「不由自主地」要接近他，但季澤「抱定了宗旨不惹自己家裏的人」，對她若即若離，她被弄得「心裏發煩」，以令人討厭的方式招惹著別人，結果換來更多的厭惡。此時的七巧是是情感上的匱乏者，她的痛苦是想愛而不能愛，同時她又是情慾的奴隸，她被紅色的情慾控制著、煎熬著，她的內心空虛而焦慮，需要很多很多的愛來填滿。

十年後，守了寡的七巧終於迎來了她嫁到姜家後「一切幻想的集中點」——分家的日子，這一天，她的穿著是這樣的：

> 七巧穿著白香雲紗衫，黑裙子，然而她臉上像抹了胭脂似的，從那揉紅了的眼圈兒到燒熱的顴骨。

她穿得很素淨，白衣黑裙，孝服似的，但內心的焦急和興奮並未被掩飾住，從那抹了胭脂似的臉上流露出來。這一時期，可以說是七巧的「白」色時期，對愛情的狂想轉化為對金錢的渴望，服飾也從鮮明豔麗轉變為肅穆森然。這一次，她以肅穆的裝束出現在眾人眼前，既要讓別人從她的肅穆中感受到她的爭取的力量，也是用這種肅穆來堅定自己的決心：一定要不遺餘力地獲取金錢。十年來，「她戴著黃金的枷鎖，可是連金子的邊都啃不到」，今天她終於可以得到一點實在的東西了。她用她那「沙沙有聲，直鋸到人耳朵裏去」的聲音抗議著季澤「搶奪」她的財產，親手掐死了對這個自己唯一愛過的人的最後一點愛，除了金錢之外，她真的變得一無所有了。親情、愛情如潮水般退去，蒼白堅硬的岩石露了出來，此後，她的心徹底變成了白色的荒漠，

〔註 12〕本文中對於服飾的款式、色彩、布料、質地等的解釋參考了以下書籍：（清）李斗《揚州畫舫錄》，北京：中華書局，1960 年；（清）徐珂《清稗類鈔》；沈從文《中國古代服飾研究》；周汛、高春明編《中國衣冠服飾大典》；常莎娜《中國織繡服飾全集》，天津：天津人民美術出版社，2004 年；包銘新《近代中國女裝實錄》，上海：東華大學出版社，2004 年；等等，後文不再另作注釋。

在自己的冰冷的家中一分一秒地度過漫長的年月。

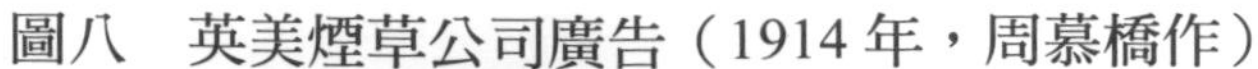
圖八　英美煙草公司廣告（1914 年，周慕橋作）

圖中著褲裝的女性應與曹七巧的打扮類似，其他女性仍然穿著晚清時期的馬面群，她的窄袖和小褲管是當時很時髦的款式。選自《最後一瞥：老月份牌年畫》，上海：上海書報出版社，2003 年，第 21 頁。

即使單調的生活和荒蕪的心靈都變成了白色，七巧還是愛著季澤的。在《怨女》中，有一段精彩的服飾描寫恰如其分地刻畫出了她的這種心情：

> 躺在煙炕上，正看見窗口掛著的一件玫瑰紅夾袍緊挨著一件孔雀藍袍子，掛在衣架上的肩膀特別瘦削，喇叭管袖子優雅地下垂，風吹著胯骨，微微向前擺蕩著，背後襯著藍天，成為兩個漂亮的剪影。紅袖子時而暗暗打藍袖子一下，彷彿怕人看見似的。過了一會，藍袖子也打還它一下，又該紅袖子裝不知道，不理它。又時候又彷

佛手牽手。它們使她想起她自己和三爺。

玫瑰紅夾袍和孔雀藍袍子，在藍天麗日的映照下，顯得美麗、和諧、充滿情趣，這是七巧在蒼白的生活中對美好生活和情感的一點點幻想。但即使如此美麗，金錢也沒能讓位於情感，當季澤來到她家向他「示愛」時，那愛的「光輝」以及那「細細的音樂，細細的喜悅」也沒能讓她甩脫黃金枷鎖，當她發現季澤不過是要騙取她的錢財時，她「暴怒」地趕走了他。為了金錢，她按捺住自己的情感，「迸得全身的筋骨與牙根都酸楚了」。在她的「白」色時期，她是金錢的奴隸。

長期的情感上的匱乏和壓抑終於使七巧變成了一個古怪、乖戾、變態的「瘋人」。在她的黃金枷鎖裏，她不僅自己瘋了，還用那「沉重的枷角劈殺了幾個人」。小說中有兩處用「瘋人」二字來形容老年時期的曹七巧：「七巧有一個瘋子的審慎與機智」，「世舫直覺地感到那是個瘋人」。她出現在女兒的未婚夫童世舫眼前的裝扮，尤其像個瘋子：

> 世舫回過頭去，只見門口背著光立著一個小身材的老太太，臉看不清楚，穿一件青灰團龍宮織緞袍，雙手捧著大紅熱水袋，身旁夾持著兩個高大的女僕。門外日色昏黃，樓梯上鋪著湖綠花格子漆布地衣，一級一級上去，通入沒有光的所在。世舫直覺地感到那是個瘋人——無緣無故的，他只是毛骨悚然。

「青灰團龍宮織緞袍」的「宮織緞袍」是用宮廷特製緞子或仿造宮緞製成的袍子，「團龍」是古代只可出現在帝王服飾上的圖案，它象徵著地位、權利和威嚴，袍子是「青灰」色（即灰黑色），強化著這種權威感。這是七巧的「黑」色時期，此時的她是自己家的主人，財富的擁有者和絕對控制者，但這個家庭的所有人都生活在一團黑暗之中，黑暗腐蝕著她日漸孤獨的靈魂，也讓她的兒女都成了不健康的人。她的家是「一級一級沒有光的所在」，一個陰鬱的、黑暗的、沒有光明、沒有夢想、沒有希望的地方。

曹七巧的服飾變化正是她一生的寫照：顏色上，紅——白——黑，色彩從鮮豔到灰暗；款式上，從年輕時的明朗、時尚，到老年時的肅穆森然，暗示著她的生命一點一點地變得枯萎、灰暗。她創造了一個黑暗的世界，自身也被「一級一級」流放到了「沒有光的所在」。正如夏志清所說的那樣，她的生命的悲劇「引起我們的恐懼與憐憫」，「事實上，恐懼多於憐憫」〔註13〕。

〔註13〕夏志清《論張愛玲》，《張愛玲評說六十年》。

「黑色服飾」意味著曹七巧的整個生命都跌入了「沒有光」的黑暗之中。如果把黑色服飾的「瘋人」形象對照一下曹七巧年輕時期的一個服飾意象，就更能理解夏志清所說的「恐怖」：

> 她睜著眼睛直勾勾朝前望著，耳朵上的實心小金墜子像兩隻銅釘把她釘在門上——玻璃匣子裏蝴蝶的標本，鮮豔而悽愴。

小金墜子釘著的「蝴蝶標本」是七巧生命狀態的生動寫照，儘管那時七巧被禁錮著，但年輕的她仍然是「鮮豔」的，有著活潑的生命欲望，而此時，這個「鮮豔」的蝴蝶在經過了歲月的侵蝕之後，仍然被小金墜子釘在那裡，但已經風乾、枯萎，變得醜陋、讓人不忍目睹。「蝴蝶標本」的前後對比，只能讓人產生恐怖之感。

梁太太其實也是一樣。如果說《沉香屑‧第一爐香》讓我們感到「恐怖」，不僅僅是因為我們看到了薇龍這樣一個「花季少女」被毀滅的故事，還因為梁太太用黃金枷鎖殺人殺己的故事更強化了這種「恐怖」感，這兩條線索一明一暗，織就了故事的恐怖氛圍。在小說中，梁太太地一次出現在讀者的面前的時候就是「一身黑」，她早已經進入她的「黑色時期」了。但她的「黑」還與曹七巧的「黑」有所不同，七巧是壓抑的、令人窒息的「黑」，而她則如同黑暗中半睜著一雙不安份的、攫取的眼睛的黑獸，她的「黑」是與一種動物性的「恐怖」聯繫在一起的。不妨看看她與薇龍第一次見面時的裝扮：

> 汽車門開了，一個嬌小個子的西裝少婦跨出車來，一身黑，黑草帽檐上垂下綠色的面網，面網上扣著一個指甲大小的綠寶石蜘蛛，在日光中閃閃爍爍，正爬在她腮幫子上，一亮一暗，亮的時候像一顆欲墜未墜的淚珠，暗的時候便像一粒青痣。那面網足有兩三碼長，像圍巾似的兜在肩上，飄飄拂拂。
>
> ……畢竟上了幾歲年紀，白膩中略透青蒼，嘴唇上一抹紫黑色的胭脂，是這一季巴黎新擬的「桑子紅」。薇龍卻認識那一雙似睡非睡的眼睛……美人老去了，眼睛卻沒有老。

梁太太的「一身黑」的服飾暗示了她的處境其實與七巧的並沒有本質上的不同。若有不同，也只是她們的生存方式，七巧是壓抑情慾，在不知不覺中劈殺他人；而梁太太則是放縱情慾，故意以犧牲別人來捕捉快樂。實際上，薇龍在與姑媽第一次見面時，就已經從她的裝束中感受到了她的「殺氣」：「一身黑」的衣服、黑色的飄拂的面紗給人以美麗、神秘、難以琢磨的感覺，面網上的「指甲大小的綠寶石蜘蛛」更暗示了姑媽身上的「毒性」，嘴唇上紫黑的胭脂像將乾未乾的血跡，更顯詭譎狠毒——這是一隻美麗的毒蜘蛛。薇龍總是不由自主地將她與危險、狠毒的動物聯繫在一起，通過她手上的道具、她身邊的環境感受到這一點：姑媽拿著扇子時，感到「扇子裏篩入幾絲黃金色的陽光，拂過她的嘴邊，正像一隻老虎貓的須，振振欲飛。」「……仙人掌，正是含苞欲放，那蒼綠的厚葉子，四下裏探著頭，像一巢青蛇，那枝頭的一撚紅，便像吐出的蛇信子。」另外，與曹七巧不同的是，這隻毒蜘蛛、老虎貓、毒蛇不僅狠毒，而且還很浪蕩。薇龍第二次見到她時，看到的是這樣的梁太太：

> 梁太太不端不正做在一張金漆交椅上，一條腿勾住椅子的扶手，高跟織金拖鞋蕩悠悠地吊在腳趾尖，隨時可以啪的一聲掉下來。她頭上的帽子已經摘了下來，家常紮著一條鸚哥綠包頭，薇龍忍不住要猜測，包頭底下的頭髮該是什麼顏色的，不知道染過沒有？

美人已經老去，但心還沒有老。鸚哥綠的包頭掩飾著歲月的痕跡，蕩悠悠的高跟織金拖鞋又洩露出無所謂式的放蕩。梁太太是個「不端不正」的人，一個徹底的「物質主義者」，年輕時就不聽兄弟們的勸告，「獨排眾議，毅然嫁了一個年逾耳順的富人，專候他死。他死了，可惜死得略微晚了些——她已經老了；她永遠也不能填滿心裏的饑荒。」「她需要愛——許多人的愛」，她得到愛的方法格外殘忍——利用薇龍這樣的年輕女子為她勾引男性，再利用這些男性填補內心的饑荒。薇龍曾經覺得自己像《聊齋誌異》裏的「書生」，參照這個說法，梁太太就像是傳說中的吸血鬼，以別人的血來填補內心的饑荒。也因為此，她那擦滿蔻丹的手指總被寫成是「血滴滴」的：

> 梁太太正擦完蔻丹，尖尖地翹著兩隻手，等它乾。兩隻雪白的手，彷彿才上過梭子似的，夾破了指尖，血滴滴的。
>
> 梁太太一面笑，一面把一隻血滴滴的食指點住了薇龍……

嘴唇上的血，指頭上的血，梁太太就是這「鬼界」裏面的「吸血鬼」，她的家是個「鬼氣森森」的世界。她的豪華宅第像一座「大墳山」，那「巍巍的白房子，蓋著綠色的琉璃瓦，很有點像古代的皇陵。」事實上，只要來到這個「鬼界」，不管是哪個女性，都會變成「女鬼」。臺灣學者唐文標早就指出，《沉香屑・第一爐香》就是一篇「鬼話」：「說一個少女，如何走進『鬼屋』裏，被吸血鬼迷上了，做了新鬼。『鬼』只和『鬼』交往，因為這世界既豐富又自足的，不能和外界正常人能通有無的。」〔註14〕薇龍是「新鬼」，另外兩個比她早到的鬼，她們連名字都被梁太太改了——睇睇和睨兒，名字本身就飽含著「風情、窺視、奪取」的意味。這個鬼影幢幢的世界既美麗又腐朽，一切真善美的東西都不存在，每個人都和梁太太一樣是醉生夢死的「物質主義者」，無休無止的享用金錢，無休無止地放縱縱慾望，靈魂卻陷入無邊無際的空虛之中。

曹七巧和梁太太，一個變成了「瘋人」，一個變成了「女鬼」，這就是一個紅玫瑰可能的將來。不妨來想像一下葛薇龍、白流蘇三十年後的命運，薇龍一定會是另一個梁太太，流蘇很有可能在她丈夫范柳原「把他的俏皮話省下來說給旁的女人聽」之後，變成另一個曹七巧。有一點是可以肯定的是，薇龍所感受到「無邊的荒涼，無邊的恐怖」，一定是大部分紅玫瑰最後的結局。

四、服飾的賭博：身體換物質

紅玫瑰們都是試圖改變自己的命運的女人，與白玫瑰相比，她們更具有主動性和行動能力。如果說紅玫瑰身上有什麼可愛地方，就是她們身上的這種與命運抗爭的「力」的顯現，她們不甘心做白玫瑰，不甘於在家庭中默默無聞地死去，她們要改變自己的命運。

紅玫瑰身上的「力」首先表現為自主力。紅玫瑰身上存在一個很有意思的現象，在她們的命運中，大多數情況下，她們的「父」和「兄」不僅沒有能在她們命運的關鍵時刻起到重要作用，反而是她們哄騙、戲弄、鄙視的對象。薇龍得以留在香港繼續念書，是哄騙了父親說因為「成績優良，校長另眼看待，為她募捐了一個獎學金，免費住讀」；梁太太「兄弟們給我找的人家我不要」，偏偏「獨排眾議」嫁給姓梁的老頭做小，還譏諷自家兄弟是「茅廁裏磚頭，又臭又硬」；七巧雖然是在兄長的瞞騙下嫁到姜家，但她的兄長總是唯唯諾諾，永遠在她面前矮三分，而她的丈夫是個軟骨病人，是不能滿足她、永遠被她鄙視的人；嬌蕊自在小說中出現就像是一個沒有父兄的獨立的人，為了一份並不牢靠的愛情，她「輕率」地背叛了自己的丈夫，越是輕率，越顯出她對「丈夫」這一角色的輕視；流蘇決定要獲取本來屬於妹妹的獵物范柳原時，那些「忠孝節義的故事」都變得「遼遠」起來，「不與她相干了」……「父」、「夫」和「兄」，在中國的傳統上是對女性命運起到絕對的決定性作用的男性角色，「歷史地

〔註14〕唐文標《張愛玲研究》，臺北：經聯出版事業公司，1976年，第56頁。

看，父權與夫權不僅是人來一切權力及統治的表現形式之一，而且是一切權力與統治的起源。」「『父之法』在某種意義上即統治之法，並且是一切統治之法的開端。」〔註 15〕在這樣的歷史背景和文化背景下，紅玫瑰幾乎是視父兄為無物，試圖將自己的命運掌握在自己手上，這也是她們天真的地方。這是她們與白玫瑰最大的不同點，如果讀者會在憐憫和恐懼之餘對她們還存留一些愛，大概就是因為這個原因吧。

另外，紅玫瑰還具備改變命運的「力」。如果把張愛玲「怎樣寫」白玫瑰和紅玫瑰試做一比較的話，就會發現張愛玲是在靜止的狀態下表現白玫瑰，在流動的狀態下表現紅玫瑰的。白玫瑰的一生一般都生活於自己的「家」中，即使是出嫁到第二個「家」，其實這兩個「家」並沒有本質的區別，是一種平行的關係，不管白玫瑰是生活在哪一個家，事實上都是靜止地停留在一個空間／世界裏。而紅玫瑰卻都可以被理解為「離家」的女性，她們離開原來生存的家，來到另一個家，至少是在心理層次上，這兩個「家」有很大的不同，對她們來說，這意味著從一個空間來到另一個空間，後一個空間是對前一個空間的否定式上升，在後一個空間裏，充滿了她們對未來的夢想、憧憬和希翼，這是她們上演人生好戲的舞臺。從某種程度上說，紅玫瑰是出走的「娜拉」，當她們對原來的家感到不滿後，敢於決然地離家來到了第二個空間。在她們的一生中，她們遷徙於不同的空間，空間性的移動在她們的生命中顯得非常重要，因為這象徵著她們對夢想的追尋：白流蘇從上海到香港，又從香港到上海，往返兩地之間的辛苦路正是她的尋夢之路；曹七巧從「大家」到「小家」，自立門戶的過程正是她夢想實現的過程；薇龍離家到姑媽家，嬌蕊離家到另一個男人的家，無不是為了實現自己的夢想，改變自己的命運。

但是，她們的「改變命運」常常是以犧牲自己的青春、生命、感情、愛換取而來的，她們在得到了自己非常重視的一些東西的同時，也失去了生命中另一些更重要、更美好的東西，因此她們的「力」是陰暗的、扭曲的力，她們掙扎得越厲害，「力」也扭曲的越厲害，個性和生命也愈顯得畸形。在所有的紅玫瑰中，曹七巧是最有「力」的一個，余斌說「七巧是《傳奇》中唯一的英雄」〔註 16〕，就是因為這個人物身上顯示了比其他人強大的「力」，但她的「力」不是正面的、可振救人的力，而是反面的、將人們殺死的力，因此，她身上的

〔註 15〕孟悅、戴錦華《浮出歷史地表》，第 3 頁。

〔註 16〕余斌《張愛玲傳》，第 138 頁。

「力」越強大，就越能顯示她陰暗、扭曲的一面，她的整個生命已經被扭曲得完全變了形，她不遺餘力地獲取金錢，強忍痛苦斬斷內心的情感，不由自主地扼殺別人的幸福，她的每一句話、每一個動作、每一次掙扎都讓我們看到一個扭曲的靈魂的痛苦，她的生命就是一場刀尖上的舞蹈，我們看到的既有她奮力舞動的力與美，更有因動作變形的畸形與醜陋，以及滿身血淋淋的傷痕的憐憫與恐懼。傅雷說《金鎖記》「頗有《狂人日記》中某些故事的風味」〔註 17〕，大約就是因為這部小說裏的兩個「瘋子」身上都有著一種強大的、變形的、扭曲的「力」，都能使我們透過他們的瘋狂看到某種真理。《狂人日記》裏的狂人用他的瘋話告訴我們他所生存的社會是個「吃人」的社會，而《金鎖記》裏的女瘋人則用她變形的生命告訴我們，這個世界將怎樣把女性吞噬掉。

這個世界是充斥著物質的世界，紅玫瑰首先所面臨的就是物質的誘惑。正如《沉香屑・第一爐香》中的衣櫥，裏面那些「金翠輝煌」的衣裙不正是物質的象徵嗎？薇龍偷偷地試穿衣服，正暗示著她已不由自主地為物質所擄。但她並不是這些物質的創造者，如果她要得到這些物質，就必須要交出自己的青春、生命、靈魂，這種魔鬼式的交易，就是紅玫瑰的痛苦的根源。紅玫瑰雖然有夢想，但幾乎都是無一技之長的人，如白流蘇所說的那樣：「我又沒念過兩句書，肩不能挑，手不能提，我能做什麼事？」她們不能憑勞動養活自己，因此她們的離家多多少少都是在賭博。紅玫瑰們獲取物質的方式就是「賭」，《傾城之戀》中的白流蘇的想法和舉動很有代表性：

> 流蘇的手沒有沾過骨牌和骰子，然而她也是喜歡賭的，她決定用她的前途來下注。

「前途」是什麼？正如流蘇的牽線人徐太太所說：「找事，都是假的，還是找個人是真的。」找個「靠得住」的男人，做了他「名正言順的妻」，物質上才可有保障，要得到「前途」，必須要得到「錢途」。而這個社會所有的錢和物都是控制在男性的手上，要想得到錢，就要先捕獲男人，這是這個社會的規矩、法則。「沒有婚姻的保障而要長期抓住一個男人，是一件艱難的，痛苦的事，幾乎是不可能的。」流蘇得到范柳原的目的「究竟是經濟上的安全」。她不是物質的控制者，在七八年前離婚時她倒是有錢的，但都被兄長花費一空，現在她將要被他們掃地出門，她只能自己為自己謀劃前途／錢途了：

> 她是個六親無靠的人。她只有她自己了。床架子上掛著她脫下

〔註 17〕迅雨《論張愛玲的小說》，《張愛玲評說六十年》。

來的月白蟬翼紗旗袍。她一歪身坐在地上，摟住了長袍的膝部，鄭重地把臉偎在上面。

流蘇摟住旗袍，這是個充滿象徵意味的舉動，她的「鄭重」，象徵著她將決心用自己的身體放手一搏。當身體和服飾合二為一的時候，美麗的身體成為最大的賭注。紅玫瑰們正是以「賭」的方式、以身體為賭注來獲得金錢／物質的。「身體」是她們剩下唯一的武器，惟有用身體才可以換得物質，白流蘇敢於自己為自己謀劃前途，正是基於對自己身體的瞭解與自信：

她開了燈，撲在穿衣鏡上，端詳她自己。還好，她還不怎麼老。她那一類的嬌小的身軀是最不顯老的一種，永遠纖細的腰，孩子似的萌芽的乳。她的臉，從前是白得像瓷，現在有瓷變為玉——半透明的輕青的玉。下頷起初是圓的，近年來漸漸尖了，越顯得那小小的臉，小得可愛。臉龐原是相當的窄，可是眉心很寬。一雙嬌滴滴、滴滴嬌的清水眼。

水晶先生認為這一段「對鏡」觀照頗有深意：「那鏡子生魂出竅，幻化出流蘇的另一個『自我』來。」〔註18〕也可以說，流蘇正是通過自己的「鏡像」，發現了自己身體所蘊藏著的她以前所不知的能量，她的身體足以讓她改變自己的命運。因此，她對著鏡子「陰陰地，不懷好意的一笑」，把那些「忠孝節義」拋到了「遼遠」處。她要憑藉自己身體的力量獲取物質，這等於是宣布與控制物質的兄長們為敵。

在白流蘇的眼中，范柳原就是金錢／物質的代名詞——儘管他是如此生動、頗有「風神」的一位紳士。在第一次與范柳原見面時，流蘇就小小地動了動腦筋，好好地通過服飾發揮了身體的魅力，以吸引范柳原。她看見妹妹寶絡是這樣的裝扮：

乾娘給的一件累絲衣料，……替寶絡製了旗袍。……典質了一件貂皮大衣，用那筆款子去把幾件首飾改鑲了時新款式。珍珠耳墜子，翠玉手鐲，綠寶戒指，自不必說，務必把寶絡打扮得花團錦簇。

寶絡「花團錦簇」，她則另闢蹊徑，以一件素淡、雅致的「月白蟬翼紗旗袍」出奇制勝，贏得了本來是與寶絡相親的范柳原的好感。此刻的流蘇，在遭受了金錢被掠奪、又被驅逐出家庭的劫難後，已經明白了物質的重要性，

〔註18〕水晶《像憂亦憂　像喜亦喜——泛論張愛玲小說中的鏡子意象》，《替張愛玲補妝》，第103頁。

而要找到物質的保障，必須要先找到一個男人。她必須背水一戰，獲取「眾人虎視眈眈的目的物范柳原」。儘管她意識中認為自己奪人所愛「不是故意」的，但潛意識在教導她怎樣運用自己的智慧，輕而易舉地贏了寶絡。第一次見面就是一場「賭」，此後千里萬里到香港追尋他更是一場大賭博。很可以想像，如果沒有香港之戰，沒有一個大城市的傾覆，流蘇如何能得到范柳原？她一定會是另一個葛薇龍，妻子不像妻子，情人不像情人，那也一定是「無邊的荒涼，無邊的恐怖」的結局。發生於香港的這場「傾城之戀」實在是一場超級大賭博！

紅玫瑰在爭取物質的過程中有一個無法擺脫的悖論：一方面，她們要「獨立」，要擺脫父兄的控制，另一方面，因為她們是以身體換取物質，她們永遠要依附於另一個男人（丈夫或情人），永遠無法真正「獨立」。而如果她們真正能夠擁有金錢和物質的話，她們就要如同曹七巧和梁太太那樣，付出變成「瘋人」和「女鬼」的代價。她們得到了物質，但她們卻為物質所控制和異化，她們獲取物質的方式——「賭」——決定了她們的結局。

五、服飾與身體：性感對象

在《紅玫瑰與白玫瑰》中，佟振保對多年不見的王嬌蕊說：「你碰到的無非是男人。」這句話雖然飽含譏諷，但也是對紅玫瑰離家後的經歷的精闢概括。一方面，她們想以用身體交換物質的方式從這些男人身上得到物質的保障，另一方面，她們的身體也飽受男性的掠奪。

紅玫瑰與她們所碰到的男性都是「精刮」的人，但事實上，這些女性都不是他們的對手，薇龍之於喬琪喬，流蘇之於范柳原，嬌蕊之於佟振寶，莫不如此，除了曹七巧和梁太太這兩個業已老去的「瘋人」和「女鬼」，她們有著「瘋子的審慎與機智」，但年輕時的她們，又能與薇龍她們有什麼兩樣呢？紅玫瑰是年輕美麗的，有著豐潤美好的身體，正因為此，她們可以恣意利用自己的身體換取物質，但同時，她們也把自己的身體放置在了男性的「性感對象」的位置上。不妨再次閱讀上文引用的白流蘇鏡子前自我觀照的那一段話，這裡面其實含有「雙重視角」，一重是流蘇自己的，她在自己的「鏡像」中發現了一個新的、有改變命運的力量的「自我」；另一重視角是男性的，他看到了流蘇「嬌小的身軀」、「纖瘦的腰」、「孩子似的萌芽的乳」、「一雙嬌滴滴、滴滴嬌的清水眼」，——這樣的描述正傳達了一個男性把流蘇當作注視和欲望對象的感覺，他彷彿隱藏在流蘇的身後，偷偷地觀賞、品評著流蘇的身體。當然，我們可以說這個男性的視角是流蘇假想的，是她把自己置於一個男性的視角內，然而，如果不這樣，她又能怎樣呢？正是因為流蘇非常明白她「所碰到的無非是男人」，她不得不把自己置於男性的「性感對象」的地位。紅玫瑰有著旺盛的生命力，有著急切的想把持物質和情感的欲望，這一切都加速著她們變成男性的「性感對象」。

所有的紅玫瑰中，嬌蕊應該是最「自由」、最「獨立」的一個，她想愛就愛、敢作敢為、極其自信，「以為只要她這方面的問題解決了，別人總是絕無問題的」。另外她還有一個不同於其他紅玫瑰的地方：她沒有受過經濟上的苦，一直是個「被慣壞了」的女人。而且，在振保面前，她也並不像其他紅玫瑰那樣急於用身體換取物質。但即便是這樣一個自由、率性、自信的女人，振保也照樣把她當做一個「性感對象」。在小說裏，看起來是振保被嬌蕊迷住了，但實際上，迷住他的只是嬌蕊的肉體，他眼裏的嬌蕊是「精神上未發育完全」的人，是「嬰孩的頭腦與成熟的婦人」的結合，他把她看成是「肉」大於「靈」的欲望對象。而且，他內心時時刻刻把嬌蕊與「妓女」聯繫在一起，這一點，可以通過振保對嬌蕊服飾的理解得到結論。

振保生命中有四個女人：巴黎妓女、巴黎女友玫瑰、情人嬌蕊和妻子煙鸝。小說中，張愛玲不無譏諷地說：「他是個正經人，將正經女人與娼妓分得很清楚。」毫無疑問，在他眼裏，只有煙鸝是「正經女人」，另外三者都可列入「娼妓」之列。他之所以對嬌蕊始亂終棄，就是因為他認為她與巴黎妓女、女友玫瑰都是「同類」。嬌蕊與巴黎妓女之間的聯繫，可以從對她們服飾的比較上發現。巴黎妓女的服飾是這樣的：

> 黑衣婦人……在黑累絲紗底下穿了紅襯裙。

嬌蕊那件著名的綠色袍子有這樣一個細節：

> 衣服似乎做得太小了，兩邊迸開一寸半的裂縫，用綠緞帶十字交叉一路絡了起來，露出裏面深粉紅的襯裙。

這兩款衣服的共同特點是「露紅」，張愛玲曾經說明過，服飾「露紅」是帶有「誘惑性」的（《童言無忌》：「張恨水的理想可以代表一般人的理想。他喜歡一個女人清清爽爽穿件藍布罩衫，於罩衫下微微露出紅綢旗袍，天真老實之中帶點誘惑性。」）。用紅色布料做貼身衣（肚兜、抹胸、襯裙、褲帶等），是中國古已有之的習慣，例如在《紅樓夢》中，寶玉、風姐、刑岫煙、晴雯、五兒都有「紅小襖」(「小襖」即貼身內衣)，蔣玉菡和寶玉有「大紅汗巾子」(「汗巾子」即褲帶或腰帶)，晴雯還穿「紅睡鞋」(「睡鞋」為纏足女子穿著睡覺的鞋)，一般都不為外人看見。可見，紅色常常與身體聯繫在一起，紅色的貼身衣常常給人們提供與身體相關的想像。《紅樓夢》中也有兩個「露紅」的女性：

> 尤二姐只穿著大紅小襖，散挽烏雲。……（第六十五回）
>
> 這尤三姐鬆鬆挽著頭髮，大紅襖子半掩半開，……（第六十五回）

尤二姐和尤三姐以充滿挑逗性的形象出現在賈璉這些公子哥兒的面前，實際上，她們就是他們的玩物，她們將紅色內衣露出來的著裝就已經說明了她們除了是美麗的外，還是風騷、性感的，同時，她們的服飾也暗合了她們在賈府中的地位——她們不是名門深院的大家閨秀，而是男人可以隨意玩弄的、娼妓一般的風騷女人。

小說中特別提到：振保「喜歡紅色的內衣」，這與他喜歡「熱的女人，放浪一點的，娶不得的女人」的想法是一致的，而這樣的女人，在他心目中，正像娼妓一樣，可以享受她們的性感，卻不用為她們的精神負責。嬌蕊的服飾上的「露紅」直接承接了巴黎妓女的服飾特點，而振保對嬌蕊的態度，也直接延續了他對巴黎妓女的態度，她們只是欲望的對象，除此之外，她們什麼也不是。

嬌蕊與巴黎女友玫瑰的聯繫更加明顯，在振保看來，嬌蕊根本就是玫瑰的「借屍還魂」。玫瑰是個怎樣的女人，通過振保對她服飾的描述也可以看出他的態度：

> 她的短裙子在膝蓋上面就完了，露出一雙輕巧的腿，……頭髮剪得極短。腦後剃出一個小小的尖子，沒有頭髮護著脖子，沒有袖子護著手臂，她是個沒遮攔的人，誰都可以在她身上撈一把。

「誰都可以在她身上撈一把」，這就是玫瑰給振保的感覺，這種感覺與對一個妓女「人盡可夫」的感覺沒有什麼分別。振保認為「她和誰都可以隨便」，「把她娶來移植在家鄉的社會裏，那是勞神傷財，不上算的事。」對於嬌蕊，他也認為如果娶了她，「這樣的女人是個拖累。」他對這兩個女人的態度何其相像，因為他在骨子裏頑固地認為嬌蕊和玫瑰一樣是個「隨便」的女人（圖九）。而當他毅然將投懷送抱的玫瑰送回家時，他一方面在為自己的「自制力」感到驚訝和自豪，另一方面，他也把玫瑰／嬌蕊貶低到了下賤的娼妓的地位。因為他在潛意識裏只是把嬌蕊當作一具生動的肉體，一個欲望的對象，他瞧不起她，所以他佔有了她，然後又拋棄了她。

圖九　「沒遮擋的」「誰都可以再她身上撈一把的」玫瑰

選自《張愛玲畫話》，止菴、萬燕著，天津：天津社會科學院出版社，2003 年，第 68 頁。此圖是張愛玲為自己的小說手繪的插圖。

紅玫瑰離開家庭來到外面的世界，恐怕都和嬌蕊一樣逃不過被當作妓女的命運。事實上，在處女作《沉香屑．第一爐香》裏，張愛玲已經相當清楚地點明了一個「闖世界」的女性的最終結局。因為在所有的紅玫瑰中間，最能明白自己處境的人是葛薇龍。薇龍來到姑媽家，在第一個夜晚就已經意識到姑媽為她準備一櫥衣裙的用意：「這跟長三堂子裏買進一個討人，有什麼分別？」然而她不能抗拒物質的誘惑，仍然在姑媽的家待了下來。姑媽的家，其實就是一個高級妓院，來來去去的都是一些妓女和嫖客：居住在這裡的都是清一色的女性，她們都是給梁太太弄人的妓女，睇睇、睨兒、薇龍，包括梁太太自己，無不如此；每一個來到這兒的男人，司徒協、喬琪喬、醉醺醺的英國軍官，都是尋歡作樂、醉生夢死的嫖客。薇龍愛上了花花公子喬琪喬，然而喬琪喬也只不過是把他當作妓女，這一點，薇龍從第一次見到他是就感覺到了：

> 薇龍那天穿著一件瓷青薄綢旗袍，給他那雙眼睛一看，她覺得她的手臂像熱騰騰的牛奶似的，從青色的壺裏倒了出來，管也管不住，整個的自己全潑出來了。

這個絕妙的比喻恰當地傳達出薇龍的尷尬感受：喬琪喬那雙閱人無數的眼睛已遍覽她的身體，而且是她主動送上門將自己的身體交給他的。實際上，在他的眼中，薇龍與一個賣身的妓女沒有什麼兩樣，因此，「我不能答應你結婚，我也不能答應你愛，我只能答應你快樂。」儘管他們最後還是結了婚，但薇龍已徹底淪陷在姑媽的妓院中，整個人「就等於賣了給梁太太與喬琪喬，不是替喬琪喬弄錢，就是替梁太太弄人。」他不僅可以隨意享用她的身體，還可以利用她的身體替他「弄錢」，他對她的身體實現了最大限度的掠奪和剝削。

薇龍的墮落，不僅僅是因為她誤入姑媽的「鬼宅」，碰到了司徒協、喬琪喬這樣的男性，而是因為這是一個男性的世界，如果她不遇到他們，她也會遇到其他視她為「性感對象」的男人。如果她要成為自己世界的主人，她就必須要像七巧和梁太太那樣，關起門來建立一個不見天日的、鬼氣森森的世界，自己也變成可怕的瘋人和女鬼，如果她沒有能耐這樣做，她從離開家的那一天起，就如同把自己的身體拋向男性世界，等待著被掠奪、剝削、蹂躪。實際上，張愛玲通過對紅玫瑰的命運的描寫相當尖銳地揭示了彼時「闖世界」的女性將有怎樣的結果：如果她們不主動出賣自己的身體，也會遭受被賣的命運。「賣」與「被賣」，是她們痛苦的淵藪，也是她們命定的結局。在《沉香屑・第一爐香》的結尾有一段易被忽視的話，然而卻非常重要——薇龍來到新年的新春市場上，看到那些被賣的女孩子：

> 在那慘烈的汽油燈下，站著成群的女孩子，因為那過分誇張的光與影，一個個都有著淺藍的鼻子，綠色的面頰，腮上大片的胭脂，變成了紫色。內中一個年紀頂輕的，不過十三四歲摸樣，瘦小身材，西裝打扮，穿了一見青蓮色薄呢短外套，繫著大紅細褶綢裙，凍得直抖。因為抖，她的笑容不住的搖漾著，像水中的倒影，牙齒忒楞楞打在下唇上，把嘴唇都咬破了。一個醉醺醺的英國水手從後面走過來拍了她的肩膀一下，她扭過頭去向他飛了個媚眼——倒是一雙水盈盈的吊梢眼，眼角直插到鬢髮裏去，可惜她的耳朵上生著鮮紅的凍瘡。

誇張變形的光影、變化不定的色彩、鮮豔漂亮的衣服、虛偽的臉、凍僵的笑容……這就是這個混亂的世界，每天都賣的是人，每天都有人被賣。——結尾處的這大段的「市場所見」與小說的其他部分相比，不管是在風格還是篇幅上都似不夠協調，給人以突兀之感，因為它過於「慘烈」、過於赤裸、過於尖銳，它是張愛玲對薇龍這樣的女性命運的直接的、甚至是殘忍的描繪。對薇龍來說，這段話有著強烈的「自傷身世」之感，她從這些女孩子的身上清楚地看到了自己的影子：「我跟她們有什麼分別？」「他們是不得已，我是自願的！」她看到了自己就是她們中的一員，她不過是一個出賣身體的人，一邊賣身，一邊賣笑，總有一天，當內心已經被這個寒冷無情的世界凍得冰涼徹骨成為頑石的時候，她會像姑媽一樣，需要以別人的鮮血來補充自己的生命，總有一天，她會成為另一個吸血鬼。

薇龍這樣的紅玫瑰，為了改變命運而離家來到這個世界，但卻被命運所改變，這不是她的錯，而是這個世界的錯。這個世界把整個一個性別的女性都當作「性感對象」，即使她們沒有離開家，也是如此。現在，我們來回想一下薇龍來到姑媽家之前的裝扮，可以發現張愛玲對薇龍離家之前的服飾描寫也是大有深意的：

> 葛薇龍在玻璃門裏瞥見她自己的影子——她自身也是殖民地所特有的東方色彩的一部分，她穿著南英中學別致的制服，翠藍竹布衫，長齊膝蓋，下面是窄窄的腳褲管，還是滿請末年的款式；把女學生打扮得像賽金花模樣，那也是香港當局取悅於歐美遊客的種種方式之一。然而薇龍和其他的女孩子一樣的愛時髦，在竹布衫外面加上一件絨線背心，短背心底下，露出一大截衫子，越發覺得非驢非馬。

香港這樣的一個高度發展的殖民地，女學生的打扮是如此「落伍」，而且，尤可玩味的是，女中學生的「制服」，竟與晚清名妓女「賽金花」聯繫到了一起。賽金花曾做過小妾、公使夫人，後來又成為名噪一時的妓女，一生充滿傳奇性，她的經歷被多次改編為個種版本的小說、戲劇，至少在文本上，她曾被人們一次又一次地觀賞，最後成為傳奇中的美麗妓女的代名詞（圖十）。香港當局為了取悅歐美遊客，把女學生打扮得像「賽金花」，實際上就是要將這個名字所隱含著美麗、神秘，以及對其身體可褻可玩等多重含義，通過「東方色彩」的「晚清末年」的服飾強加在薇龍這樣的東方女性身上，以不斷增強、刺激著歐美殖民者對東方女性的想像和欲望。「過時」的服裝款式領著所有的「歐美遊客」再度回到中國「晚清末年」那段最屈辱的年代，在一種虛幻的想像中，殖民者再度享受殖民主義的（性）侵略的快感，而中國女性的身體在精神的幻想中被再度蹂躪。

從這款「別致」的服飾上看，薇龍這樣的女性不僅遭受性別意義上的、還要遭受國家意義上的雙重的屈辱，這不僅是香港的現實。《傳奇》中的故事都發生在香港和上海，上海作為香港的「鏡像」〔註 19〕，發生在這兩地的故事是可以進行互讀的。而彼時的上海本來就如同香港一樣處於異邦人的控制之下，充滿殖民地特有的畸形的浮華。薇龍這樣的紅玫瑰來到這個浮華世界，不管是在香港還是在上海，等待她的只能是「無邊的荒涼，無邊的恐怖」。

圖十　賽金花

葛薇龍這樣的香港女學生穿的就是類似的服飾。選自《紅顏無盡：賽金花傳奇》，張弦、秦志鈺著，南京：南京出版社，2004 年。

〔註 19〕李歐梵《上海摩登——一種新都市文化在中國》，北京：北京大學出版社，2001 年，第 339 頁。

第二章　人物論：女人與衣（二）

這一章將要討論白玫瑰們的命運和她們帶來的啟示。憑直覺，我們可以感覺到張愛玲比較偏愛紅玫瑰一點，她所塑造的王嬌蕊、葛薇龍、白流蘇、曹七巧、梁太太給我們情感上的衝擊力都大於白玫瑰，不管是愛還是恨，是憐憫還是恐懼，我們給紅玫瑰的都要多一些，這些人物在讀者心中的影響力，她們引起我們思考、回味的魅力也大一些。正如上一章所談論到的，紅玫瑰具有改變命運的願望和力量，她們的一生正是為了實現自己的願望與命運進行（畸形的）搏鬥和抗爭的過程，因而她們的一生充滿起伏不定的動感和戲劇性，這樣的人物無疑是更能夠吸引我們的注意的。這也可以解釋，為什麼自《傳奇》誕生以來，戲劇界、電影界對紅玫瑰的故事改編會多一些。如果把紅玫瑰比喻成濃墨重彩的油畫，白玫瑰就是一些淺淺淡淡的素描，她們的故事是「無事」的、「無聲」的悲劇，因而不容易為人們所注意。然而，在《傳奇》中，她們卻是比紅玫瑰數量龐大得多的一群人，她們這裡一個、那裡一個地散落在《傳奇》的世界裏，實際上，也散落在生活的各個角落。她們的重要性，一點也不在紅玫瑰之下。

一、「服飾話語」與「疾病寓言」：哲學化的生存境地

《傳奇》中的《封鎖》、《花凋》、《年輕的時候》、《鴻鸞禧》、《沉香屑・第二爐香》、《等》等都是描寫白玫瑰的小說，這些小說的意境，可以用傅雷對張愛玲的短篇小說的形容——「惡夢」概括如下：

> 惡夢中老是淫雨連綿的秋天，潮膩膩，灰暗，骯髒，窒息的腐爛氣味，像是病人臨終的房間。煩惱，焦急，掙扎，全無結果，惡

> 夢沒有邊際，也就無處逃避。零星的折磨，生死的苦難，在此只是無名的浪費。青春，熱情，幻想，希望，都沒有存身的地方。川嫦的臥房，姚先生的家，封鎖期的電車車廂，擴大起來便是整個社會。一切之上，還有一雙瞧不及的巨手張開著，不知從哪兒重重的壓下來，壓痛每個人的心房。〔註1〕

「惡夢」——這就是白玫瑰們的生存處境。她們是未曾夢醒的人，在惡夢中靜靜地終了一生。與紅玫瑰相比，白玫瑰對她們的處境缺乏反省精神，因而她們也缺乏改變處境的動力，她們只是日日沉溺於瑣碎乏味的生活之中，打牌、聊天、無所事事、相互抱怨、勾心鬥角，每天都是一樣的單調和無聊，一日又一日地耗費著青春和生命，她們每個人的一生——用《花凋》裏的一句話來說，都是「一齣冗長單調的悲劇」，她們生活在惡夢之中卻不自知。

《等》這篇小說向來不太被人們注意，幾個女人在診所裏等推拿時的嘮嘮叨叨、東拉西扯的談話，名副其實的「單調冗長」，讓人沒有耐心去聽完和看完。然而，小說的沉悶氣氛正象徵了這些女性的乏味的生活，診所裏的一天也正是她們一生的縮影。這是一部有著「現代主義」小說特徵的作品，「用大量的篇幅描繪乏味而瑣細的生活場景，展示人們日復一日，年復一年，甚至一代又一代的空虛和無聊，孤獨和寂寞。」〔註2〕這部小說也讓我們想到西方現代主義的代表作《等待戈多》，等待是漫長的，然而戈多等待的是渺茫的希望的到來，白玫瑰等待的卻是生命的終結，——在淡漠、無聊的談話中，在漫長、讓人瞌睡的等待中，「生命自顧自地走過去了」，一點痕跡也沒有留下。

診所就像是一個舞臺，不同的女性來到這裡加入閒聊的隊伍中——這部小說正是白玫瑰的「人像展覽」，小說裏的太太們正是白玫瑰的真實寫照。裏面的女人——龐太太、王太太、童太太、奚太太等等，夫姓加上「太太」二字便是她們的名字，她們是沒有內涵的符號。與具有清晰的性格特徵的紅玫瑰相比，這些人物顯得面目模糊，個性很不鮮明，讀者讀完這部小說之後，似乎很難迅速地將裏面的諸位太太區分開來，如果將這些太太們的名字遮蓋起來，甚至不能很確定哪些話是哪些人說的——她們每個人都可能說出相同的話來。張愛玲曾說自己另一篇作品《年輕的時候》是一部「晦澀」的小說，事實上，《等》更為晦澀，張愛玲似乎要故意模糊人物的個性，而要刻出同一類

〔註1〕迅雨《論張愛玲的小說》。

〔註2〕陳暉《張愛玲與現代主義》，新世紀出版社，2004年，第16頁。

人物共同的特點；她又似乎故意要故意營造出一種「眾聲喧嘩」的氛圍，讓讀者在這些太太們七嘴八舌中感受到那種混亂、邋遢、庸懶、俗氣、無聊。

這樣的一篇基本上由對話構成的小說，裏面的女人們到底在說些什麼？看看小說中的一段：

> 王太太把大衣脫了掛在銅鈎上，領口的鈕子也解開了，做在裏間的紅木方凳上，等著推。龐太太道：「王太太你這件大衣是去年做的罷？去年看著這個呢粗得很，現在看看還算好了。現在的東西實在推板不過。」
>
> 王太太微笑答應著，不知道怎樣謙虛才是。外面的太太們，雖然有多時不曾添制過衣服了，覺得說壞說貴總沒錯，都紛紛附和。
>
> 粉荷色小雞蛋臉的奚太太……因為身上的一件淡綠短大衣是充呢的，所以更其堅決地說：「現在就是這樣呀，裝滿了一皮包的錢上街去還買不到稱心的東西——價錢還在其次！」……
>
> 「稍微看得上眼的，就在幾萬。」龐太太說，「看不上眼的呢——也要幾千！」

王太太說的話，奚太太來說也沒有什麼不可以——裏面任何人所說的話，都可以換一個人來說，因為每一句話其實都既缺乏個性也沒有意義。她們所討論的無非是服飾，以及和服飾一樣瑣碎的人生瑣事。在這裡，服飾成為一種象徵性的「話語形式」：瑣碎、庸俗、無聊、無意義。而小說中女性之間的對話正是這種「服飾話語」的體現：人物隨時隨地在談論著服飾，實際上是在談論與服飾一樣瑣碎的人生；她們的人生也正如她們的談話一樣，瑣碎、散亂、淡漠、離題萬里、可有可無。一個又一個這樣的片段相連，構成了小說／人生的主幹。小說中拉拉紮紮的「服飾話語」所呈現的，就是人生本來的面目。《等》實際上是人生圖景的原樣描摹，它的「晦澀」就在於此。

這部主要由對話構成的看似「眾聲喧嘩」的小說，意境卻是無比的寂寞和淒涼，就像「裏間壁上的掛鐘」，「滴嗒滴嗒，一分一秒，心細如髮，將文明人的時間劃成小方格；遠遠卻又聽到正午的雞啼，微微的一兩聲，彷彿有幾千里地沒有人煙。」每個人都被劃在自己的時間小方格內，等待著生命的消逝，感受著時間的漫長、世界的荒涼。某種程度上說，《等》中的女性都是在自己的小方格裏孤獨地「自說自話」，如果仔細考察她們的「服飾話語」，可以發現她們每個人的談話都是「自足」的：奚太太一直在抱怨丈夫雖然在內地陞官為行長，卻不寄錢回家，「蔣先生下了命令，叫他們討呀！」，「太太不在身邊，就可以重新討，現在也不叫姨太太了，叫二夫人！」她反反覆覆地重複著「要他們討呀！」童太太則不斷地重複著丈夫的好色：「踏進屋就往小老姆房裏一鑽！」還有自己的不幸：「來到他家這三十年，他家哪一樁事不是我？那時候才做新娘娘，每天天不亮起來……」沒完沒了的訴苦，沒完沒了的抱怨，生命就像她們的言語一樣單調、冗長、無聊、無味。最後她們厭倦了彼此的言語，在大段的訴苦之後都沉默下來，只剩下「一大塊穩妥的悲哀」，感受著人生的寂寞。

《等》給我們提供了一幅白玫瑰們的哲學式的生存圖景：每個人都被拘囿於自己的世界（小方格）中自言自語，她們急於傾訴，但無人聆聽。她們面對的世界是奚太太所說的「苦得要死」的世界，就像小說中說的那樣：「整個世界像是潮抹布擦過的」，潮濕，灰暗，肮髒，窒息，腐爛。她們在各自的小方框裏呆著，一方面被生活窘境壓迫著，另一方面精神無所依託，沒有希望，沒有感情，只有困窘的、瑣碎的生活，還有無邊的空虛和寂寞，然後又用無休無止的抱怨填補著這空虛和寂寞，在喋喋不休的抱怨中倦了、困了、瞌睡上來了，連夢中都沒有人來撫慰……就這樣，「生命自顧自走過去了」！

在所有關於白玫瑰的小說中，《等》是個較特殊的文本，其他的小說的故事大多發生在傳統的家庭中，而《等》卻給我們提供了完全不同的一個地點：診所——病人的聚集地。可以這樣理解這個文本：小說說的是一群女性暫時離開「家」的囚禁、暫時離開了「父」、「夫」與「兄」的控制，來到了一個「治病」的地方（與其說是治療身體的病，還不如說是治療「心病」），試圖以相互訴說（或自言自語）來相互醫治（或自我醫治）。近年來，疾病的象徵意義正逐漸被人們所注意，例如疾病與「中國現代性」間的象徵關係被很多人研究著，學者們指出個人的「疾病詩學」是瞭解國家「政治病源學」的關鍵。〔註 3〕受之啟發，我們也可以這樣理解：女性的疾病可能是整個性別境況的「寓言」，尤其是那些在陰暗、潮濕、腐朽的傳統中國家庭中生長起來的女性們，疾病似乎是與生俱來地附加於她們身上，令她們成為蒼白、瘦弱、早夭的女人。而在整部《傳奇》中，白玫瑰們從身體到心理都多多少少有點

〔註 3〕參見黃子平《病的隱喻和文學生涯》，《革命．歷史．小說》，香港：牛津大學出版社，1996 年；王德威《革命加戀愛》，《現代中國小說十講》，復旦大學出版社，2004 年。

「病態」，如《鴻鸞禧》中的梨倩有著「蒼白倦怠的臉」；《花凋》中的鄭太太是個「美麗蒼白的，絕望的婦人」，川嫦生了肺病，繼而死去；她們常常有著病態的訴說的願望，鄭太太即使是對家中的客人，也是「悲悲切切傾心吐膽訴說個不完」；《紅玫瑰與白玫瑰》裏的煙鸝「逢人便叫屈」，只要家裏來了客人便「滔滔向人哭訴：『……這樣下去劉先生你替我想想，你替我想想，叫我這日子怎麼過？』」診所中出現這麼多的女性來「看病」，這個「疾病寓言」告訴我們：生長並老死於中國傳統家庭中的白玫瑰是一群「病女人」。

因此，《等》可以理解為是一篇「疾病寓言」，「病女人」漫無邊際、瑣瑣碎碎的「服飾話語」實際上是訴說自己的「病情」，而讀者卻可以從她們的「病語」中發現她們真實的生存處境。從這些女性的身份上說，她們都是中上層社會的女性，但實際上，她們的現實處境卻與身份有很大的「落差」。這中「落差」，作者通過對她們的服飾描寫表現得很清楚：

（龐太太）瘦得厲害，駝著背編結絨線衫，身上也穿了一件縮縮的絨線衫。

（奚太太）粉荷色小雞蛋臉……清描淡寫的眉，輕輕的皺紋，輕輕一排前劉海，剪了頭髮可是沒燙，……身上的一件淡綠短大衣是充呢的，……

（童太太）薄薄的黑髮梳了個髻，年輕的時候想必是個端麗的圓臉，現在胖了，顯得膿包，全仗腦後的「一點紅」紅寶簪子，兩耳綠豆大的翡翠耳墜，與嘴裏的兩顆金牙，把她的一個人四面支柱起來，有了著落。

（龐太太的女兒阿芳）逐日穿著件過於寬鬆的紅黑小方格充呢袍子，自製的灰布鞋。家裏兄弟姐妹多，要想做兩那好衣裳總得等有了對象，沒有好衣裳又不會有對象。這樣的循環地等下去，她總是杏眼含嗔的時候多。再是能幹的大姑娘也穿不出這身衣服去。

讀這些服飾描寫的段落，就如同觀看一幅幅嘲諷的漫畫，人物形象栩栩如生地來到了面前。張愛玲曾談到自己對「白描」手法的鍾愛：「我實在是嚮往傳統的白描手法，全靠一個人的對白動作與意見來表達個性與意向。」〔註4〕在服飾描寫上，她同樣是使用了「白描」的手法，全靠人物的服飾自動表現人

〔註4〕張愛玲《表姨細姨及其他》。

物的個性與意向。而且，張愛玲的白描，是一種漫畫式的白描，每個人身上的服飾都有一兩處畫龍點睛之處，只需寥寥幾筆，便將她們的情狀表現得淋漓盡致，而且還暗含著作者的諷刺意味。

對《等》中的服飾描寫的分析，可以用下表表示如下：

人　物	身　份	服　飾	服飾特點和人物性格和心理特點	現實處境
龐太太	診所老闆娘	「縮縮的」絨線衫	廉價、剋扣、拘謹	診所的看門人
奚太太	高官夫人	充呢的短大衣（即假呢大衣）	廉價、虛榮	被遺棄的怨婦
童太太	大家族的長輩	紅簪子、綠耳墜、金牙	俗氣、愚笨	大家庭的奴僕
阿芳	診所老闆的女兒	「過於寬鬆」的充呢袍子	卑微、幽怨	失意的待嫁女

上表傳達了兩個關於白玫瑰的信息：

一、人物的服飾和她們的身份很不合拍，卻與她們的現實處境一致，服飾揭示出身份和現實處境之間的落差。

她們的身份都是中上層社會的女性，但實際上，她們的服飾顯示了她們的困頓、窘迫的處境。所謂「身份」只是她們對自己角色的期待，而「現實處境」才是她們真正所扮演的角色。這種「落差」源於她們在現實生活中、尤其是在她們的主要生存空間——家庭中的地位：她們缺乏人格上的獨立性，丈夫才是她們永遠的依附者。龐太太身為診所老闆娘，可是只是坐在門邊為丈夫當看守，她永遠是丈夫的配角；奚太太是顯貴之家的太太，然而丈夫討了「二夫人」，不往家裏拿錢，她的處境與一個棄婦沒什麼兩樣；童太太雖然是家裏的長輩，但「每天黑早起床」，「每天燒小菜」，「燒了小菜去洗手，我這邊洗手，他們一家子人，從老頭起，小老姆，姑太太，七七八八坐滿一桌子，他們中意的小菜吃得精光」，她是家裏的老僕人，但一心一意還是念著背叛自己的丈夫；阿芳雖然「貴」為診所老闆的女兒，但吝嗇的母親讓她不能有一件像樣的衣裳，她是個失意的待嫁女，她最盼望的事情，應該就是有一件好的衣服讓她去好好地找個對象……她們恨自己的男人，怨自己的男人，但是還是要一輩子依靠著他們。這是白玫瑰最大的特點，這個特點造成了她們在家庭、社會中的現實處境永遠都比期待的低下。「女人一輩子講的是男人，念的是男人，怨的是男人，永遠永遠。」〔註5〕張愛玲的這句名言，正是對白玫瑰的最好注解，也是她們的「病根」所在。

二、人物的服飾與人物的性格、心理和現實處境三者之間是相互作用的。一方面，人物的服飾反映了她們的性格、心理和現實處境，另一方面，現實處境又迫使她們不得不穿上自己並不滿意的服飾，並造成了她們不堪的心理狀況。我們發現，張愛玲在塑造紅玫瑰時常用「圓形人物」的方法，而塑造白玫瑰時卻愛用「扁平人物」的方法。葛薇龍、白流蘇、曹七巧都體現出性格上的複雜性，讀者對他們的感情也是愛恨交加，難得用一兩句話說清楚；而白玫瑰的性格特徵卻較為單一，少有美好的一面，大都令人生厭、令人可憐。不僅服飾不美好，白玫瑰的性格、心理也談不上什麼可愛，如果是結了婚的太太，就常常是嘮叨、吝嗇、虛榮、俗氣，如果是未結婚的待嫁女，則一個個都是「女結婚員」（《花凋》），「常常有那種注意守侯的神情」「窺視著一切」（《紅玫瑰與白玫瑰》），尋找著可能的結婚對象。張愛玲的這種嘲諷性的、漫畫式的白描手法很難讓讀者對這些「病女人」生出什麼好感來。

「相互訴說」或「自言自語」不失為一種有效的「治療」方法，病人心中的怨恨、憤懣通過「服飾話語」得到了暫時的宣洩。但這種治療方法是消極的，訴說完了後，一切又歸於平靜，太太們離開診所，又回到了她們的日常生活的軌跡中。除了她們的抱怨有點令人生厭外，她們基本上還是家庭中盡職盡責的妻子和女兒，她們的生活和角色都並沒有任何改變。這就是白玫瑰，她們是張愛玲最熟悉的人，是她那個曾經顯赫輝煌家族中的「三表姊」、「康姊姊」〔註6〕，她們不能逃離古舊腐朽的家族，只能與那些殘垣斷瓦一起埋葬在時代的陰影中。白玫瑰是最傳統的中國女性，有著「道地的東方精神」：「明知掙扎無益，便不掙扎了。執著也是徒然，便捨棄了。」「明哲與解脫；可同時是卑怯，懦弱，懶惰，虛無。」〔註7〕對於她們的理解，還可以參考張愛玲的這一段著名的文字：

> 極端病態與極端覺悟的人究竟不多。時代是這麼沉重，不容易那麼容易就大徹大悟。這些年來，人類到底也這麼生活了下來，可見瘋

〔註5〕張愛玲《有女同車》。

〔註6〕張子靜《我的姊姊張愛玲》中曾提到張愛玲小說中的原型有的是他們家的親戚，如鄭川嫦、姜長安的原型是「三表姊」、「康姊姊」。

〔註7〕迅雨《論張愛玲的小說》。

> 狂是瘋狂，還是有分寸的。所以我的小說裏，除了《金鎖記》裏的曹七巧，全是些不徹底的人物。她們不是英雄，他們可是這時代的廣大的負荷者。因為她們雖然不徹底，但究竟是認真的。他們沒有悲壯，只有蒼涼。悲壯是一種完成，而蒼涼則是一種啟示。〔註8〕

對這段話的理解，香港學者林幸謙有著他的洞見，他認為這段話「應被強調為是張愛玲以其女性經驗本位和女性觀感而寫下的語言」，「『這時代的廣大的負荷者』與其被看做泛指普遍性的『人』的概念，尤其是以男性中心本位的角度，在她的文本中毋寧被視為以女性為本位的視角，更來得有意義。這些不徹底的人，當然更不是男性意義上的英雄。」〔註9〕他指出，這段話講的並不是「普遍性的『人』的概念」，而是女性。可以更進一步地認為，這段話，主要說的是白玫瑰。紅玫瑰身上奮力一搏的「力」是有點「英雄」氣質的，她們對生活的「徹悟」也比白玫瑰要透徹得多。雖然張愛玲本人認為只有曹七巧是「徹底」的人物，而實際上其他紅玫瑰身上那種為了未來孤注一擲的「賭」的精神、那種力排眾議的我行我素的膽量、那種捨棄一切創造屬於自己的「瘋狂」的「鬼界」的境界，與曹七巧這個「徹底」的人物都是一脈相承的。雖然她們不是「極端病態與極端覺悟」，但白玫瑰與她們相比起來，的確難以望其項背。白玫瑰在她們的小小的世界裏「認真」地生活著，她們的身上「沒有悲壯，只有蒼涼」，她們「不是英雄」，她們是時代、社會、家庭的主要構成部分，同時又是這時代、社會、家庭的犧牲品，她們是中國最為傳統的女性，「這時代的廣大的負荷者」，便是她們。

二、醜陋服飾與醜陋身體：醜——病——死

每當看到張愛玲對白玫瑰們的描述，就會忍不住感慨於張愛玲的「殘酷」：對於這些在喧鬧和寂寞中白白耗費著生命的白玫瑰們，她似乎並沒有什麼同情。如果把紅玫瑰和白玫瑰的形象兩相比較時，就會發現，張愛玲給了較多的溢美之辭給紅玫瑰，卻把白玫瑰的形象描寫得醜陋不堪。不妨對比一下紅玫瑰和白玫瑰的服飾，除了晚年曹七巧的服飾「像個瘋人」之外，其他紅玫瑰的服飾都是美麗的，王嬌蕊的綠色長袍既醒目又高貴，白流蘇的月白旗袍典雅端莊，曹七巧年輕時的窄袖窄褲輕盈時尚，葛薇龍的件件衣服都

〔註8〕張愛玲《自己的文章》。

〔註9〕林幸謙《荒野中的女體》，桂林：廣西師範大學出版社，2003年，第137頁。

「金翠輝煌」。反之，白玫瑰的服飾幾乎個個毫無美感。《等》應該說是一幅白玫瑰的「群像圖」，然而裏面沒一個女性的服飾可稱得上「美麗」。

不僅《等》，《傳奇》其他的小說中的白玫瑰的服飾也是如此。《封鎖》中的服飾描寫很有代表性：

> （吳翠遠）穿著一件白洋紗旗袍，滾一道窄窄的藍邊——深藍與白，很有點訃聞的風味。她攜帶著一把藍白格子小遮陽傘。頭髮梳成千篇一律的式樣，惟恐喚起公眾的注意。（《封鎖》）

從作者的描述——「千篇一律」、「很有點訃聞的風味」——來看，吳翠遠的服飾大有深意。服飾描寫所傳達出來的人物的精神狀態如此不堪：「深藍與白」——單調乏味；「撲聞風味」——幾近死亡；「千篇一律」——沒有個性。吳翠遠的家「是一個新式的，帶著宗教背景的模範家庭」，家里人都「天天洗澡，看報」，「聽無線電向來不聽申曲滑稽京戲什麼的，專而聽貝多芬瓦格涅的交響樂，聽不懂也要聽。」家長「竭力鼓勵女兒用功讀書」，但女兒二十多歲之後，「漸漸對她失掉了興趣，寧願她在書本上馬虎一點，勻出點時間來找一個有錢的女婿。」她的家本質上是一箇舊式的家庭，與孟煙鸝、鄭川嫦的家沒有什麼兩樣，女兒讀書不過是為了撈到結婚資本，做「女結婚員」才是她們唯一的出路。而吳翠遠本人則「是一個好女兒，好學生」，她讀書用功，「一步一步往上爬，爬到了頂兒尖兒上」，才二十來歲就在大學裏教英文，「打破了女子職業的新記錄」。她是白玫瑰的「模範」，她的精神特徵也是白玫瑰的「典型」：這個聽話的「好女兒」、「好學生」是一個死氣沉沉、沒有活力、缺乏個性的人，她和孟煙鸝一樣是「空洞白淨」的，也和鄭川嫦一樣，是「沒有點燈的燈塔」。她從吳翠遠的「醜陋服飾」上，可以看到一個典型的白玫瑰是怎樣被家庭所塑造出來的。

正如第一章所說，張愛玲是在從一個空間到另一個空間的流動的狀態下表現紅玫瑰，在同一個空間的相對靜止的狀態下表現白玫瑰的。白玫瑰主要生活於她們的「家」中：出嫁前的家，出嫁後的家，這兩個家並沒有本質的不同。《等》中的人物主要是結婚後的太太們，《封鎖》、《年青的時候》、《花凋》等是關於婚前的女性，把這些文本連在一起，就可以看見中國傳統家庭中出生、成長並老去的白玫瑰們的生活軌跡。《傳奇》中的家庭有「舊派」與「新派」之分，舊派家庭是傳統的宗法父權氣息濃厚的家庭，如《金鎖記》曹七巧的婆家和《傾城之戀》中白流蘇的娘家，腐朽、停滯、昏暗，任世上的事情「今天改，明天改」，「我這天理人情，三綱五常，可是改不了的！」《鴻鸞禧》、《封鎖》等中的家庭自詡為「新派」，父親們看起來是「最瀟灑、最科學的新派爸爸」（《鴻鸞禧》），然而骨子裏還是希望女兒「勻出點時間來找一個有錢的女婿」（《封鎖》），新派的家庭實際上仍然是改頭換面的舊派家庭，以「開明」的面目粉飾著自己，其實芯子裏仍然是與舊派家庭一致的中國傳統宗法家庭。

這樣的家是怎樣的？可以通過《傾城之戀》中逃離之前的白流蘇對白公館的描述略知一二：

> 白公館有這麼一點像神仙的洞府：這裡悠悠忽忽過了一天，世上已經過了一千年。可是這裡過了一千年，也同一天差不多，因為每天都是一樣的單調與無聊。……你年輕麼？不要緊，過兩年就老了，這裡，青春是不稀罕的。他們有的是青春——孩子一個一個地被生出來，新的明亮的眼睛，新的紅嫩的嘴，新的智慧。一年又一年的磨下來，眼睛鈍了，人鈍了，下一代又生出來了。……

這是典型的中國傳統宗法家庭的寫照，千年如一日，一日如千年，永遠不變的是流蘇兄長（男性）一再強調的「天理人情」、「三綱五常」。林幸謙說張愛玲筆下的中國傳統家庭象徵了圈囿女性的「鐵閨閣」。從概念內涵看來，「鐵閨閣」是以「男外女內」、「男尊女卑」、「三從四德」、「三綱五常」、傳統婚姻家庭制度等傳統的思想文化作為「廣大的歷史、文化基礎」，「講述歷史、政治和性別等深層意義」〔註 10〕。可以看出，「鐵閨閣」的文化內涵與孟悅、戴錦華在《浮出歷史地表》中對「父之法」的分析是較一致的，正是「父之法」——「父子相繼」、「人倫之始」、「妻與己齊」等——形成了「鐵閨閣」內的女性所必須尊崇的規則〔註 11〕。「鐵閨閣」這一說法的靈感來自於魯迅《吶喊》自序中的「鐵屋子」，林幸謙提到：「魯迅的『鐵屋子』指稱整體民族國家的精神困境」，而「鐵閨閣」「則以鐵屋中的弱勢女性族群為其吸吶的主要對象」，「『鐵閨閣』是鐵屋中的鐵屋，或可稱之為『深層鐵屋』。」〔註 12〕因此，「鐵閨閣」概念非常巧妙地借用了魯迅「鐵屋子」的概念來道出中國傳統家庭的黑暗和壓抑，同時又用專屬女性的「閨閣」來強調女性在其中所遭

〔註 10〕林幸謙《荒野中的女體》，第 134～135 頁。
〔註 11〕孟悅、戴錦華《浮出歷史地表》，第 7 頁。
〔註 12〕林幸謙《荒野中的女體》，第 134～135 頁。

受的精神困境，「鐵閨閣」就是女性的「鐵屋子」。

「鐵閨閣」這一概念的最大啟發之處在於，它使我們把張愛玲筆下的女性世界和魯迅筆下的國民世界聯繫到了一起。王富仁先生也早就曾經將張愛玲與魯迅並置在一起：「她是女性小說家中的魯迅，她像魯迅一樣俯視著人類和人類文化，並且悲哀著人類的愚昧，感受著人生的蒼涼。」〔註 13〕魯迅的《吶喊》和《彷徨》中的人物也可分為兩類：第一類是對現實不滿、并「身體力行」改變現實的人，如涓生、魏連殳、呂緯甫等，第二類是渾渾噩噩地生活、麻木愚昧的人，如阿 Q、閏土、祥林嫂等。如果把第一類人物和紅玫瑰相比，則會發現紅玫瑰比涓生他們的反抗力要扭曲、陰暗得多，他們的相似性並不是很大；但第二類人物則較為近似，他們都是為現實所毒害、同時又沉迷於現實的人，是魯迅和張愛玲都「哀其不幸」的人。張愛玲正是在表現白玫瑰的命運的時候，尤為與魯迅接近。

《傳奇》中的家庭早已被學者們一再解讀，沒有親情、沒有愛，只有金錢、自私、和相互算計，這早已是大家的共識，白玫瑰就是在這樣的家庭中成長起來的。現在已經不必再來證明《傳奇》中的家庭是什麼樣的，而是要通過對服飾描寫的分析，看看這樣的傳統家庭對在其中生活的女子進行了怎樣的塑造。

《花凋》是關於一個年輕女子如何像花一般凋謝的故事。這篇小說裏蘊含著張愛玲豐富的情感，她的哀傷、惋惜和憤怒都表現得很明顯，這在《傳奇》其他的作品中是少有的。這大約是因為小說的女主角鄭川嫦的原型是她最要好的玩伴——舅舅的女兒「三表妹」，「她們同年，興趣、愛好、性情也相近，兩人一談起小說就沒完沒了」。張愛玲的弟弟推測道：「我姊姊發表《花凋》，是一種哀悼的心情。她哀悼三表妹這朵鮮花的凋謝，也哀悼她失去了一位知心女伴。」〔註 14〕鄭川嫦是《傳奇》中許多個白玫瑰中的一個，也是張愛玲生活中遇到的無數個白玫瑰中的一個，她在《花凋》中表現出的對川嫦的憐惜和對她的家庭的憤怒，也同樣是她對《傳奇》其他的白玫瑰和她們所生活的家庭的態度。

《花凋》是一個「揭謊」的文本，她以川嫦這個最聽話的、最為尊崇家

〔註 13〕王富仁《中國現代中短篇小說發展的歷史軌跡》，《中國文化的守夜人——魯迅》，北京：人民文學出版社，2002 年，第 270 頁。

〔註 14〕張子靜《我的姊姊張愛玲》，第 160 頁。

庭規則的女兒的毀滅，來揭露中國傳統宗法家庭的殘酷和虛偽。只要閱讀小說前一部分，就可以發現鄭家是個充滿謊言的地方，小說開頭關於川嫦墓誌銘的敘述和評論，就是一次「揭謊」：

> ……川嫦是個稀有的美麗的女孩子……十九歲畢業於宏濟女中，二十一歲死於肺病……愛音樂，愛靜，愛父母……無限的愛，無限的依依，無限的惋惜……回憶上的一朵花，永生的玫瑰……安息罷，在愛你的人的心底下。知道你的人沒有一個不愛你的。
>
> 全然不是這回事。的確，她是美麗的，她喜歡靜，她是生肺病死的，她的死是大家同聲惋惜的，可是……全然不是那回事。

所謂「無限的愛，無限的依依，無限的惋惜」，都「全然不是那回事」。鄭家的每個人都善於說謊，母親謊稱自己沒有私房錢，寧可眼睜睜看著女兒受肺病的折磨；父親雖然談起女兒的病也「淚流滿面」，但更擔心的是白白「把錢扔在水裏」；姐妹們看起來是「沒有比她們更為溫柔知禮的女兒，勾肩搭背友愛的姊妹」，但這都是「當著人」時的假象，「背著人時」則是「不停地嘀嘀咕咕，明爭暗鬥」，就算是爭奪衣服，也要以滿口美麗的謊言來哄騙著妹妹：

> 她姊姊們對於美容學研究有素，她們異口同聲地斷定：「小妹適於學生派的打扮。小妹這一路的臉，頭髮還是不燙好看。小妹穿衣服越素淨越好。難得有人配穿藍布褂子，小妹倒是穿藍布長衫頂俏皮。」於是川嫦終年穿著藍布長衫，夏天淺藍，冬天深藍，從來不和姊妹們為了同時看中一件衣料而爭吵。

川嫦的被謊言裝飾的家實際上是個「弱肉強食」的社會，父母只為自己打算，姐妹們之間「明爭暗鬥」，而川嫦「是姊妹中最老實的一個」，「她是最小的一個女兒，天生要被大的欺負，下面又有弟弟，占去了爹娘的疼愛，因此她在家裏不免受委屈。」在這樣的家庭裏，她一輩子都穿著「醜陋服飾」：還未長大時「終年穿著藍布長衫」，長大後，「好容易熬到……姊妹們都出嫁了」，她卻生了病，仍然是一身「醜陋服飾」：

> 川嫦可連一件像樣的睡衣都沒有，穿上她母親的白布褂子，許久沒洗澡，褥單也沒換過。那病人的氣味……

川嫦的「醜陋服飾」暗示著她在這個家庭中的地位和命運，她在家庭的哄騙式的教育中成為最「老實」、最聽話、最謙讓的女孩，但也是這個「弱肉強食」的家庭中最早被扼殺的人。在川嫦的一生中，始終貫穿著一種「服飾匱乏」的情結，她希望有漂亮的服飾，然而總是事與願違，她總是處於「醜陋服飾」之中。服飾的匱乏正象徵著她感情上的匱乏，沒有愛，沒有關懷，她的人生像缺乏陽光雨露的花一樣，只能凋謝。而她的家庭的哄騙式的教育又使她不僅不能認識到這一點，反而使她認為自己是個拖累：「對於整個的世界，她是個拖累。」她的自責又使她的「愛」的家庭多了一道美麗的偽飾。她的「被殺」的命運，小說中以她的一款服飾作為象徵性的寫照：

> 她穿著一件蔥白素綢長袍，白手臂與白衣服之間沒有界限；戴著她大姊夫從馬黎帶來的一副別致的項圈，是一雙泥金的小手，尖而長的紅指甲，緊緊扣在脖子上，像是要扼死人。

川嫦穿這身衣服時，是在一個相當重要的場合：與理想中的丈夫章雲藩見面的時候，然而，那「扼死人」的「小手」、那「尖而長的紅指甲」卻已然觸目驚心地環繞於脖子之上，宣布死亡的即將來臨。一個浪漫的場合變成了一個滿含死亡意蘊的場景，無論如何，不管她是否出嫁，不管她遇到的是誰，她終將被欺騙、被扼殺至死亡，然而她始終是不自知的，始終沒有認清她的家的本質是這樣的。

與「醜陋服飾」相伴的是對「醜陋身體」的描寫。川嫦的家實際上是個殘酷、冷漠的家，她病了一個多月，鄭先生和鄭夫人才讓她看病，致使身體急劇消瘦，「瘦得肋骨胯骨高高突了起來。」於是她永遠只能穿「太大」、「不合體」的「醜陋服飾」了。川嫦的「醜」與她的「病」有很大的關係，前文說過，白玫瑰都是「病女人」，她們實際上是患著兩重的「病」：一重是身體上的病，像川嫦那樣生著肺病，或者像一個肺病患者那樣虛弱、蒼白、瘦削；另一重是「心病」，如同川嫦，焦急地夢想著與理想的結婚對象結婚，做「女結婚員」是她「唯一的出路」。——這也是在中國傳統家庭中，所有白玫瑰一直被教育著的唯一的「出路」。因為生病，這條「出路」被堵住了，身體的病加重著心病：「川嫦知道雲藩比她大七八歲，他家裏父母屢次督促他及早娶親。」然而，「越急越好不了」，心病又加重著身體的病，她一天一天地變瘦、醜，她的整個形象已相當驚心和可怖了（圖十一）：

> 她的肉體在他手指底下溜走了。她一天一天瘦下去。她的臉像骨架子上繃著白緞子，眼睛就是緞子上落了燈花，燒成兩隻炎炎的大洞。

這段話同時一方面顯現了川嫦身體的「醜陋」，另一方面也洩露了她內心的焦慮：她焦急地等待著身體的好轉，渴盼著與章雲藩結婚；同時又焦慮著自己身體的醜陋，擔心心上人看見自己的身體後，「他該怎麼想？他未來的妻太使他失望了罷？」「病」與「醜」是相互作用的，越病越醜，越醜越病。川嫦「病了兩年，成了骨痨」，當章雲藩把女朋友帶到她面前時，她發現自己最後的願望都破滅了：

> 她脫了大衣，隆冬天氣，她裏面只穿了一件光胳膊的綢夾襖，紅黃紫綠，周身都是爛醉的顏色。……相形之下，川嫦更覺自慚形穢。

張愛玲顯然是要將雲藩的女友與川嫦對比著來寫的，前者雖然不美，卻有著川嫦所沒有的健康氣息——幾乎是「過於健康」。大冬天仍可「光胳膊」，那「紅黃紫綠」的衣服匯聚了所有的色彩，雖然俗氣，卻是實實在在的生活之氣，更將常穿的素白病服的川嫦襯托得缺乏生命色彩。在對方「爛醉」的氣息中，川嫦幾乎是悲劇性地意識到了自己身體的醜陋、生命的將逝，意識到了自己已經失去了章雲藩。沒有親情，又失去了愛情，她最後一個生存下去的理由也失去了，「她受不了這痛苦。她想早一點結果了她自己。」

圖十一　張愛玲手繪的鄭川嫦圖

常穿白色服飾的川嫦帶著「病院的氣息」。選自《張愛玲畫話》，止菴、萬燕著，天津：天津社會科學院出版社，2003 年，第 65 頁。此圖是張愛玲為自己的小說手繪的插圖。

川嫦在外面轉了一圈，打算買安眠藥，用「詩意的，動人的死」與這個「腐爛而美麗的世界」告別。然而，現實中的死亡沒有一點詩意，她從路人的眼睛看到了自己駭人的醜陋，而她也意識到了自己的醜陋：

（鄭川嫦）……爬在李媽背上像個冷而白的大白蜘蛛。

他們只睜大了眼睛說：「這女人瘦來！怕來！」

川嫦手一鬆，丟了鏡子，突然摟住她母親，伏在她母親背上放聲哭了起來，道：「娘！娘，我怎麼變得這麼難看？」她問了又問，她母親也哭了。

對於自己的「醜陋身體」，川嫦有一個逐漸明白的過程，通過鏡子裏「鏡像」，她終於看清了在這個家庭中，她的人身逐漸變異為一個「大白蜘蛛」。「大白蜘蛛」，這個可怖的形象如此深深地銘刻在我們的腦海中，以至於我們常常會忽略她也曾經是「美麗的」這個事實：「川嫦從前有過極其豐美的肉體，尤其美的是那華澤的白肩膀。」從一個「豐美的肉體」到一個「冷而白的大白蜘蛛」，其間的巨大反差正好表明了川嫦的生命如何被扭曲、被異化的過程。不僅是在《花凋》中，在《傳奇》的其他小說中，張愛玲也常常將白玫瑰的身體描寫得很醜陋，不妨比較一下《傳奇》其他小說中對紅玫瑰和白玫瑰的身體的描述，例如，同樣說女性的「白」，葛薇龍是「白淨的皮膚」，「傾倒於她的白的，大不乏人。」白流蘇的臉像「半透明的輕青的玉」。白玫瑰卻不一樣，例如：

（孟煙鸝）臉生得寬柔秀麗，可是，還是單只覺得白。……她的白把她周圍的惡劣東西隔開來，像醫院裏的白屏風。（《紅玫瑰與白玫瑰》）

（棠倩）眼白是白瓷，白牙也是白瓷，硬冷，雪白，無情。（《鴻鸞禧》）

（婁太太）團白臉，像小孩學大人的樣捏成的湯糰，搓來搓去，搓得不成模樣，手掌心的灰揉進麵粉裏去，成為較複雜的白。（《鴻鸞禧》）

（吳翠遠）手臂白倒是白的，像擠出來的牙膏，她的整個的人像擠出來的牙膏，沒有款式。（《封鎖》）

林幸謙曾對《傳奇》中的「醜怪身體」有專門的研究，他認為「在三綱三從之義、五倫教化的宗法禮教之下，女性亞文化群體的病態與怪誕現象，在此借助焦慮和卑賤醜怪的形式而得到激化。……顯示出傳統宗法男性中心社會中女性人物如何被置於亞文化身份的位置，並以從屬化、病態化、疏離化、醜怪化去體現兩性的差異和女性亞文化群體的悲劇。」〔註 15〕張愛玲正是通過女性醜陋形象的敘述，展示女性的現實處境，顯示女性畸形的生存處境。實際上，在現實中，被醜陋化的不僅是女性的外在形象，從以上對白玫瑰的「醜陋服飾」和「醜陋身體」的描繪，還可以得到她們深層心理也被「醜陋化」的結論：孟煙鸝的「白」是精神上的無知、空洞、乏味；棠倩的「白」是冷漠、無情；婁太太的「白」是她在家庭中任人搓捏的寫照，她永遠有著說不清道不明的委屈；吳翠遠的「白」是沒有個性、沒有靈氣、麻木遲鈍的精神狀態。從「醜陋服飾」到「醜陋身體」到「醜陋心靈」，張愛玲層層推進地揭示出白玫瑰的真實面目和真實處境。本來她們是家庭中盡職盡責的好妻子、好女兒，但卻變成了一群醜陋不堪的人物。這裡面的諷刺意義非常明顯：白玫瑰——那些「認真」生活於中國傳統家庭中的女性，那些一心把自己的丈夫（或未來的丈夫）當作最大的念想和依靠的女性，那些在「父之法」下規規矩矩地生活著的女人們——作為一整個「女性亞文化群」，已經完全被「父之法」完全扭曲，越是遵循「父之法」，越被扭曲得醜陋不堪。張愛玲的「醜陋」敘事，揭示了中國傳統家庭中的女性所受到的身體和精神的雙重戕害。

在所有的白玫瑰中，川嫦的形象是被扭曲得最為醜陋的，「冷而白的大白蜘蛛」既是對她的真實處境的寫照，也是張愛玲對「三表姊」所處的虛偽的家庭環境的控訴。在這個可怕的意象裏，蘊藏著張愛玲對虛偽冷酷的傳統宗法家庭的洶湧的憤怒，正是因為此，她把這個最醜陋、最恐怖的形象給了自己少年時期的最親密的夥伴。然而，更為殘酷的是，等待著川嫦的命運，不僅是「醜」，還有「死」——最後出現在小說中的川嫦是個「死亡天使」的形象：

> 她自己一寸一寸地死去了，這可愛的世界也一寸一寸地死去了。凡是她目光所及，手指所觸的，立即死去。

川嫦的生命從她的身體裏面一點點地流走。她的理想、愛都被一點點地抽走，最後只剩下一個乾癟的軀殼。《花凋》的殘酷就在於，我們眼睜睜看著一個年輕美麗的生命的一寸一寸地消失了。這個「死亡天使」的形象具有極大的反諷效果：她死了，世界也死了，「碩大無朋的自身和這腐爛而美麗的世界，兩個屍首背對背栓在一起，你墜著我，我墜著你，往下沉。」彷彿是因為她的「目光所及」和「手指所觸」使得這個世界死去。事實上——套用張愛玲在小

〔註 15〕林幸謙《荒原中的女體》，第 75 頁。

說開端的一句話——「全然不是這麼回事」，是這個充滿「愛」、同是充滿謊言的世界使她的生命走向死亡。在此不妨對照一下小說開始時的川嫦的形象：川嫦「老實」、謙讓，「從來不和姊妹們為了同時看中一件衣料而爭吵」，常常受委屈，用佛吉尼婭·伍爾芙的話說，她是一個人見人愛的「家庭天使」〔註16〕的形象。然而此時，一個「家庭天使」變成了「死亡天使」，川嫦的死是對她的充滿「愛」的家庭的絕妙諷刺。川嫦的「醜——病——死」的一生也是白玫瑰命運的寫照，孟煙鸝、吳翠遠、龐太太、婁太太從前也美麗過，但現在她們變醜了的「病人」，至於她們的將來——川嫦「大白蜘蛛」式的身體變異和鬱鬱而死的命運正等待著她們。

三、婚服與嫁衣：華麗的殉葬

在《傳奇》中，有一款服飾非常刺目，那就是「婚服」。在人們的現實經驗中，婚禮總是喜氣洋洋的，婚服總是潔白美麗的，身披婚服的新娘一定是嬌羞可愛的。然而，仍然要套用《花凋》中的一句話：在張愛玲的筆下，「全然不是這麼回事」。

《傳奇》中的《鴻鸞禧》、《年青的時候》、《沉香屑·第二爐香》都有較大的篇幅描寫婚禮場面，而《鴻鸞禧》則是全篇都是圍繞婚禮和婚服而寫。可見「婚禮」這一場景在《傳奇》中的重要性，「婚服」也成為分析其服飾描寫時不可迴避的話題。先看看《年青的時候》的婚禮中那些「重要人物」的服飾描寫：

> 神甫身上披著平金緞子臺毯一樣的氅衣，長髮齊眉，飄飄然和金黃的鬍鬚連在一起，汗不停地淌，鬚髮兜底一層層濕出來。……他瞌睡得睜不開眼睛。
>
> 聖壇後面悄悄走出一個香夥來，手持托盤，是麻而黑的中國人，僧侶的黑袍下露出白竹布褲子，赤腳趿著鞋。也留著一頭烏油油的

〔註16〕「家庭天使」，也稱「屋子裏的安琪兒」，佛吉尼婭·伍爾芙對這一名稱解釋道：「你們也許不知道『屋子裏安琪兒』意味著什麼。我將立刻描述她。她楚楚迷人，毫不自私，極富同情心，在高難度的家庭生活藝術的疆域裏出類拔萃。如果吃雞，她撿雞肋吃，如果屋子漏風，她站在風口頂著。簡言之，她的言行舉止表明她從未有自己的意願和心計，總是百疊迴腸地同情別人，溫柔地順從別人，最重要的是，她純潔。純潔被視為她的美之所在。」佛吉尼婭·伍爾芙《婦女的職業》，《女性主義文學理論》，（英）瑪麗·伊格爾頓編，長沙：湖南文藝出版社，1989年，第89頁。

> 長髮，人字式披在兩頰上，像個鬼，不是《聊齋》上的鬼，是蟻冢裏的，白螞蟻鑽出鑽進的鬼。
>
> 新郎似乎局促不安。他……看上去沒有多大出息。他草草地只穿了一套家常半舊白色西裝。
>
> 新娘卻穿著隆重的白緞子禮服，汝良身旁的兩個老太太，一個說新娘的禮服是租來的，一個說是借來的……

讀者應該很少看到類似的婚禮和婚服的描寫。如此的肮髒、邋遢，人生這隆重的時刻，卻變成了無比沮喪的時刻，沒有絲毫的喜慶之氣。再看看《鴻鸞禧》的婚禮上出現的身著婚服的新娘和身穿禮服的儐相：

> 樂隊奏起結婚進行曲，新郎新娘男女儐相的輝煌的行列徐徐進來了。……粉紅的，淡黃的女儐相像破曉的雲，黑色禮服的男子們像雲霞裏慢慢飛著的燕的黑影，半閉著眼睛的白色的新娘像復活的清晨還沒醒過來的屍首，有一種收斂的光。這一切都跟著高升發揚的音樂一齊來了。
>
> ……樂隊起了又奏起進行曲。新娘出去的時候，白禮服似乎破舊了些，臉色也舊了。

還有一段身著婚服的新娘的「特寫」，那是「婚紗照」中的玉清：

> 玉清單獨拍的一張，她立在那裡，白禮服平扁漿硬，身子向前傾而不跌倒，像背後撐著紙板的紙洋娃娃。和大陸一同拍的那張，她把障紗拉下來罩在臉上，面目模糊，照片上彷彿無意中拍進去一個冤鬼的影子。

單單閱讀這兩段關於婚禮和婚服的描寫，就能感到小說所傳達的婚禮的意境與我們日常經驗的差別。這裡的婚禮不僅沒有絲毫「喜氣」，反而充滿「死亡之氣」。婚禮廳堂的布置是華麗的——更確切地說，是一種「俗麗」。為兒子舉行婚禮的婁先生是「近年來方才『發跡』的」，他家裏的人都有著一種「新鮮的粗俗的喜悅」，因此在婚禮上要盡可能地顯示著他家的財富。然而這樣的布置並不能體現婚禮的喜慶：

> 禮堂裏已經有好些人在，……大家微笑，嘁喳，輕手輕腳地走動著，也有拉開椅子坐下的。廣大的廳堂裏立著朱紅大柱，盤著青綠的龍；黑玻璃的牆，黑玻璃龕裏做著小金佛，外國老太太的東方，全部在這裡了。其間更有無邊無際的暗花北京地毯，腳踩上去，虛

> 飂飂地踩不到花，像隔了一層什麼。整個的花團錦簇的大房間是一個玻璃球，球心有五彩的碎花圖案。客人們都是小心翼翼順著球面爬行的蒼蠅，無法爬進去。

「朱紅大柱，盤著青綠的龍」有一種廟宇殿堂的森然之氣，「黑玻璃的牆」與婚禮的喜氣根本犯了沖。婚服更是沒有任何喜色，新娘是一個「還沒醒過來的屍首」，潔白的婚紗成了裹屍布；黑色禮服的儐相像「慢慢飛著的燕的黑影」，他們如同死的使者，牽引著新娘走向死亡；客人們是「小心翼翼順著球面爬行的蒼蠅」，他們圍著死屍嗡嗡「喊喳」著、「輕手輕腳」地飛舞著。婚禮上的「鴻鸞禧」，根本就是一個表面華麗、輝煌，實際腐爛、惡臭的「死亡圖」；新娘變成了「冤鬼」；婚禮不像婚禮，反而像個葬禮。

《鴻鸞禧》是除了《等》之外的另一個具有較強的「現代主義」特徵的小說，它並沒有對婚禮上的一切進行「現實主義」的描述，而是含有很強的「內心意識的表現」，作者憑藉自己的主觀意志把我們日常生活的經驗進行了極大的「變形」，明顯表現出了「被井井有條的生活現實表象所遮掩的虛無紊亂感」〔註17〕但問題在於，張愛玲為什麼要把新娘寫成冤鬼，把婚服寫成喪服，把婚禮寫成葬禮？從整篇小說的人物、結構和意蘊上看，張愛玲要表達的是：作為「妻子」這一角色的女性的如同「冤鬼」，這是她們命定的悲劇。

《鴻鸞禧》看起來人物眾多、細節散漫，但仔細分析，還是能發現隱藏在瑣碎的日常生活表面下的嚴謹的結構，其結構形式、主要人物關係、敘述風格和深層意蘊可用下圖表示：

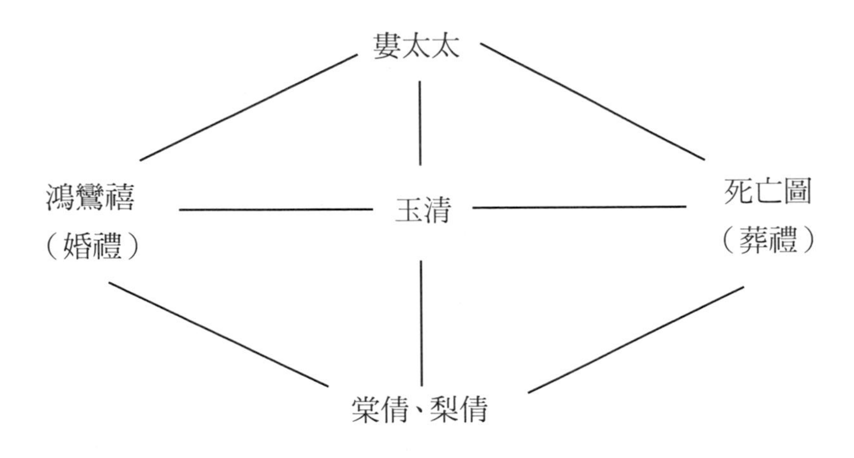

〔註17〕馬．佈雷得伯里，詹．麥克法蘭編《現代主義》上海：上海外語教育出版社，1992年，第366頁。

小說的主人公是邱玉清（一個即將成為「妻子」的新娘），同時展現的還有另外兩組人物：玉清的表妹棠倩和梨倩（渴望成為「妻子」的待嫁女），和玉清的婆婆婁太太（一個老去的「妻子」）。這篇小說實際上是從「橫向」和「縱向」兩個向度來展示了作為「妻子」的女人的命運：「橫向」上是指玉清婚禮的橫截面，對普通的女人來說，這是她們人生中最重要、最美麗場景刻，是她們另一段生命的開始，許多女人把結婚看做是一次「新生」；從民俗學的角度來看，結婚意味著生命的繁衍，蘊含著無限的「生」的含義。正因為婚禮對女人而言是人生中的重要時刻，當這個場面出現在文本中時，就有可能會具備高度的象徵性。但小說卻將「鴻鸞禧」變成了「死亡圖」，婚禮變成了葬禮，新娘變成了「冤鬼」，揭示出玉清的結婚和成為一個「妻子」並不是「生」，而是「死」的象徵意義，她本人也成了婚姻／葬禮上的殉葬品；「縱向」是指三組女性人物之間在時間上相互指涉的關係。不妨將她們相互聯繫著進行閱讀，一心渴望出嫁的棠倩和梨倩、婚禮中的玉清、已成為「妻子」多年的婁太太相連在一起，正好構成一個女性作為「妻子」這一角色過去、現在、未來的圖景。棠倩和梨倩可以被認為是從前的玉清，婁太太可被認為是將來的玉清，同樣，玉清本人的「冤鬼」的象徵形象也適用於棠倩、梨倩、婁太太的身上，對於她們，無論是在曾經有過的婚禮還是在將來出現的婚禮上，她們的「鴻鸞禧」都和玉清一樣實質上是「死亡圖」。從風格上說，張愛玲使用了諷刺的筆法，對參加婚禮的每一個人都進行了一番嘲弄，但小說的深層底蘊卻是面對著人生「死亡圖」之時的深刻的悲哀。

張愛玲是用漫畫式的筆法來刻畫《鴻鸞禧》中的女性的。棠倩和梨倩「都是好姑娘，但是歲數大了，自己著急，勢不能安份了。」棠倩過於「活潑」，可是「活潑了這些年還沒嫁掉，使她喪失了自尊心。」梨倩假裝「厭世」，「她倚著柱子站立——她喜歡這樣；她的蒼白倦怠的臉是一種挑戰，彷彿在說：『我是厭世的……』」二人虛偽做作，目標只有一個：嫁人。「女結婚員」是張愛玲對《花凋》中鄭家女兒的「職業」充滿嘲諷的界定，其實也適用於《傳奇》中所有的女性，尤其是一生在傳統宗法家庭中接受著傳統性別角色教育著的白玫瑰身上。白玫瑰大都是出身於傳統的大家族或中產階級之家，雖然家族早已捉襟見肘、繁華不再，但由於「門第所限」，「做『女結婚員』是唯一的出路。」如果說白玫瑰有什麼人生理想的話，那就是成為「某人妻」。因此，不擇手段地抓住一個「丈夫」，是她們終身的奮鬥目標；成為一個「妻子」，是她們對自己一生的角色定位。將「妻子」作為人生奮鬥目標的女性，在《傳奇》中隨處可見。她們以「窺視」、「守侯」的姿態出現，例如《紅玫瑰與白玫瑰》中的艾許小姐：「一雙深黃的眼睛窺視著一切。」「女人還沒得到自己的一份家業，自己的一份憂愁負擔與喜樂，是常常有那種注意守侯的神情的。」還有《鴻鸞禧》中的四美和二喬，時刻將自己裝扮起來以引起別人的注意，她們都認為「婚禮中自己是最吃重的角色，……玉清是銀幕上最後映出的雪白耀眼的『完』字，而她們是精彩的下期佳片預告。」

玉清比棠倩和梨倩幸運，終於找到了一個理想的丈夫，但她「非常小心不使她自己露出高興的神氣——為了出嫁而歡欣鼓舞，彷彿坐實了她是個老處女似的。」好不容易即將結婚，玉清是高興的，然而玉清在準備嫁衣的時候，卻顯出了「憂愁的重壓」：

> 玉清還買了軟緞繡花的睡衣，相配的繡花浴衣，織錦的絲綿浴衣，金織錦拖鞋，金琺瑯粉鏡，有拉練的雞皮小粉鏡。她認為一個女人一生就只有這一個任性的時候，不能不儘量使用她的權利，因此看見什麼買什麼，來不及地買，心裏有一種決撒的，悲涼的感覺，所以她的辦嫁妝的悲哀並不完全是裝出來的。

玉清準備嫁衣時的「決撒的」、「悲哀的」感覺，暗示了她對於「妻子」這個角色的焦慮。玉清「家裏是個凋落的大戶」，與鄭川嫦的家沒有什麼兩樣，她和其他的白玫瑰一樣，是最為常見的傳統的中國宗法家庭中的女性，她們所受的性別角色教育也是最為傳統的。此時，她即將成為「某人妻」，對於這個角色的含義，她應該在家庭宗法式的教育中早有領會。中國古老的經史著述中就明確地對「夫婦」的關係做了這樣的規範：

> 男帥女，女從男，夫婦之義由此始也。婦人，從人者也。幼從父兄，嫁從夫，夫死從子。夫也者，夫也；夫也者，以知帥人者也。〔註 18〕

> 夫者，妻之天也。〔註 19〕

對「妻子」這一角色（包括與「妻子」同義的「后」、「夫人」、「內子」、「命婦」、「庶人」等）的定義，在《釋名》中可見如下：

> 天子之妃曰后；后，后也，言在后不敢以副言也。諸侯之妃曰

〔註 18〕《禮記・郊特牲》。
〔註 19〕《禮記・喪服》。

> 夫人；夫，扶也，扶助其君也。卿之妃曰內子；子，女子也，在閨門之內治家也。大夫之妃曰命婦；婦，服也，服家事也。夫受命於朝，妻受命於家也。士庶人曰妻，齊也，夫賤不足以尊稱，故齊等言也。〔註20〕

不管是對「夫婦」的規範還是對「后」、「妃」的命名，強調的都是作為「妻子」這一角色的從屬性。通過類似的命名，女性被拘囿於「閨門之內」，主要任務是「扶助其君」、「治家」和「服家事」。孟悅和戴錦華對此有非常精闢的解釋：「『夫婦』二字，是父系社會完成對女性的歷史性壓抑的第一個告捷儀式。」「成為『夫』意即獲得某中對他人的權利和社會的信任——一家之主，而有『女』變為『婦』，則是自身的喪失，……——消失於他人的陰影，從而消除了異己性而納入社會秩序中。」〔註21〕丈夫是「天」，妻子是「地」，丈夫是「帥」，妻子是「從」，這樣的性別角色定義已經與三綱五常、三從四德等倫理秩序思想共同作用著，深深地銘刻在中國傳統女性的集體無意識上，滲透於她們日常生活的一言一行中，成為她們在自己人生之路上進行選擇的堅不可摧的理由。也正因為此，成為一個傳統宗法意義上的「妻子」，是白玫瑰們理所當然的選擇。但從另一個角度來說，正是對「妻子」角色意義的深入領會，使她們在潛意識中對這個角色產生恐懼。玉清的焦慮，正是來自於她對宗法家庭中「妻子」角色含義的認識。她認為一個女人一生就只有辦嫁妝這一段時間是可以「任性」的，她一生也只有這麼幾天是有「權利」的，而此後的日子都將喪失一切「權利」，被拘囿於「閨門之內」，成為「服家事」、「助其君」的家庭配角。

另外，玉清的婆婆婁太太也給她提供了未來生活的圖景。婁太太雖然是富庶之家的主婦，但並沒有半點權威和地位，作為一個「妻子」，她總是被丈夫「濫找碴子」：

> （婁先生）看見他太太就可以一連串地這樣說下去：「頭髮不要剪成鴨屁股式好不好？圖省事不如把頭髮剃了！不要穿雪青的襪子好不好？不要把襪子卷到膝蓋底下好不好？旗袍衩裏不要露出一截黑華絲葛褲子好不好？……」

婁太太被挑剔著的服飾顯示出她在家庭中的地位：她永遠也不能使丈夫

〔註20〕《釋名．釋親屬》。

〔註21〕孟悅、戴錦華《浮出歷史地表》，第11頁。

滿意，雖然家務都是由她來操持的；她常常覺得自己「做錯了事」，因為對於她丈夫的要求而言，她永遠是「不夠」的。她的家庭雖然是「新派」家庭，丈夫是「最瀟灑，最科學」的「新派」人物，但他並不用平等、民主的「新派」態度來對待妻子，而是常常向她「挑戰」。對於，婁太太感覺自己被丈夫和兒子排除在了家庭的「核心」之外：

> 他們父子總是父子。婁太太覺得孤淒。婁家一家大小，漂亮，要強的，她心愛的人，她丈夫，她孩子，聯了幫時時刻刻想盡辦法實驗她，一次一次重新發現她的不夠。

她的家是最古老、最典型的「父子相繼」的傳統之家，丈夫和兒子形成男權的屏障，把她排斥在權利之外。孟悅和戴錦華對這種「父子相繼」的家庭有如下的論述：「子承父位、子承父業、子承父志等一系列形容父子相繼的字眼，體現的都是這一家庭秩序內的男性同性聯盟統治原則。」而女性「周圍那一道道由父、夫、子及親屬網絡構成的人牆，將她與整個社會生活嚴格阻絕，使她在人身、名分、心靈上，都是家庭——父、夫、子世代同盟的萬劫不復的囚徒。」〔註22〕婁太太多年居於這樣的「囚牢」之中，得到了物質的保障，卻成為丈夫和兒子的奴僕。並且在丈夫多年來在喋喋不休地「找碴」中，她漸漸喪失了自尊和自信，她自己也「發現了她的不夠。」從上面她丈夫對她的服飾的「挑剔」也可以看得出來，做了多年的「妻子」之後，她不僅外形變得更加委瑣和醜陋，氣質上也變得俗氣、愚笨起來。生命的樂趣已消失怠盡，她也幾乎已麻木於這樣的生活，連「傷悲」都已感覺不到了，人生剩下的只有「麻煩」：「兩道眉毛緊緊皺著，表示的只是『麻煩！麻煩！』而不是傷悲。」人的一生就這樣毫無趣味地在「麻煩」中度過了。

婁太太做了一輩子家庭的僕役，卻被丈夫和兒子排斥在家庭秩序之外，她不是「冤鬼」又是什麼？在婁太太這裡，對於「妻子」這一角色的無奈，轉化為對人生的無奈，「繁榮，氣惱，為難，這是生命」。在這樣的家庭中，「妻子」不是受尊敬、有地位的人，而那些「心愛的人」——丈夫、孩子——還會「聯了幫」地羞辱她、貶低她，將她貶低為一個醜陋的人。因此，婁太太心裏時常有著「溫柔的牽痛」。玉清尚且不能感覺到這種「痛」，但她已隱隱感受到了等待著她的命運，因此她會有著「決撒的」、「悲哀的」感覺，在對自己的照片（照片也如同鏡子中的「鏡像」），的「觀照」中，她看到了「另一

〔註22〕孟悅、戴錦華《浮出歷史地表》，第5、6頁。

個自己」——那個披著婚服的、即將成為一個「妻子」的「冤鬼」，而她本人已經成為這場豪華婚禮的華麗的殉葬。

小說的結尾，有一段婁太太對婚禮的回憶：

> 忽然想起她小時候，站在大門口看人家迎親，花轎前嗚哩嗚哩，迴環的，蠻性的吹打，把新娘的哭聲壓了下去；鑼敲得人震心；烈日下，花轎的彩穗一排湖綠，一排粉紅，一排大紅，一排排自歸自波動著，使人頭昏而又有正午的清醒白醒，像端午節的雄黃酒。轎夫在繡花襖底下露出打補丁的藍布短褲，上面伸出黃而細的脖子，汗水晶瑩，如同鏤子裏探出頭來的肉蟲。轎夫與吹鼓手成行走過，一路是華美的搖擺。看熱鬧的人和他們合為一體了，大家都被在他們之外的一種廣大的喜悅所震撼，心裏搖搖無主起來。

這段回憶，再次強化了「婚禮即葬禮，新娘如冤鬼」的含義。花轎前的「迴環的，蠻性的吹打」，那「敲得人震心」的鑼鼓，都是一股看不見的巨大的男性的力，「把新娘的哭聲壓了下去」。這婚禮既華美又醜陋，讓人頭昏、讓人暈眩、讓人「心裏搖搖無主」，裏面沒有「廣大的喜悅」，相反，是「廣大的悲哀」，穿行於悠遠的婚姻歷史中。從洪荒時代女人的命運就是如此的，一代又一代的女人將這命運接了下來，昏昏沉沉地走到了現在。這部小說是完全關於結婚的小說，但它是張愛玲最悲哀的一則寓言，那豪華的婚禮、華麗的婚服，正是作為一個宗法家庭的「妻子」的女性的最恐怖的、也是最悲哀的一生的濃縮。

四、「寡婦衣」與「母系鐵閨閣」：母女教育

《沉香屑・第二爐香》也是關於結婚的小說，但它真正要表現的不是婚姻中的男女，而是婚姻之外的女人。它也常常被認為是深受佛洛德的「心理分析小說」，並因為此，作者和作品都常遭受這樣的批評：

> 《第二爐香》曾被認為是非常失真的藝術作品。……人們批評她寫的都是難以讓人理解和接受的特異心理，荒唐的戀情和極端的病態，基本上是將佛洛德精神分析生硬地嵌入一個故事框架，常常流於主觀的臆想和虛構，減少了人物的現實性，有勉強和做作的痕跡。〔註23〕

〔註23〕陳暉《張愛玲與現代主義》，第7頁。

張愛玲初登文壇時，同時拿出風格不一的「兩爐香」，她的「伯樂」周瘦鵑先生「一壁讀，一壁擊節」〔註 24〕的兩部作品，不至於水準差別這麼大。但《沉香屑・第二爐香》確實沒有《沉香屑・第一爐香》的命運好，它被提及的頻率遠遠小於後者，而且它常常被解讀為「一個女性的性無知引起一個大學教授的自殺」的故事。這樣的解讀將故事的男主角推到了前臺，然而事實上，男主角的心理發展線索十分單一，而其中女性的心理層次卻極為豐富複雜，她們的心理如同「小火山」，「看不見火，只偶而冒點煙。」〔註 25〕可以說，男主角羅傑在小說中的作用類似於一個道具「蓋子」，他的結婚經歷和最後死亡的結局主要是起到「翻開蓋子」「揭露真相」的作用，作者想表現的是蓋子下面隱藏的真相，而不是蓋子本身。因此，小說真正的主角是蜜秋兒太太和她的兩個女兒：靡麗笙和愫細。

蜜秋兒太太與《沉香屑・第一爐香》中的梁太太、《金鎖記》中的曹七巧有類似之處，她們都是家中的絕對掌權的人物。第一章已談論到梁太太和七巧創造了屬於自己的世界，那陰氣森森的「瘋人院」和「鬼宅」，但蜜秋兒太太的家卻有所不同：

> 蜜秋兒太太住的是一座古老的小紅磚房屋，二層樓的窗臺正對著街沿的毛茸茸的綠草。窗戶裏挑出一根竹竿來，正好搭在水泥路上，竹竿上晾著白褥單，橙色的窗簾，還有愫細的妹妹凱絲玲的學生制服，天青裙子，生著背帶。

紅磚、綠草、白褥單、橙色窗簾，這些顏色明朗的事物與凱絲玲的天青裙子組合在一起，似乎在暗示蜜秋兒太太的家是個健康和美的家庭。張愛玲對學生制服較有好感，在《對照記》中，她曾提到自己在教會女校讀書時對校服的渴望：

> 學校裏一度醞釀著要制定校服，有人贊成，認為泯除貧富界限。也有人反對，因為太整齊劃一了喪失個性，……。我始終不置一詞，心裏非常渴望有校服，也許像別處的女生的白襯衫、藏青十字交叉背帶裙，洋服中的經典之作，而又有少女氣息。〔註 26〕

在張愛玲的心目中，校服不僅不會泯滅「個性」，而且還能顯示出「少女

〔註 24〕周瘦鵑《寫在〈紫羅蘭〉前頭》，《張愛玲評說六十年》。
〔註 25〕張愛玲《表姨細姨及其他》。
〔註 26〕張愛玲《對照記》，第 40 頁。

氣息」。她所喜歡的是校服中所蘊含的年輕人的「生命的氣息」，因此，在她小說中，只要寫到校服，必定與健康、生氣聯在一起。例如在《金鎖記》中，長安去女中讀書：

長安換上了藍愛國布的校服，不上半年，臉色也紅潤了，胳膊腿腕也粗了一圈。

很顯然，學生制服與身體和心靈的健康是聯繫在一起的（圖十二），它包含了現代學校的現代教育將國人塑造成生動、新鮮、個性張揚的「現代人」的願望。尤其是「女中」（或「女學堂」），自它誕生初期就致力於從「身」和「心」兩方面完善女性：「身」的方面，「體育為女子教育第一要義」，有了健康的身體才能「保身自救」和「保種救國」；「心」的方面，「振興女學，提倡女權」，將女性塑造成「獨立」、「自治」、有「權利」、有「自由」的人。而且，女學在興辦之初便強調「講求女學，師範西法」〔註 27〕。張愛玲不喜歡中國傳統的封建家庭教育，從她對自己童年時期的教育經歷的回憶可以看得出來：

家裏給弟弟和我請了先生，是私塾制度，一天讀到晚，在傍晚的穿前搖擺著身子。讀到「太王事獯於」，把它改為「太王嗜薰魚」方才記住。那一個時期，我時常為了背不出書而煩惱……〔註 28〕

張愛玲的父親應該是典型的封建家庭教育的產物，她回憶道：「我父親一輩子繞室吟哦，背誦如流，滔滔不絕一氣到底，末了拖長腔一唱三歎地作結。沉默著走了沒一兩丈遠，又開始背另一篇。聽不出是古文還是奏摺，但是似乎沒有重複的。我聽著覺得辛酸，因為毫無用處。」〔註 29〕張愛玲認為類似於私塾教育的傳統家庭教育不僅是「無用」的，而且還會壓抑人性。她一直都嚮往西式的教育，她的中學是在教會女中完成，後到香港大學讀大學，還一心要到倫敦大學去留學，應該是與西式教育的開放、健康、人性有關。

蜜秋兒太太家不是中國家庭，她的異域身份有理由讓人們相信，她家的女性接受的教育正是中國的「女中」所學習的「西法」，她的家庭比中國傳統家庭更開明、更民主，她家的女兒比普通的中國家庭的女孩子享受著更多的

〔註 27〕此處有關「女學堂」和「女子教育」的論述和資料，參見夏曉虹《晚清女性與近代中國》中的有關章節，北京：北京大學出版社，2004 年。

〔註 28〕張愛玲《私語》。

〔註 29〕張愛玲《對照記》，第 56 頁。

獨立、權利和自由。小說的開始，羅傑所看到的蜜秋兒太太的家正這樣一個漂亮、和諧、健康的家庭，——但是，這正好是這個家的「偽裝」所在。如果不進如這個家的裏子，任何人都會被這個漂亮的家、家中漂亮的女人迷住，而實際上這個家與梁太太和七巧的家相比，其危險性有過之而無不及。蜜秋兒太太的家雖然是愛爾蘭家庭，但其家庭制度的森然、家庭氣氛的可怕一點也不亞於中國傳統的宗法家庭，這一類家庭的共同的特點是，它們缺乏的正好是學生制服所代表的現代教育體系中所含概的「獨立」、「自治」、「權利」和「自由」。

圖十二　上海愛國女校的女學生（1931 年）

她們的校服是短袖上衣和短款百褶裙，顯得簡潔、清新、輕盈。選自《申報畫刊》1931 年 12 月 20 日，第 82 期。

蜜秋兒太太的家庭剝去偽裝後是怎樣的？通過她的服飾風格可略知一二：

> 她已經把衣服穿好了，是一件棗紅色的，但是蜜秋兒太太一向穿慣了黑，她的個性裏大量吸入了一般守禮謹嚴的寡婦們的黑沉沉的氣氛，隨便她穿什麼顏色的衣服，總似乎是一身黑……

「黑沉沉」這三個字，不僅是蜜秋兒太太自身精神面貌的外在顯現，也是她那陰森的家庭氛圍的寫照。不妨把這種「黑沉沉」的服飾稱作「寡婦服」，它是一個典型的宗法家庭中的守寡、禁慾的女性的內心世界的外化。用權威的男性視角來看，這樣的服飾正顯示了一個寡婦所「應有」的「守禮謹嚴」，但從女性的角度來看，「黑沉沉」正意味著她精神世界的極度陰暗，她的內心極度的壓抑，以及因為壓抑引起的瘋狂。另外，作為家庭的絕對主宰，她的「黑沉沉」的氣質像陰影一樣地覆蓋了整個家庭，甚至連自己的女兒也沉沒在她的陰影之中。

梁太太、曹七巧、蜜秋兒太太都是寡婦，她們的服飾差異顯示了她們不同的個性和人生態度，梁太太的服飾雖然也是黑色的，但黑暗中摻雜著鮮豔的色彩，金色、鸚哥綠、血一樣的紅指甲，象徵著她以荒淫縱慾的生活方式來填補內心的虛空；曹七巧晚年的服飾以灰色、黑色為主，暗示著她以「禁慾」的方式壓抑內心的情慾。蜜秋兒太太的服飾更接近於曹七巧。和曹七巧一樣，蜜秋兒太太也是個「瘋女人」，但她「守禮謹嚴」的外表掩飾了她的瘋狂，她是個冷靜的「瘋子」，她用自己「嚴明的家教」謀殺自己的女兒和女婿，她是比七巧更狡猾、更懂得偽裝的「吃人」的「瘋人」。她「守禮謹嚴」，彬彬有禮，永遠都用「美麗」、「純潔」與「愛」的來粉飾著她的「吃人」的面孔。

從故事本身來看，自小說開端羅傑興高采烈地準備和愫細結婚開始，他就一頭跌進了蜜秋兒太太為他準備的「死亡陷阱」中。這是一個蜜秋兒太太長期以來就準備好了的，已經在大女兒靡麗笙身上實驗過一次，現在又要在二女兒身上實驗的「食人」計劃，將來還會在小女兒凱絲玲身上上演。蜜秋兒太太通過「嚴明」的家教，把自己的女兒訓練成「天真」、「純潔」的美麗女孩，她們尤其對「性」一無所知，認為男人是「禽獸」。因為她們的「純潔」，在新婚之時她們使自己的丈夫陷入「色情狂」的不名譽的名聲中，將丈夫逼瘋、逼死。蜜秋兒太太為什麼要這樣做，小說沒有明確的答案，可能有如下的解釋：她通過女兒引誘並謀害女婿，以此達到佔有男方財富的斂財的目的；她嫉妒女兒的年輕和幸福，因為她自己對情慾的極度匱乏，她不允許家庭中有人得到情慾的滿足；她為了永遠做一個「母親家園」的主人，必須要永遠地控制女兒的身體和精神，她不能允許有人（尤其是男人、女兒的丈夫）來威脅自己的地位……諸種可能性都一再的加強著人物心理的複雜性，同時也證明，同為「寡婦」，蜜秋兒太太是個比曹七巧更虛偽、更陰險、更可怕的母親。

如果把蜜秋兒太太和曹七巧這兩個身著「寡婦服」的女人進行「互讀」，就會發現她們的家其實都是男性之家的複製品，她們都以男性之家為摹本建立了自己的世界，她們自己也「摹仿」一個權威男性，成了這世界的主人。她們的「摹仿」，用法國批評家克莉斯特娃的話來說，是她們「進入男性話語體系」的方式，「她借用他的口吻、承襲他的概念、站在她的立場，用他規定的符號系統所認可的方式發言，即作為男性的同性進入話語。」〔註 30〕因此，她們的家是對男性處於絕對統治地位的傳統封建宗法家庭的摹仿，是對以女性弱勢群族為主要控制對象的「鐵閨閣」的摹仿，因此，她們的家庭亦可稱為是沒有夫權統治的「母系鐵閨閣」——只有家長的性別不同、本質與傳統「鐵閨閣」無異的一個「摹本」；而且，因為是刻意的「摹仿」，她們可能會制定比真正的男性之家更嚴厲的家庭法則，而她們自己也可能比真正的男性家長更殘酷。

生活於「母系鐵閨閣」中的女性，在「身」、「心」遭受著嚴厲的控制。兩個母親對女兒的教育正好是與「女中」、「女學堂」的教育目標正好是相反的，現代學校的教育體系要從「身」、「心」兩方面促進女性身體的健康和智識的發展，而曹七巧和蜜秋兒太太也正是從這兩個方面來限制女兒的成長的。長安十三歲時，七巧竟然為她裹腳，「痛得長安鬼哭神號的」，「裹了一年多」，「長安的腳可不能完全恢復原狀了」。蜜秋兒太太則是以「嚴明的家教」來控制女兒的精神世界，靡麗笙曾說：「連我們所讀的報紙，也要經母親檢查過才讓我們看的。」長安的裹腳被「傳作笑話奇談」，愫細的「性無知」也讓人匪夷所思，母親給她們的教育不僅沒有給她們愛和智慧，反而給她們留下了無法挽回的身心創傷。

同樣，也可以把長安和愫細進行「互讀」，長安主要是表現了身體上的受損：

> （長安）年紀到了十三四歲，只因身材瘦小，看上去才只七八歲的光景。

愫細主要體現精神上的損害：

> 愫細雖然是二十一歲的人了，依舊是一個純潔的孩子，天真得使人不能相信。

不管是身體還是精神，長安和愫細的成長都嚴重滯後，她們是未發育完全的人。長安完全沒有女孩子的青春明媚，「她在年青些也不過是一棵較嫩的雪裏紅——鹽醃過的。」愫細最大的特點是「純潔」，但「純潔」是「無知」的代名詞，她已被母親塑造成了一個「罕見」的無知無識的人。長安和愫細

〔註30〕孟悅、戴錦華《浮出歷史地表》，第 13 頁。

結合在一起，就是一個典型的白玫瑰的形象，這個形象的身體和心靈被損害的程度，甚至大於普通的在男性家長掌權的家庭長大的白玫瑰們。實際上，在《沉香屑·第二爐香》中，愫細已經是一個幾乎沒有生命特徵的人，她有著「驚人的美貌」，然而「她那蜜合色的皮膚又是那麼澄淨，靜得像死。」身著婚紗的她也沒有生命的印記：

> 愫細隔著喜紗向他微笑著，像玻璃紙包紮著一個貴重的大洋娃娃，窩在一堆鬈曲的小白紙條裏。

「大洋娃娃」，這就是愫細，也同時是長安和靡麗笙。她們是美麗的，但已失卻生命。她們的母親在摹仿男性家長的方式來塑造她的時候，那「黑沉沉」的陰影一點一點地腐蝕著她們，她們的生命在母親的「愛」和「保護」的名義下一點一點地枯萎，而與生俱來的光明、新鮮統統被掩蓋，她們自己也變成了黑暗的一部分，也成為生命之光被奪走的「黑沉沉」的人。

《沉香屑·第二爐香》的與眾不同之處還在於，它不僅表現了白玫瑰的生命被斬殺的過程，還表現了白玫瑰的「殺人」的特點。蜜秋兒太太的兩個女兒——靡麗笙和愫細——其實也是殺人者，是蜜秋兒太太的同謀。尤其是靡麗笙，相當明顯地被表現為一個陰森森的「女鬼」的形象，從她的服飾和下面的一個細節可以清楚地看到這一點：

> （靡麗笙）身上穿著一見半舊的雪青縐紗挖領短衫，象牙白山東稠裙。
>
> 蜜秋兒太太……問道：「靡麗笙和你說了些什麼？」羅傑……答道：「關於她丈夫的事。」這一句話才出口，屋子裏彷彿一陣陰風颯颯吹過。
>
> 她提到她丈夫佛蘭克的名字的時候，薄薄的嘴唇向上一掀，露出一排小小的牙齒來，在燈光下，白得發藍。小藍牙齒……羅傑打了個寒噤。

在妹妹愫細結婚的日子裏，靡麗笙依然一身縞素，雪青色（即青白色）上衣與象牙色裙子透出一股冷氣，而且還是「半舊」的，似乎是從墳墓裏鑽出來的女鬼，所到之處帶著一股陰氣。羅傑最初也認為靡麗笙是一個「不幸」的人，「靡麗笙的婚姻是不幸的，傳說那男子是個反常的禽獸，靡麗笙很快的離了婚。」而當他明白「原來靡麗笙的丈夫是一個頂普通的人！和他一模一樣的一個普通人」的時候，他才感受到她的「女鬼」的「殺氣」：「羅傑可以覺得靡麗笙呼吸間一陣陣的白氣，噴在他的頸項上。」很明顯，靡麗笙的丈夫是被她的「純潔」殺死的，她有著愚蠢的「純潔」，也有著「愚蠢的殘忍」。靡麗笙是蜜秋兒太太一手調教出來的和愫細一樣「純潔」/「無知」的人，但她比愫細多了一層「殺氣」，她在羅傑的眼裏，她已經幻化成為一個「青面獠牙」的女鬼，她的「小藍牙齒」反覆出現在他的腦海裏，直到他打開煤氣自殺時都一直纏繞著他：

> 他把火漸漸關小了，花瓣子漸漸地短了，短了，快沒有了，只剩下一圈齊整的小藍牙齒，牙齒也漸漸地隱去了，但是在完全消失之前，突然向外一撲，伸為一兩寸長的尖利的獠牙，只一剎那，就「拍」的一炸，化為烏有。

與靡麗笙相比，愫細的「殺氣」沒有那麼重，然而她的毀滅的能量也非常大：「學校的名譽！那麼個破學校，毀了它又怎樣？」她和母親、姐姐一起，四處宣揚自己的丈夫是個「色情狂」，親手毀掉了羅傑的名譽、前程和生命。在「黑沉沉」的母親的領導下，身著黑白二色服飾的姐妹二人已然化身為黑白雙煞，將她們那表面美麗的家變成了殺人不見血的鬼屋。

張愛玲的深刻之處，在於她不僅看到了女性在「鐵閨閣」內被蠶食的命運，同時也指出了她們在男權文化傳統的同化和浸潤下，通過摹仿宗法男權的角色而變身為殺人者的可能性。如果說《沉香屑・第一爐香》是表現一個「女孩」如何變成「女鬼」的故事，那麼《沉香屑・第二爐香》就是表現「女鬼」如何吃掉「女孩」的故事，而且這「吃」與「被吃」的人分別是母親和女兒，然後，女兒也變成女鬼，將她們身旁的人吃掉。「第二爐香」顯示了張愛玲對封建式的、摹仿式的「母系鐵閨閣」的強烈恐懼：她一方面寫出了中國式「鐵閨閣」內延續了幾千年的極為可怕的文化傳統，同時又以精細得幾乎讓人無法察覺的方式刻畫了極度複雜的女性心理，「第二爐香」正是這二者相互碰撞、滲透的產物，因而顯得尤為可怖。「第二爐香」是個充滿殺戮之氣、然而又是殺人不見血的恐怖故事，同時也是個可悲的故事，「母系鐵閨閣」中的「殺人者」往往又同時是「被殺者」，其中的女性也同時也是被損害的人，母親「守禮謹嚴」，女兒美麗、天真、純潔、無知，符合封建家族的一切規範。然而，不管是蜜秋兒太太、靡麗笙還是愫細，都認為自己是「不幸」的人，她們殺人卻不自知。

第三章　人物論：男人與衣

在《傳奇》中，相對於女性服飾，關於男性服飾的描寫的確非常少。例如，像范柳原這樣一個重要的人物，整篇《傾城之戀》都沒有一句涉筆到他的服飾（以及外貌）；《沉香屑·第一爐香》是服飾描寫最多的一篇小說，但關於葛薇龍所愛的喬琪喬的服飾，也只有兩個詞：「服帖」、「隨便」。對於男性的描寫，張愛玲重要是注重突出他們的「風神」、氣質。然而，作為「衣服狂」的張愛玲，難道對男性的服飾缺乏瞭解嗎？並非如此。《傳奇》中男性與女性服飾描寫在「量」上的懸殊差距本身就是一個值得思考的問題。她之所以詳寫女性服飾、略寫男性服飾，除了她作為一個女性對於女性服飾有著特殊的敏感之外，還與她對於男女兩個性別在現實中的境地的特殊認識有關。而她對男性與服飾的關係，也有著特別的處理方式。

一、服飾的「看」與「被看」：男性視角

在閱讀《傳奇》中的女性服飾時，可以發現許多地方都有一個隱藏著的人的視角——男性的視角。這種情況，尤其頻繁地發生在女主角的身上。以下好幾段關於女主角服飾的著名的段落都能明顯地發現出自一個男性的觀察，例如，在《金鎖記》中：

> 她順著椅子流下去，蹲在地上，臉枕著袖子，聽不見她哭，只看見髮髻上插的風涼針，針頭上的一粒鑽石的光，閃閃掣動著。髮髻的心子裏紮著一小截粉紅絲線，反映在金剛鑽微紅的光焰裏。她的背影一挫一挫，俯伏了下去。她不像在哭，簡直像翻腸攪胃地嘔吐。

因為這是曹七巧與姜季澤單獨相處的時候，季澤的視角特別明顯。另一個著名的段落是曹七巧晚年時期的「瘋人」般的服飾，也能很清晰地看到長安的男朋友童世舫的視角：

> 世舫回過頭去，只見門口背著光立著一個小身材的老太太，臉看不清楚，穿一件青灰團龍宮織緞袍，雙手捧著大紅熱水袋，身旁夾持著兩個高大的女僕。門外日色昏黃，樓梯上鋪著湖綠花格子漆布地衣，一級一級上去，通入沒有光的所在。世舫直覺地感到那是個瘋人——無緣無故的，他只是毛骨悚然。

除了《金鎖記》外，其他小說也是如此。例如《花凋》中的這一段，是來自鄭川嫦的男友章雲藩的觀察：

> 他看清楚她穿著一件蔥白素綢長袍，白手臂與白衣服之間沒有界限；戴著她大姊夫從馬黎帶來的一副別致的項圈，是一雙泥金的小手，尖而長的紅指甲，緊緊扣在脖子上，像是要扼死人。

《心經》中小寒的服飾也明顯的是父親的視角：

> 隔著玻璃，峰儀的手按在小寒的胳膊上——象牙黃的圓圓的手臂，袍子是幻麗的花洋紗，朱漆似的紅底子，上面印著青頭白臉的孩子，無數的孩子在他指頭縫裏蠕動。

隨便翻看《傳奇》，很容易就能發現類似的服飾描寫的段落，如《紅玫瑰與白玫瑰》中王嬌蕊的「沾著什麼就染綠了」的曳地長袍，是經過佟振保觀察而來的；《沉香屑・第二爐香》中蜜秋兒太太棗紅色的衣服成了「黑沉沉」的顏色，因為這是羅傑眼中的色彩；即使《沉香屑・第一爐香》中葛薇龍的「瓷青薄綢旗袍」，她的奇異的感覺——「她覺得她的手臂像熱滕滕的牛奶似的，從瓷青的壺裏倒了出來」——是因為喬琪喬在她旁邊「上上下下的打量她」，與其說這是薇龍的感覺，不如說是喬琪喬的感覺。這樣的以男性的視角引出的服飾描寫的段落太多，不能一一列舉。

張愛玲曾說：「我一向沿用舊小說的全知觀點羼用在場人物觀點。」〔註 1〕這句話可以看成是張愛玲關於小說中的視角問題的自白。陳暉在張愛玲對「現代主義技巧」的借鑒時，談到她除了常用「全知」視角外，還相當多地使用限制性的「在場人物視點」，他認為，在張愛玲的許多作品中，「出自人物視點的敘述佔了相當大的篇幅，作者常常在『看』中卓有成效地完成『看』

〔註 1〕張愛玲《表姨細姨及其他》。

與『被看』雙方人物的塑造。」〔註2〕如果仔細推敲這「在場人物視點」究竟是屬於誰——尤其是在服飾描寫段落中，就會發現這「看」的人常常是男性，「被看」的人常常是女性。這樣的視角設置，象徵性地表達了兩個性別之間的關係：男性可以對女性「一覽無餘」，而女性卻「看不到」男性；男性始終居於主動地位，而女性卻常常被動。《傳奇》中的男男女女很完美地體現了「看」與「被看」、「主動」和「被動」的兩性關係：葛薇龍對喬琪喬，從最初的欲擒故縱到最後死心塌地地為他「弄錢」，徹底地被他所控制；白流蘇對范柳原，從開始的試探到最後的投懷送抱，如果沒有香港之戰，她將成為他的情婦；王嬌蕊對佟振保，雖然是她主動離開了他，但也是因為他已經決定不能和她生活在一起；像孟煙鸝、鄭川嫦這些「白玫瑰」，更是徹底的「被看」和「被動」，她們不能決定自己的任何命運，無論是結婚還是死亡，只有被動地等待。

在所有關於男性服飾的描寫中，由女性「看」、男性「被看」的描寫非常少見，大約這一段關於姜季澤的服飾描寫是僅見的較有名的，它出現在曹七巧的眼中：

> 她到了窗前，揭開了那邊上綴有小絨球的墨綠洋式窗簾，季澤正在弄堂裏往外走，長衫搭在臂上，晴天的風像一群白鴿子鑽進他的紡綢褂裏去，哪兒都鑽到了，飄飄拍著翅子。

季澤的服飾——如鴿子般瀟灑地遠去的意象，從反面映證了七巧的痛苦和不幸。當她的愛人從她的視線裏消失的時候，她的愛也永遠地去了。她掌握不了自己的愛，也掌握不了自己的愛人，相反，季澤始終遊刃有餘地掌控著他們之間的秘密的情感，是他而不是她把這份情感控制在一個有利於他自己的距離之內。

在男性「看」女性的服飾描寫中，除了對服飾本身的描述外，還常常夾雜著一些品評和議論，如童世舫覺得七巧是個「瘋人」，佟振保說穿著綠色長袍的王嬌蕊「只有她能夠若無其事地穿著這樣的衣服」，這樣的品評和議論不僅是屬於男性角色的，張愛玲本人的聲音也夾雜在其中。作為作者的張愛玲與人物之間的關係，可以用下面的圖來表示：

〔註2〕陳暉《張愛玲與現代主義》，第37頁。

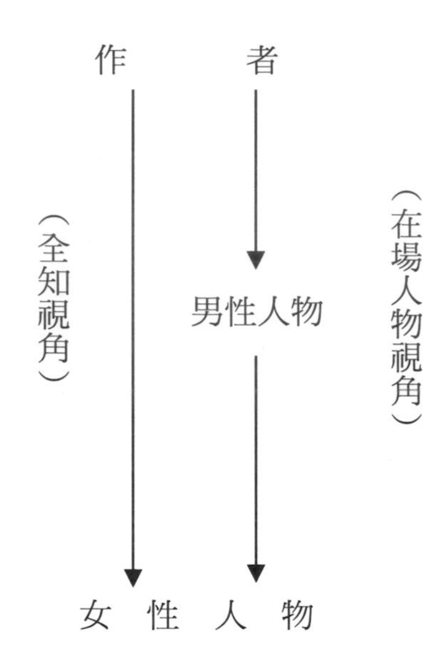

《傳奇》是主要關於女性的故事，有時候，張愛玲通過「全知」視角來表現她們，另一些時候，她又通過其中的男性來「看」她們。其實，「男性視角」比「全知視角」更能表現女性的悲劇性命運。張愛玲曾說：「女人一輩子講的是男人，念的是男人，怨的是男人，永遠永遠。」這樣的女人讓她感到「悲愴」〔註 3〕。而她們所想所念的男人又是有著清醒的冷酷、自私，不是更讓人感到悲愴嗎？季澤未嘗不知道七巧的痛苦，當他看見七巧在他面前「像翻腸攪胃地嘔吐」似的哭著的時候，他其實透過七巧的服飾，直接地「看」到了她的內心，看到了她的熾熱的情感和深重的痛苦，但他是自私的男人，他只是冷冷地看著，在必要的時候還要利用她的情感，加深她的痛苦。在《傳奇》其他男性「看」女性的眼光中，都不難發現類似於季澤的清醒和冷靜：范柳原始終將白流蘇看得很清楚，他只把他與流蘇的關係控制在「調情」的範圍內，如果沒有戰爭，他可能永遠也不會給她一個名分；喬琪喬則更冷靜，他深刻地瞭解薇龍的痛苦，但他連「欺騙」都懶得施予她：「薇龍，我不能答應你結婚，我也不能答應你愛，我只能答應你快樂。」鄭先生對鄭夫人偷存私房錢的把戲更是明鏡似的，他只是用他那「一流」的哄錢手段將她的錢騙來就行……從這些男性冷冷的目光中，更可感受到女性命運的殘酷與悲哀。通過「看」與「被看」的視角設計，我們可以看到，無論是在家庭還是社會中，女性始終處於性別關係的底層。同時，也更能表達張愛玲對女性悲劇性

〔註 3〕張愛玲《有女同車》。

命運的無奈和「悲愴」。

「男性視角」的另一個作用是張愛玲通過他們來發表自己的觀點，讀者可以從中找到作家思想的蛛絲馬蹟。我們讀《傳奇》的時候會有這樣一個感覺，裏面的女性角色的塑造可以說是「天衣無縫」，人物各自說著自己的話，做著自己的事，而男性角色卻不是那麼保守自己的「本分」，有時候會跳出來替張愛玲自己說話。李歐梵曾經質疑《傾城之戀》中的范柳原的話的「真實性」，他認為范柳原所說的充滿「啟示性」的話——「有一天，我們的文明整個的毀掉了，什麼都完了——燒完了，炸完了，塌完了」——「這種不祥的『荒原』感……和柳原的性格毫不相稱」；他又認為，范柳原對流蘇所念的《詩經》上的詩——「死生契闊，與字相悅，執子之手，與字偕老。」——也像「謎一樣難於解釋」，「一個在外國出生在國外受教育的人，『中文根本不行』，如何可能突然記起一句中國古典詩，那還是用文言寫的，而不是小說敘述和對話所用的現代白話？」〔註 4〕為什麼會這樣？當代作家王安憶乾脆說道：范柳原的話「卻像張愛玲在說話，而不是范柳原。」〔註 5〕除了范柳原之外，《傳奇》中其他一些男性角色如佟振保、潘汝良、米晶堯等都替張愛玲說過相當重要的話。因此，這一章名為「男人與衣」的「人物論」，實際上也部分地是作家論，因為通過對這些男性的分析，可以看出作家的某些思想的端倪。正是因為她有時會把自己的聲音放進「男性視角」中，她可能會對這些男性有著更多的理解和更複雜的塑造，因此我們在閱讀這些男性時，才不至於僅僅將他們視為性別壓迫的機器，而是將他們也視為有血有肉、有他們自己的思想和痛苦的人來看待。作為一位女作家，而且對於女性命運有著「悲愴」的認識，張愛玲的《傳奇》是具有很強的性別視點的，但同時，也正是在塑造男性角色的時候，張愛玲顯現出了超越性別視點的特徵來。

二、「蕭條的美」：男性審美期待

張愛玲的服飾描寫，可以被稱為是重新「下定義」的工作。服飾在她的筆下絕不僅是個道具或裝飾，而是具有強烈的隱喻性。在《傳奇》中，她大量描寫女性人物的服飾，重新以自己的方式來闡釋她們的生命邏輯。的確，她

〔註 4〕李歐梵《上海摩登》，第 313 頁。

〔註 5〕王安憶《世俗的張愛玲》，《我讀我看》，上海：上海人民出版社，2001 年，第 190 頁。

極少描寫男性服飾，但《茉莉香片》卻是個例外，它較集中地出現了男性服飾的描寫，這也使得這篇小說成為解讀張愛玲的男性審美的一個較為重要的文本。在這篇小說中，她以自己的特殊的方式——服飾描寫——來重新為男性「下定義」，她揭出了那個時代的男性的真正面目，也指出了一個真正的男人應該具有怎樣的特質。總之，她利用服飾成了一個「男性美」的「定義者」。

《茉莉香片》是張愛玲 40 年代正式登上文壇後發表的第三篇小說，它的重要性一直被忽略著，主要是因為它向來被認為是一部具有濃厚心理分析色彩的佛洛德式的小說：男主人公聶傳慶因對母親婚前的戀人言子夜有著超常的「傾慕」，病態地嫉妒著言的女兒言丹朱，以至於在山上幾乎殺死丹朱。心理分析的特徵似乎在某種程度上遮蔽了這篇小說的重要性，因而較之《傳奇》中的其他小說，可謂論者寥寥。海外學者夏志清和國內學者宋家宏曾經注意到它與作者自身有著某種重要的關聯。夏認為它的「題材是年輕人尋找真正的父親」，「裏面人物可能影射作者柔弱的弟弟」〔註 6〕；宋認為「《茉莉香片》是張愛玲小說中自敘傳色彩最為濃厚的一篇」，「『尋找父親』既是聶傳慶的主題，也是張愛玲的主題。」〔註 7〕夏宋二人幾乎已意識到小說的「配角」——言子夜就是張愛玲所「追尋」的男性形象，但他們都未曾分析這個人物身上所蘊含的審美特徵，因而也無法看清張愛玲對另一個性別有著怎樣的潛在期待。

言子夜，這個在《傳奇》中驚鴻一瞥地掠過的身影，與眾多其他男性人物相比，到底有著怎樣的特殊性？他們之間的區別是什麼？聶傳慶又是因為他的什麼特質而對他有著「病態的傾慕」？這些問題的答案，或許作者已在言子夜和聶傳慶父親的服飾描寫的對比中透露端倪：

> 他父親聶介臣，汗衫外面罩著一件油漬斑斑的雪青軟緞小背心，……躺在煙鋪上。
>
> 言子夜進來了，走上了講臺。……傳慶這是第一次感覺到中國長袍的一種特殊的蕭條的美。……那寬大的灰色綢袍，那鬆垂的衣褶，在言子夜身上，更加顯出了身材的秀拔。

服飾的鮮明對比襯托出人物截然相反的氣質：聶介臣那件「油漬斑斑」的小背心給他整個人帶上了污穢、骯髒、猥瑣的氣息（這種氣息原封不動地傳遞

〔註 6〕夏志清《中國現代小說史》，復旦大學出版社 2005 年版，第 267 頁。
〔註 7〕宋家宏《〈茉莉香片〉解讀》，《中國現代文學研究叢刊》，1996 年第 1 期。

到了兒子聶傳慶身上）；而言子夜的灰色長袍則使它的主人更顯「秀拔」，並添加了一種難以言說的、令人神往的氣韻——「蕭條的美」。「蕭條的美」，這四個字不僅是聶傳慶所狂想、也是張愛玲所期待的男性之美的概括。

聶傳慶最大的痛苦，在於他意識到自己與生俱來地浸透著父親聶介臣的氣質，而永遠地與言子夜式的「蕭條的美」失之交臂。張愛玲一再地用「病態」、「畸形」等詞語渲染傳慶的痛苦（正因為此，讀者被引向注意人物的病態心理的方向），她的真正用意，是要強化這兩位「父親」／男性的不同，增強他們之間的對比性。在她的筆下，兩位父親因為他們的服飾而走向了審美世界的兩極，也走向了情感世界、生命狀態的兩極：「醜」——「美」，「恨」——「愛」，「死」——「生」。因此，聶介臣和言子夜兩位「配角」在小說中具有和重要的意義，他們並不僅僅是作為聶傳慶「精神變態」的「契機」或「動因」存在，更重要的是，他們代表了生命——尤其是生長於中國傳統宗法家庭中的男性的生命——存在的兩種截然不同的方式。就像他們身上的衣服，他們有著一目了然的不同。

服飾所代表的不僅是兩位男性靜態的審美特徵的不同，同時也意味著兩種動態的成長模式的不同。「聶傳慶——聶介臣」代表著大多數傳統中國男性的人生軌跡，而「聶傳慶——言子夜」則顯示了生長於中國傳統宗法文化中的中國男性生命的另一種可能性。在中國漫長的傳統宗法文化中，這是生於斯的男性的兩種成長模式，但前者是常態，後者是異數。言子夜正是彼時男性中的一個「異數」，他在自己的人生經歷中不斷從「聶傳慶——聶介臣」的成長模式中剝離出去，奮力開創屬於自己的「聶傳慶——言子夜」的成長模式。張愛玲正是在書寫這「剝離」與「開創」的過程中，建構了一個男性獨特的審美氣質——「蕭條的美」。

張愛玲是如何定義「蕭條的美」的內涵的？首先，通過反抗——即通過對聶介臣式的「醜」的反抗——來建立「美」。對於言子夜而言，他的生命就是一場反抗，反抗成為聶介臣那樣的人，反抗自己「被穿上」聶介臣那樣的「油漬斑斑」衣服，反抗從服飾到精神都淪落為另一個聶介臣的命運。

言子夜的故事線索隱晦地潛藏於聶傳慶的故事之下。作為聶傳慶母親家的「遠房親戚」，言子夜的童年，或許就是聶傳慶的童年，他的家或許也就是類似於聶傳慶家的傳統封建家庭——甚至還不如聶傳慶家，言家更要「破落」一些。這種具有強烈封建性的傳統破落家庭曾在《傳奇》中反覆地出現，聶介臣那件「油漬斑斑」的軟緞小背心所代表的骯髒、污穢、猥瑣浸透於這種家庭中，長期沉澱下來的所有的腐朽、殘酷和墮落腐蝕著生長於此的人，使男性失去力量，女性陷入傾軋，所有的人都淪為雖生猶死的行尸走肉。張愛玲通過聶傳慶的感受，描寫了這種家庭是如何與「死」聯繫在一起的：

他家是一座大宅。他們初從上海搬來的時候，滿院子的花木。沒兩三年的工夫，枯的枯，死的死，砍掉的砍掉，太陽光曬著，滿眼的荒涼。

傳慶的家是個典型的傳統封建宗法家庭，終日煮著鴉片，父母有著無上的權威。傳慶「生在這空氣裏，長在這空氣裏」，已「被作踐得不像人。」——事實上，他已被作踐得「不像男人」了。小說的開始，張愛玲對他的外貌和服飾有一段別有深意的描繪：

（聶傳慶）那窄窄的肩膀和細長的脖子又似乎是十六七歲發育未完全的樣子。他穿了一件藍綢子夾袍，捧著一疊書，側著身子坐著，頭抵在玻璃窗上，蒙古型的鵝蛋臉，淡眉毛，吊銷眼，襯著後麵粉霞緞一般的花光，很有幾分女性美。

然而，諷刺性地，這裡所說的「女性美」絕不是對傳慶的讚美，因為傳慶最恨別人把他當做一個女孩看待：

傳慶背過身去，咬著牙道：「你拿我當一個女孩子。你——你——你簡直不拿我當人！」

傳慶自己也明白，所謂的「女性美」，不過是說他缺乏「男性美」。他是那樣軟弱無力，缺乏健康和剛毅之氣。而真正的「女性美」，是言丹朱那樣的。這是對丹朱的服飾描寫：

……一件白絨線緊身背心把她厚實的胸脯子和小小的腰塑成了石膏像。……他不愛看見女孩子，尤其是健全美麗的女孩子，因為她們對於自己分外的感到不滿意。

很顯然，通過服飾與外貌的描寫，傳慶和丹朱也形成了一組對比（圖十三）。丹朱的「女性美」是「健全美麗」，而傳慶的特點正好相反，他的「女性美」意味著從身體到心靈的「發育未完全」。丹朱外型豐滿，精神快樂，有許多的朋友，而他卻外型矮小，精神猥瑣，走路躡手躡腳，做事偷偷摸摸，是個「畏葸的陰沉的白癡似的孩子」。

圖十三　言丹朱和聶傳慶

選自《張愛玲畫話》，止菴、萬燕著，天津：天津社會科學院出版社，2003 年，第 7 頁。此圖是張愛玲為自己的小說手繪的插圖。

對於張愛玲來說，聶傳慶的所謂「女性美」是她很熟悉的傳統中國男性的特質。在她的家庭男性成員中，不僅弟弟身上有著聶傳慶的影子，父親也是尚未長大成熟的、并具有「女性美」的另一個「孩子」：

> 老太太總是給三爺（注：張愛玲的父親）穿得花紅柳綠的，滿幫花的花鞋……
>
> 我祖母給他穿顏色嬌嫩的過時的衣履，……寧可他見不得人，羞縮踧踖，一副女兒家的靦腆相。〔註 8〕

小說中的聶傳慶、聶介臣，張愛玲的弟弟、父親……這些男性的身影相互疊映、交織，共同刻畫著一代又一代的中國傳統宗法家庭中成長起來的、從身體到精神均「發育未完全」的中國男性的形象，他們不僅大量存在於張愛玲的文本中，更是大量存在於張愛玲所生活的時代的現實生活中。中國傳統宗法家庭的力量是不可低估的，它亦可被看成是魯迅所說的「鐵屋子」，「絕無窗戶而萬難被毀」，人們「熟睡」其中，「從昏睡而死滅」，「並不感到就死的悲哀」〔註 9〕，因此，這些家庭中的男性們才會安享封建文化中最為

〔註 8〕張愛玲《對照記》，哈爾濱出版社 2003 年版，第 55、56 頁。

〔註 9〕魯迅《吶喊・自序》，《魯迅全集》第 1 卷，人民文學出版社 1981 年版，第 419 頁。

墮落腐朽的一切「遺產」：鴉片、煙榻、姨太太、戲子、窯子……這一切，成為中國傳統宗法家庭中的男性的標誌性的符號。「聶傳慶——聶介臣」顯示了一條中國封建宗法家庭的糟粕生產線，在這昏暗、封閉、水潑不進的「鐵屋子」裏周而復始，代代相傳。

《傳奇》中的男性，數量最多的就是聶介臣、聶傳慶式的生活於「鐵屋子」中的遺老遺少們，姜季澤（《金鎖記》）、姚先生（《琉璃瓦》）、鄭川嫦的父親（《花凋》）、姜長白（《金鎖記》）以及白流蘇的諸位哥哥們（《傾城之戀》）莫不屬此。他們遠遠地落在了時代的後面，坐吃山空，成了精神空洞的物質消耗者。雖然他們大多不是故事的主角，但幾乎《傳奇》的每部小說裏都那麼一兩個他們的影子，作為張愛玲筆下的主要人物（尤其是女性）無法擺脫的「語境」頑固地存在著。張愛玲通過這些人物形象揭示了那個時代的男性的真相：雖然他們仍然保持著封建宗法文化所賦予的特權——作為家庭的和性別的控制者存在，但他們事實上已完全失卻力量，他們長期被醃漬於封建宗法文化最為醜陋的糟粕之中，早已失去了生命繼續生長的能力，更失去了繼續創造未來的能力。「無力」正是《傳奇》中的大多數男性的寫照。張愛玲把這些男性「無力」的一面描寫得非常充分，封建宗法文化深深浸透了他們的精神，正像聶介臣的服飾，那斑斑油漬已無法清洗、無法消除，除了使他們變得更醜之外，別無他用。

正是在他們的對比之下，言子夜的美被凸顯了出來。

相對而言，言子夜是一個「有力」的人。他是「鐵屋子」中的「異數」。他雖然生長於傳統宗法文化中，卻不同於其間共同生長著的其他男性，他反抗著、并擺脫了「聶傳慶——聶介臣」的成長軌跡，將「鐵屋子」撕開了一條裂隙，躍出，逃離，成長，創造了自己的生命軌跡。在《茉莉香片》中，關於他的經歷的介紹並無太多篇幅，但他的成長之路仍然清晰可見：家境不算好，但發奮上了大學；自由戀愛不成，便隻身出國留學；留學歸來後，移家香港，在大學裏當上了教師，並有了美麗健康的孩子。雖然小說沒有對他在此過程中的具體經歷做詳細描繪，但生長於傳統宗法文化中的他能成功出逃，離鄉去國，輾轉南遷，成家立業，可見其生命力的頑強。他不僅開創了屬於自己的命運，也成就了屬於自己的審美特徵。他的路，是一條反抗之路；他所具有的「蕭條的美」，是一種「反抗之美」。他反抗幾乎被注定的命運，反抗成為那個將死家庭的成員同流合污者，反抗成為那個將死的文化的殉葬者。他成為了一個「有力」的人，那在反抗的過程中生長並積蓄起來的屬於反抗者的力量，是他身上最可敬、最迷人的部分，而這正是聶傳慶以及張愛玲的父兄們身上最為缺乏的特性。

言子夜的反抗之美，是屬於一個「現代人」的美。現代人最重要的特徵，是具有清醒的主體性，具備建設個人生命軌跡、張揚個人生命能量的主體意志。「現代世界的原則就是主體性的自由」，「現代的道德概念是以肯定個體的主體自由為前提的」〔註 10〕。言子夜的身上，很明顯地可以看出一個「現代人」的特徵，他深知個體自由的可貴，深知唯有反抗才有創造，因而他才會身體力行，用行動創造了屬於自己的命運。對聶傳慶而言，言子夜的吸引力並不僅是外型的俊美，而是他作為一個「現代人」，有著傳慶父親這類典型的封建遺老所沒有的氣質、風神，有著傳慶家庭中的男人所沒有的反抗力。只有言子夜這樣的敢於自己創造生活的人，在經歷了人生的種種閱歷之後，才會形成一種混合著俊朗、進取、成熟和健康的「蕭條的美」，才會建設一個健康的美滿家庭，才會有丹朱這樣的開朗活潑的孩子，才會有著別樣的人生。

身著長袍的言子夜有著「特殊的蕭條的美」，這「蕭條」包含著他反抗之路上歷經艱難的滄桑，是一種崇高的美。正如康德所說的，崇高的快感不是單純的快感，而是由痛感轉化而來的「間接的快感」，「它經歷著一個瞬間生命力的阻滯，而立刻繼之以生命力的更加強烈的噴射。」〔註 11〕張愛玲所「定義」的男性美絕不是單純的美，而是崇高的美，雖然充滿滄桑和艱辛，但更襯托出的是他生命力的堅韌與執著。

言子夜反抗之路的艱辛是不言自明的。他曾輾轉於家鄉、海外、香港等地，《茉莉香片》中只說他「經歷過世道艱難」，並沒有就此作多描繪，但「鐵屋子」的封閉殘酷的本質、以及「聶傳慶——聶介臣」的幾乎難以撼動的生命軌跡暗示和反襯了這種艱辛。如果沒有足夠的毅力，是難以跨越這些艱辛的。言子夜經歷了長久的堅持，他的「蕭條的美」，還是一種「堅持之美」。如果不看到這一點，就無法體會到張愛玲所刻畫的言子夜的真正特性，無法感受到她賦予「蕭條的美」的滄桑感和崇高感。

言子夜的「堅持之美」不僅體現在他的人生經歷上，還體現在他的性格

〔註 10〕哈貝馬斯《現代的時代意識及其自我確證的要求》，周憲編《文化現代性精粹讀本》，中國人民大學出版社 2006 年版，第 16、18 頁。

〔註 11〕（德）康德《判斷力批判》上卷，宗白華譯，商務印書館 1987 年版，第 83 頁。

特徵上。在關於言子夜的著墨不多的描寫中，作者突出了他的性格特徵——「梗」。年輕時，言家向馮碧落家提親被拒後，言子夜的表現如下：

> 碧落暗示子夜重新再託人在她父母跟前疏通，因為她父母並沒有過斬釘截鐵的拒絕的表示。但是子夜年少氣盛，不願意再三地被斥為「高攀」，使他的家庭受更嚴重的侮辱。他告訴碧落，他不久就打算出國留學。她可以採取斷然的行動，他們兩個人一同走。

「梗」，在年輕時是「年少氣盛」。為了愛情，可以背棄家庭；為了尊嚴，甚至可以放棄愛情。或許可以將言子夜的行為解釋為年輕人做事「衝動」，但人到中年時，他還是「相當的『梗』」。小說設置了一個情節表現言子夜的「梗」：在課堂上，聶傳慶因回答不出問題而受言子夜批評，他「忍不住哭了」，言子夜對此的反應是：

> 子夜生平最恨人哭，連女人的哭泣他都覺得是一種弱者的要挾行為，至於淌眼抹淚的男子那更是無恥之尤，因此分外的怒上心來，厲聲喝道：「你也不怕難為情！中國的青年都像了你，中國早該完了！」……子夜向前走了一步，指著門，大聲道：「你這就給我出去！」傳慶站起來，跌跌衝衝走了出去。

雖已中年，言子夜仍然是「氣盛」的，以至於將學生逐出教室。言子夜對聶傳慶在課堂上的「不公」，便是「梗」的表現。他並不像聶傳慶所想像的那樣「早已幾經蹉跎，滅了銳氣」，他仍然是那個盛氣凌雲、銳不可當的年輕時的言子夜，——甚至比年輕時的言子夜更有魅力：「大部分男子的美，是要到三十歲以後方才更為顯著，言子夜就是一個例子。」他延續了年輕時的反抗力，最看不起的仍然是那些軟弱無力、任被命運吞噬的「弱者」。尤為可貴的是，他保持了年輕時的赤子之心，視青年為國家民族的命運的擔當者。——在《傳奇》所有的男性中，唯有言子夜如此坦蕩、如此自然地將「中國」的命運與「中國的青年」的命運聯繫在一起，這在張愛玲的小說中，是個不可不重視的現象。雖是隻言片語，但其浩然之氣已躍然紙上。

言子夜無疑是《傳奇》男性人物中的一個異數，他身上隱含著張愛玲由衷的讚美。言子夜的美是珍貴的，他既沒有成為認同現實的得過且過者，也沒有成為深陷虛無的遊戲人生者。他一直都不曾改變，一直都保持著自己的「本色」。他的「梗」，可視為是不害怕、不低頭、不事故、不圓滑、不虛偽、不虛無。他認識到現實的殘酷，可並不絕望於這世界，他蔑視弱者，敢於反抗，並不因遭受「蹉跎」而消滅銳氣，並將這銳氣十幾年如一日地堅持了下來。他的「蕭條的美」，是一種堅持之美、滄桑之美，是在長久的堅持中歷盡了失敗、卻最終獲得勝利的美；是生命在張揚之中卻經歷淒風苦雨、在經歷風雨之時卻極盡張揚的美。因為有了他，《傳奇》終於有了一個真正具有審美特徵的男性。

還是回到服飾。言子夜的服飾，是整個《傳奇》中最富於美感的男性的服飾。他的長袍所透出的「蕭條的美」確實讓人神往。在傳慶心目中，言子夜不僅是一個迷人的「個人」，他還代表著一種氣質、風神，一種健康的家庭結構和生活方式，一種生命存在的完美形式。而這一切卻是他永恆的「匱乏」。

這種「匱乏」同樣存在於張愛玲身上。她的周圍從來不曾出現過言子夜式的具有「蕭條的美」的男性，父親、舅舅、弟弟缺乏對封建宗法家庭的「反抗之美」，而那才情頗高的情人則毫無言子夜式的「堅持之美」。儘管他們是她的至親和最愛，與她血脈相連，是她情之所倚，但毫無例外均使她失望。這也注定她所期待著的男性只能悲劇性地永遠存在於文本之中。

三、「美」的假相：「新青年」的慘傷人生

除了封建破落家庭中的遺老遺少外，《傳奇》中另一類較引人注目的男性是類似於五四「新青年」那樣的人物——當然，他們是「曾經」的「新青年」，出現在小說中時，一切都已經事過境遷，雖然曾經與舊家庭反抗過，也曾經自由戀愛過，但年輕時的銳氣都幾乎完全被磨盡，剩下的只有叛逆之後的一聲歎息。他們中最典型的有《金鎖記》中長安的男友童世舫和《花凋》中鄭川嫦的男友章雲藩，《年青的時候》中的潘汝良雖然在經歷上與前二人較不同，但他也是家庭的「逆子」，也可以把他列入此類人物。

在《茉莉香片》中的言子夜身上，其實已能看到這類人物的一些影子。童世舫與言子夜的經歷何其相似，都曾經為愛情、為自由奮鬥過、抗爭過，都曾離家出國留洋。但言子夜更多的是聶傳慶心中的一個幻象，對於他的內心，我們都無從知曉。他回國之後是否繼續保持著從前的抗爭精神？是否找到了相愛的妻子？他的內心是否感到幸福？這些問題都是未知數。但是，他的「空白」或許可以從童世舫的經歷那裡填補起來，即使他沒有像童世舫那樣向現實低頭，但也必定經歷了許多痛苦和打擊，因為他那種「蕭條的美」，實際上是一種破敗之美、失敗之美、失意之美。如果說童世舫、章雲藩的身

上有什麼地方是吸引人，其實就是這種「蕭條的美」，他們曾經年輕過、奮鬥過、抗爭過，他們曾有青春蓬勃的生命，他們的生命力量曾經得到最大的彰顯，雖然他們現在看來是失敗、失意的，但與那些從來不曾抗爭過的人（尤其是那些大家族中的行尸走肉）相比，他們在氣質上仍然是與眾不同的。因此當他們來到那些封建大家族中的女性身邊時，就像黑屋子中出現的一縷光一樣照亮了她們，令她們快樂，令她們彷彿重新找到了生命的意義。

但他們並不是這些女性的救世主，倒並不是他們沒有看清封建家庭的殘酷的本質，而是他們自身已經失去了鬥志。童世舫的經歷很有代表性：

> 他留學以前早就定了親，只因他愛上了一個女同學，抵死反對家裏的親事，路遠迢迢，打了無數的筆墨官司，幾乎鬧翻了臉，他父母曾經一度斷絕了他的接濟，使他吃了不少的苦，方才依了他，解了約。不幸他的女同學別有所戀，拋下了他，他失意之餘，倒埋頭讀了七八年的書。他深信妻子還是舊式的好，也是由於反應作用。

從「抵死反對家裏的親事」到「深信妻子還是舊式的好」，從對現實抗爭到向現實低頭，其中的原因，既有現實的殘酷，也有人的內心的軟弱。童世舫在經歷了許多的打擊之後，早已放棄了從前所堅持的東西：「因為過去的痛苦的經驗，對於思想的交換根本抱著懷疑的態度。有個人在身邊，他也就滿足了。」因此，見到長安後，只要有這麼一個人在身邊，不管這個人是誰，其實對他而言都是一樣的。這一點，從他對長安和她的服飾的態度可以察覺出來。長安在第一次與他見面時，曾經處心積慮地好好地打扮過一番，希望給他留下一個好印象：

> 赴宴那天晚上，長馨先陪她到理髮店去用鉗子燙了頭髮，從天庭到鬢角一路密密帖著細小的髮圈。耳朵上戴了二寸來長的玻璃翠寶塔墜子，又換上了蘋果綠喬其紗旗袍，高領圈，荷葉邊袖子，腰以下是半西式的百褶裙。一個小大姐蹲在地上為她扣撳紐，長安在穿衣鏡裏端詳著自己，忍不住將兩臂虛虛地一伸，擺了個葡萄仙子的姿勢，一扭頭笑了起來道：「把我打扮得天女散花似的！」

長安的服飾是經過刻意打扮過的，精細的髮型很時髦，與三十年代的月份牌中美女的髮式很類似（圖十四）。她的服飾的色彩也與她慣常的風格不同，她在其他時候的服飾都是「玄色」、「白色」、「藏青」——或蒼白或暗淡的色彩，象徵著她生活和內心的真實狀況，而這一次，她卻穿上了明豔的「蘋果綠」，掩蓋著她的真實境地。長安這一次的裝扮，實際上是一場「服裝表演」：「她是為被看而來的。她覺得她渾身的裝束，無懈可擊，任憑人家多看兩眼也不妨事」。「服裝表演」的最大特點，就是觀眾只看見模特兒的服飾，而看不見她的內心，而觀眾在觀看表演過程中所產生的欲望，也不是針對這個模特兒，而是針對可以作為任何人的一個「女性」。因此可以推論，童世舫在觀看長安的「服裝表演」時，僅僅是停留在表面上的欣賞：「世舫多年沒見過故國的姑娘，覺得長安很有點楚楚可憐的韻致，到有幾分喜歡。」但是他並沒有打算去瞭解她的內心，並沒有真正明白她在那「沒有光」的家中的蒼白乏味的生活。他目前所看到的，並不是真正的長安，而是一個被亮麗的服飾所掩蓋的「假相」。實際上，他所需要的，正是一種「假相」——一種虛擬的寧靜和幸福，一個不需要「思想交換」的虛幻的「妻子」，以彌補從前內心所受到的真正的通徹肺腑的傷害。

在章雲藩身上，也可看到與童世舫類似的心理。鄭川嫦與他第一次見面時，也是一場「服裝表演」，他有這樣的觀感：

> 她這件衣服，想必是舊的，既長，又不合身，可是太大的衣服，另有一種特殊的誘惑性，走起路來，一波未平，一波又起，有人的地方是人在顫抖，無人的地方是衣服在顫抖，虛虛實實，實實虛虛，極其神秘。

小說中明確地寫到：「她這件旗袍制得特別的長，早已不入時了。」三十年代時興長過腳踝的旗袍，目的是使人身材曲線畢露，既性感又修長，然而到了四十年代，這樣的旗袍很快就過時了，旗袍短到膝蓋，追求的是簡潔俐落的效果。川嫦的服飾不僅「過時」，而且還「不合身」，並無性感的「誘惑性」，而在章雲藩看來卻別有韻味，「極其神秘」。其實，所謂的「神秘」也是一種無法深入內心的虛幻的美感，因為不瞭解真相，會更覺得是「美」的。章雲藩和童世舫未嘗真的不知道封建大家庭中的女性的真實處境，但是，在他們自己的滄桑的經歷中，他們所遭受的是另一種強烈的傷害，在現實生活中，他們對人和人之間的交流已不報任何希望，他們其實無力振救任何一個女性。在經歷了痛苦的挫折後，他們對現實的失望之感早已轉化為對人生的虛妄之感：人生是寂寞的，「他們走的是寂寂的迴廊——走不完的寂寂的迴廊。」「言語究竟沒有用。久久的握著手，就是較妥帖的安慰，因為會說話的人很少，真正有話說的人還要少。」

圖十四　穀回春堂廣告（1931 年，謝之光作）

廣告中女子的打扮與長安的服飾相似度很高：1. 從天庭到鬢角一路密密帖著細小的髮圈；2. 耳朵上戴了二寸來長的耳墜；3. 高領圈、荷葉邊袖子的旗袍上裝；4. 腰以下是百褶裙。由此可見長安的裝束是時髦的。選自《最後一瞥：老月份牌年畫》，上海：上海畫報出版社，2003 年，第 66 頁。選自《張愛玲畫話》，止菴、萬燕著，天津：天津社會科學院出版社，2003 年，第 28 頁。此圖是張愛玲為自己的小說手繪的插圖。

對於類似於五四「新青年」那樣的男性，張愛玲從來就沒有對他們的力量抱有太大的希望。有論者在論及張愛玲與新文學之間的聯繫時，提出張愛玲意識中有「對新文化和新文學的明確反駁意向」，「張愛玲筆下的人物，幾乎個個都是從新文學前期小說世界中走出來，不同程度上經歷過了『五四』

以來的時代空氣的薰染，或上過學堂，留過洋，追求過自由婚姻，只不過他們在傳奇故事中業已脫離了那個時代的空氣，模糊了自身的記憶。」〔註 12〕尤其是張愛玲在《傳奇》之後寫的小說《五四遺事》更可以看出她的「反駁」和「偏離」，小說以諷刺的筆調、漫畫式的筆法描寫西湖邊的一群青年為戀愛自由而抗婚，但最後所謂的「新青年」卻諷刺性地擁有了三個妻子，四人「關起門來就是一桌麻將」。張愛玲諷刺「新青年」，並不是為了否定他們，而是認為他們就像 Michael Angelo 所雕的石像那樣，「象徵一個將要到的新時代」，雖然「自然使人神往，可是沒有，也不能有，因為人們還不能掙脫時代的夢魘」〔註 13〕。因此，在她看來，「新青年」們曾經的「反抗」在寂寞的歷史長河中，也只是一個「美麗而蒼涼的手勢」而已。

張愛玲把童世舫等我們想像中充滿力量的「新青年」塑造成「不徹底」的人物，「他們沒有悲壯，只有蒼涼。」〔註 14〕實際上，她更想通過他們表達她自己的虛無的人生觀。她有句名言：「生命是殘酷的。看到我們縮小又縮小的，怯怯的願望，我總覺得無限的慘傷。」〔註 15〕童世舫等人的婚戀觀——從婚姻自由到「有個人在身邊」就行，不正是「縮小又縮小的」願望嗎？他們的命運所傳達出來的，也正是人生的「慘傷」。

真正將這種「慘傷」的人生觀表達得很完全的小說是《年青的時候》。張愛玲曾說，自己的最喜歡的小說是《年青的時候》，可是很少有人喜歡它〔註 16〕。這部小說是以一個男性為主人公的小說，情節單一，色彩灰暗，情緒壓抑，與大部分讀者所喜歡的《傾城之戀》、《金鎖記》相比，的確不是一部「好看」的小說。張愛玲之所以「喜歡」這部小說，大約是因為它通過男主角潘汝良的眼睛，較為順暢和全面地傳達出了她對於男女兩性、愛情、生命、人生的悲劇性的認識。

潘汝良所看到的，正是人生「慘傷」的一面，他眼睜睜地看著他試圖追求的女友沁西亞一步一步地陷入生活的泥沼之中。沁西亞最大的願望，就是嫁給一個如意郎君，但是生活是殘酷的，她在沒有其他選擇的情況下嫁給一

〔註 12〕喬向東《反駁與偏離——張愛玲小說對於新文學的反抗》，《中國現代文學研究叢刊》1996 年第 1 期。

〔註 13〕張愛玲《自己的文章》。

〔註 14〕張愛玲《自己的文章》。

〔註 15〕張愛玲《我看蘇青》。

〔註 16〕《〈傳奇〉集評茶會記》，《張愛玲評說六十年》，第 87 頁。

位貧窮邋遢的俄國下級巡官，草草結婚。正如前文所述，她的婚禮實際上是一個肮髒醜陋的葬禮，這個結論，正是從汝良那裡得來的，他看見她懷揣著「為結婚而結婚」的願望，嫁給一個自己並不愛的人，在「神甫無精打采」、「香夥出奇的肮髒」、「新郎不耐煩」的婚禮上，還要堅持「自己為自己製造了新嫁娘應有的神秘與尊嚴的空氣」，「留到老年時去追想」，汝良看到這一切，只感到「一陣心酸」。而在沁西亞的身上，他也看到了自己的可憐之處：沁西亞是「為結婚而結婚」，他自己卻是「為戀愛而戀愛」，他和她的人生其實都是一樣的「慘傷」。

潘汝良雖然不像童世舫那樣曾經滄海，但對於人生的領會卻並不比他差得太多。對於生活，他有一個奇怪的比喻——「泥沼」：

> 年紀大了，便一寸一寸陷入習慣的泥沼裏。不結婚，不生孩子，避免固定的生活，也不中用。孤獨的人自有他們自己的泥沼。

他是個「逆子」，他的家庭對他來說就是一個「泥沼」。父親是個「猥瑣」的醬園店小店主，常常喝酒「把臉喝得紅紅的，油光賊亮」；母親是個「沒受過教育，在舊禮教壓迫下犧牲了一生幸福的可憐人」，有了不遂心的事就尋孩子的不是，閒下來時「聽紹興戲，叉麻將」；姐姐們「塗脂抹粉，長得不怎麼美而不肯安份」；底下的一大群弟妹「髒，嬾賴，不懂事」，讓他很看不上眼。他在家中是一個「孤伶伶的旁觀者」，「他冷眼看著他們」，帶著「過度的鄙夷與淡漠」。除了家庭外，那日復一日、沒有變化的機械的生活也是「泥沼」，就像他所學的德文課本上說的那樣：

> 我每天早上五點鐘起來。
> 然後穿衣洗臉。
> 洗完了臉之後散一會兒步。
> 散步回來就吃飯。
> 然後看報。
> 然後工作。
> 午後四點鐘停止工作，去運動。
> 每天大概六點鐘洗澡，七點鐘吃晚飯。
> 晚上去看朋友。
> 頂晚是十點鐘睡覺。好好地休息，第二天再好好地工作。

這是「最標準的一天」，「大多數成家立業的人，雖不能照辦，也都還不離譜兒。」汝良認為這個世界是個「死者」的世界，是「文化的末日」，只剩下習慣性的生活，他害怕這樣的生活把自己的年青、自由都掠走，他害怕陷入這種既骯髒且讓人窒息的、如凝固的死水般的生活「泥沼」。

為了擺脫「泥沼」，他學習德文，學習醫科，理由很奇怪：

> 做醫生的穿上了那件潔無纖塵的白外套，油炸花生下酒的父親，聽紹興戲的母親，庸脂俗粉的姊姊，全都無法近身了。

汝良想在生活中創造一些能夠使他擺脫泥沼的新鮮事物。他接近沁西亞，是因為他「不要他母親那樣的女人。沁西亞至少是屬於另一個世界裏的。」「汝良把她和潔淨可愛的一切歸在一起，像獎學金，像足球賽。像德國牌子的腳踏車，像新文學。」汝良開始與她約會，並為了約會好好地將自己打扮了一下。然而，當他看到約會中的沁西亞（應該也像他一樣特意地「裝扮」了一番）的時候，卻發現她並不是自己想像中的沁西亞：

> 他怔了一怔——她彷彿和他記憶中的人有點兩樣。……。他現在所看見的是一個有幾分姿色的平凡的少女，頭髮是黃的，可是深一層，淺一層，近頭皮的一部分是油膩的栗色。……她一面和他說話，一面老是不放心嘴唇膏上有沒有黏著麵包屑，不住地用手帕在嘴角揩抹。小心翼翼，又怕把嘴唇膏擦到界線之外去。她藏在寫字臺底下的一隻腳只穿著肉色的絲襪，高跟鞋褪了下來，因為圖舒服。汝良做在她對面，不是踢著她的鞋，就踢著了她的腳，彷彿她一個人長著好幾雙腳似的。

這是沁西亞的「真相」，一個並不「美」的平凡的少女。從前的沁西亞是一個「假相」，是他想像中的沁西亞，他與自己的幻象戀愛。看到她的「真相」後，汝良終於明白，自己從前是「他單揀她身上較詩意的部分去注意，去回味」，而「她是個血肉之軀的人，不是他所做的虛無飄渺的夢」。「他知道他愛的不是沁西亞。他是為戀愛而戀愛。」更重要的是，他並不能從她那裡獲得擺脫「泥沼」的力量。他仍然是孤獨的。在沁西亞如葬禮一般的婚禮上，他看見她陷入了一個可怕的泥沼。然而他的命運也將是如此，他也躲不過生活的泥沼。

四、「不對」的服飾：紈絝公子的絕望與虛無

最後要討論的兩位男性角色是佟振保和范柳原。之所以把他們二人放在

一起，並不僅僅是因為他們都是紈絝子弟式的男性，而且還因為他們是整個《傳奇》的男性中最聰明和敏感、對人生有著最深刻的體悟、靈魂最為痛苦、思想上也最能體現張愛玲的悲劇性的人生觀的人物。雖然從表面上看，《紅玫瑰與白玫瑰》、《傾城之戀》也是《傳奇》中最「好看」的小說之中的兩部，有著傅雷所說的「幾乎占到二分之一篇幅的調情」，佟振保像個最為常見的通俗小說的陳世美式的「始亂終棄」的男主角，范柳原是個最擅長「高級調情」的情場老手，然而，這兩部小說的確不是像傅雷評價《傾城之戀》時所說的「好似六朝的駢體，雖然珠光寶氣，內裏卻空空洞洞，既沒有真正的歡暢，也沒有刻骨的悲哀」，兩個男主角也不是像他評價范柳原那樣是「疲乏、厚倦、苟且，渾身小智小慧的人，擔當不了悲劇的角色。」〔註 17〕相反，這兩部小說雖然沒有「真正的歡暢」，卻有著「刻骨的悲哀」；佟振保與范柳原也可以說正好是「悲劇的角色」的擔當者，因為從他們的故事中，我們似乎可以聽到接近於張愛玲本人的聲音傳遞了出來。

張愛玲在塑造佟振保這個人物時，用的是調侃、詼諧、諷刺的語調，然而，如果深入到他的內心世界，就會看到他是個有著「堂吉柯德」式的痛苦的人物，因為他明知道自己生活在一個「不對」的世界，但他還要極力創造一個「對」的世界。他所謂的「對」，實際上是一種基於對自身力量絕對信任的基礎上的對自己、對世界的掌控能力，在「自我」和「世界」這二者之間，他不會像普通人那樣被世界吞噬，他的自我會戰勝一切，他要自己開創自己的世界，他相信自己可以成為世界的「絕對的主人」。因此，他的一生可以說都是在為創造一個「對」的世界而奮鬥。從一開始，他就非常相信「自我」的力量，他「出生寒微，如果不是他自己爭取自由，怕就要去學生意，做店夥，一輩子生死在一個愚昧無知的小圈子裏。」於是他出國留學，在愛丁堡學習紡織工程，受過許多苦：「振保回憶中的英國只限於地底電車，白煮捲心菜，空白的霧，餓，饞。」終於他得到了學位回了國，有了自己設想中的所有的「對」的世界中的一切：

> 他在一家外商染織公司做到很高的位置。他太太是大學畢業的，身家清白，面目姣好，性格溫和，從來不出來交際。一個女兒才九歲，大學的教育費已經給籌備下了。侍奉母親，誰都沒有他那麼周到；提拔兄弟，誰都沒他那麼盡心；辦公，誰都沒他那麼火爆

〔註 17〕迅雨《論張愛玲的小說》。

> 認真；待朋友，誰都沒他那麼熱心，那麼義氣，克己。他做人做得十分興頭；他是不相信有來生的，不然他化了名也要重新來一趟。

振保有了自己的事業、家庭，得到了旁人的羨慕。而只有他自己才知道，這個「對」的世界只不過是個精緻而易碎的玻璃宮殿，在它下面所隱藏著的，是隨時可以毀滅他的「不對」。實際上，振保的一生既在「自建」又在「自毀」，他在不遺餘力建造一個「對」的世界同時，又痛苦地否定著這個世界，他發現自己所建造的世界實際上總是「不對」，因為在這個世界裏，他並沒有感到快樂，反而是越來越深的痛苦；他所感到的不是自身的強大，而是自身的渺小；他所體會到的不是世界的有序，而是命運的無常。他在自己所建造的世界裏並不是一個「絕對的主人」，這樣的發現，毀滅著他作為「主人」的自信。

振保常常是在女性的身上發現世界的「不對」的，尤其是在她們處於「衣冠不整」的服飾狀態下。相對於「嚴裝正服」而言，「衣冠不整」是一種混亂、無序的狀態，在這樣的時候，真實往往會猝不及防地到來。

振保第一次發現「不對」是在巴黎，在一個下等妓女的身上。普通的嫖客在妓女面前稱做「主人」大概也不為過，但是振保卻發現「他在她身上花了錢，也還做不了她的主人」。非但如此，她的服飾還把他引向了一個「恐怖」的世界：

> ……她重新穿上衣服的時候，從頭上套下去，套了一半，衣裳散亂地堆在兩肩，彷彿想起了什麼似的，她稍微停了一停。這一剎那之間他在鏡子裏看到她。她有很多的蓬鬆的黃頭髮，頭髮緊緊繃在以上裏面，單露出一張瘦長的臉，眼睛是藍的罷，但那點藍都藍到眼下的青暈裏去了，眼珠子本身變了透明的玻璃球。那是個森冷的，男人的臉，古代的兵士的臉。振保的神經上受了很大的震動。
>
> 出來的時候，街上還有太陽，樹影子斜斜臥在太陽影子裏，這也不對，不對到恐怖的程度。

巴黎妓女「衣冠不整」的服飾在那一剎那間把讓振保看到了一種「真實」：貌似性感的妓女實際上有著一張「森冷的，男人的臉，古代兵士的臉」，不僅顛覆了他關於巴黎妓女的浪漫而豔情的想像（以致於在後來的回憶中「不知道為什麼，浪漫的一部分他倒記不清了，但揀那惱人的部分來記得」），而且使他在那一瞬間看到了自己的真實境地：他只不過是一個卑下的、連一個下等妓女都瞧不起的男人。更重要的是，妓女的（可能是美豔的）臉在瞬間幻化為一張

「男人的臉，古代兵士的臉」，這種迅疾而又十分突兀的變化，把他拉向了一種孤獨、無助、恐怖、荒寂的人生感悟之中——振保感到一切都「不對」，他走在街上，就如同走在一個夢魘中，太陽在頭頂上咚咚地照著，周圍的一切都是一片死寂，街道變成了遠古時的荒原，行於其中的人只剩下了無所歸依的悽惶和無望。

張愛玲常常書寫類似的孤寂感，而且她筆下的這種孤寂感常常是這樣的「模式」傳達出來的：恒久不變的自然物（太陽、風等）、空曠之地（街道、空房等），時間上返回遠古時代，流露出的卻是現代人的孤寂無助。例如她談到她父親家的囚禁中逃出來後，站在母親家的陽臺上自我懷疑著：「常常我一個人在公寓的屋頂陽臺上轉了轉去，西班牙式的白牆在藍天上割出斷然的條與塊。仰臉向著當頭的烈日，我覺得我是赤裸裸地站在天底下了……」〔註 18〕大約是因為從小就缺乏愛，張愛玲對孤獨的感受比普通人更為深刻，而且這種感受上升為一種人生的荒寂感，常常像夢魘似的纏繞在她心中。她在一首詩中寫道：

> 曲折的流年，
> 深深的庭院，
> 空房裏曬著太陽，
> 已經成為古代的太陽了。
> 我要一直跑進去，大喊：「我在這兒！
> 我在這兒呀！〔註 19〕

這是一個怪異的、恐怖的夢魘，一個荒涼的、無望的人生圖景，傳達出的是某種恍恍惚惚的逼近宇宙洪荒的孤寂感，一種似乎從亙古以來就存在著的、至今也未得到的緩解的人生的孤獨，「我在這兒」的呼喊所叫出來的既有試圖擺脫孤獨、確認自我的焦慮，更多的是人生無法承受的淒涼、惶惑、絕望和恐懼。對張愛玲來說，這種「不對」的感覺並不只僅存在於「一剎那」，它時時都存在著，彌漫於日常生活的每一個點滴中：「這時代，舊的東西在崩壞，新的在滋長，……人們只感覺日常的一切都有點兒不對，不對到恐怖的程度。人是生活於一個時代裏的，可是這時代卻在影子似的沉沒下去，人覺

〔註 18〕張愛玲《私語》。

〔註 19〕轉引自胡蘭成《張愛玲與左派》，《中國文學史話》，上海：上海社會科學院出版社，2004 年。

得自己是被拋棄了。」〔註20〕在張愛玲這裡，「為時代所拋棄」的感覺就是一種生命的孤寂感，它隱藏在她的意識深處，形成了她絕望虛無的思想背景，也決定了她的小說的整體的基調。正像《紅玫瑰與白玫瑰》一樣，雖然小說表面充滿戲噱，但它的深層是悲劇性的。

此時的振保觸摸到了一點張愛玲的思想，但他仍想對這「不對」說「不」，「從那天起振保就下了決心創造一個『對』的世界，隨身帶著。」他要做「絕對的主人」。回國後的振保感覺是「站在世界之窗的視窗」，是個「很難得的一個自由的人」，他躊躇滿志地要創造一個「對」的世界，但當他遇到王嬌蕊的時候，他很快就又發現了「不對」。對他來說，嬌蕊雖然充滿了吸引力，但她不是穿睡衣就是穿浴衣、長袍，正如前文曾說的那樣，在振保的潛意識中，他把她當作是巴黎妓女一路的人，她的「衣冠不整」的服飾風格將她這個人排斥在振保的「對」的世界之外。嬌蕊也曾經「嚴裝正服」過，因為她知道振保喜歡她「穿規規矩矩的中國衣服」，因此「特意」做了來穿給他看：

> 她穿著暗紫藍喬其紗旗袍，隱隱露出胸口掛的一顆冷豔的雞心……

但在振保看來，她這一身美麗嚴謹的裝扮卻缺乏真實感，像夢一樣：

> 振保從來不大看見她這樣矜持地微笑著，如同有一種電影明星，一動也不動像一顆藍寶石，只讓夢幻的燈光在寶石深處引起波動的光與影。

嬌蕊是美麗的，振保也愛她，但她只是一個美麗的夢。雖然他愛她，迷戀她，但她是個夢一樣無法捉摸、也無法把握的女人，他的潛意識中還對她有一種恐懼感：

> （嬌蕊）還在那裡對著鏡子理頭髮，頭髮燙得極其捲曲，梳起來很費勁，大把大把撕將下來，屋子裏水氣蒸騰，因把窗子大開著，夜風吹進來，地下的頭髮成團飄逐，如同鬼影子。

嬌蕊在振保的心中有點像《聊齋誌異》裏的狐仙或女鬼，既美麗，又讓人恐懼。振保認為她是一個「娶不得」的女人，對於「赤手空拳」「打天下」的人來說，「這樣的女人是個拖累」，她不是他的「對」的世界裏的人。除此之外，真正讓振保感到害怕的，是他在嬌蕊面前不能完全掌控自己的感覺：「振

〔註20〕張愛玲《自己的文章》。

保當著她，總好像吃醉了酒怕要失儀似的。」而他的確不能控制嬌蕊，當她在未經與他商量就私自將他們的事情告訴丈夫時，他感到整個世界都「不對」起來：他「跑到街上，回頭看那崔巍的公寓，灰赭色流線型的大屋，像大得不可想像的火車，正衝著他轟隆轟隆開過來，遮得日月無光。」在嬌蕊的身上，他又一次發現自己做不了自己世界的「主人」。

振保最後與孟煙鸝結婚，就是因為嚴裝正服、循規蹈矩的她可以進入他的「對」的世界，他可以成為她的「主人」。但是，也是在煙鸝「衣冠不整」的那一剎那，他窺視到了她的「真相」——「從那半開的門裏望進去」，他看到了她半裸的身體：

> 她提著褲子，彎著腰，正要站起身，頭髮從臉上直披下來，已經換了白地小花的睡衣，短衫摟得高高的，一半壓在頷下，睡褲臃腫地堆在腳面上，中間露出長長一截白蠶似的身軀。

這是一幅多麼難堪的圖畫。在振保看來，她的半裸的身體沒有任何美感，反而使他感受到一種「污穢」之氣。對他來說，正是在他與煙鸝長達十年的婚姻裏，他感受到了最為絕望的「不對」：他的家庭並不像他當初設想的那樣幸福美滿，一個「對」的女人，一個沒有愛的家庭，讓他更加感到人生的寂寞與虛無。

他瞧不起煙鸝，但即使是這樣的女人，也曾經背叛過他。這一次對「發現」煙鸝與裁縫的「姦情」的情節設計很有意味，與十年前振保發現嬌蕊對他的愛戀時一樣，也是一個雨天，他趕回家去取自己的大衣：

> 進去一看，雨衣不在衣架上。他心裏怦的一跳，彷彿十年前的事又重新活過來。他向客廳裏走，心裏繼續怦怦跳，有一種奇異的命裏注定的感覺。

這種「奇異的命裏注定的感覺」正是一種在猝不及防間發現真實的感覺，發現在真實的境地裏，他實際上並不能創造一個「對」的世界。他是個自信的、自私的男人，從來沒有想過她們內心的所思所想，而此刻，彷彿是在冥冥之中，他的大衣牽引著他走向兩個女人心中的秘密。十年前，他因為發現嬌蕊對自己的愛戀而歡喜，這一次，他卻因為發現妻子對自己的背叛而憤怒。振保一心要創造一個「對」的世界，但就在他認為最「對」、最安全、最可控制、最能體現他的權威的地方，他看到了給他致命一擊的「不對」。這大概就是所謂的「宿命」和「懲罰」吧，振保不僅不能把握命運，還要接受命運的嘲弄。

張愛玲曾說：「生在現在，要繼續活下去而且活得稱心，真是難，就像『雙手劈開生死路』那樣艱難巨大的事……」〔註21〕振保努力創造一個「對」的世界，就像「雙手劈生死路」那樣，他要努力找到一個「稱心」的生活方式，以掩蓋潛意識中的「不對」的恐懼感。但最後他失敗了，他「深深悲傷著，覺得他白糟蹋了自己」。他放棄了對「對」的世界的創造，任由自己在「不對」中沉淪。他嫖妓、宿娼、放浪形骸，他故意讓妻子看見自己與妓女鬼混，他再也不計較社會上的名譽，他現在要砸碎自己創造的世界：

……振保又把洋傘朝水上打——打碎它！打碎它！

砸不掉自造的家，他的妻，他的女兒，至少他可以砸碎他自己。……拉著，扯著，掙扎著——非砸碎他不可，非砸碎他不可！

振保最後的人生感受是絕望的、虛無的。尤其可悲的是，他砸不碎自己，也砸不碎這個世界，他仍將在這世界上痛苦地生活下去。從「對」到「不對」，從「自建」到「自毀」，從自信到虛無，從積極到消極，這個過程中，他意識到了一種人無法與命運抗衡的無力、無奈、與無助。這種命運無常、生命寂寞的絕望感和虛無感，張愛玲自己有很深的體會，在她自己的人生中，她也曾經努力奮鬥過，但是所謂的「奮鬥」最後帶來的只是人生的虛無和幻滅之感：

我於是想到我自己，也是充滿了計劃的。在香港讀書的時候，我真的發奮用功了，連得了兩個獎學金，畢業之後還有希望被送到英國去。……後來戰爭來了，學校的文件記錄統統燒掉，一點痕跡都沒留下。那一類的努力，即使有成就，也是注定了要被打翻的吧？……我一個人坐著，守著蠟燭，想到從前，想到現在，近兩年來孜孜忙著的，是不是也是注定了要被打翻的……我應當有數。〔註22〕

人們是在努力、奮鬥、忙碌著的，但世界是個正在「破壞」著的世界，所有的努力最後都「注定要被打翻」，一點「痕跡」都不會留下。這樣的虛無感，類似與《紅樓夢》中的「白茫茫大地一片真乾淨」的感覺。夏志清認為張愛玲是一個深刻描寫「頹廢中的文化」的「徹底的悲觀主義者」〔註23〕，在個人

〔註21〕張愛玲《我看蘇青》。

〔註22〕張愛玲《我看蘇青》。

〔註23〕夏志清《張愛玲的短篇小說》，臺灣：文學《文學雜誌》，1957年第2卷第4期。

與世界進行痛苦對抗的時候，在對抗中屢遭挫折的時候，在失敗莫名卻悄然地來臨的時候，一種類似於世界末日到來的絕望感、孤獨感和虛無感悄然扎根在她的心中，再也無法抹去。因此，有人說「張愛玲是中國40年代極少幾位具有世紀末感覺的作家之一」〔註24〕。她的孤獨、絕望與虛無是屬於她個人的，是一個特定的生命體驗者與特殊的家庭、時代與碰撞到了一起而產生的電光一閃，因為極其的個人化，她對人生的體驗達到了少有人能企及的高度，「直指人類歷史和文明的異化和崩潰，直指人類永遠無法擺脫的孤獨與絕望」，「可以上升到哲學層面」，「與艾略特、卡夫卡們相類似。」〔註25〕

可以很清楚地看到，對張愛玲而言，戰爭給她的影響至關重要，上海之戰、香港之戰使她感到在一個充滿「破壞」的世界的，個人的力量多麼渺小；戰爭所遺留下來的「斷瓦殘垣」在她的心中濃縮為一個極具象徵意味的意象，橫亙於《傳奇》所有的文本中，成為所有故事的抹不去的荒涼的背景。最明顯地體現戰爭對人生的影響的小說是《傾城之戀》，正是因為香港之戰，范柳原和白流蘇這兩個「精刮的人」竟然結了婚，向來「算盤打得太仔細」的他們居然獲得了「徹底的諒解」，流蘇也終於獲得了覬覦已久的范柳原。「香港的陷落成全了她。但是在這不可理喻的世界裏，什麼是因，什麼是果？誰知道呢？」戰爭在這裡成了命運的象徵，命運之手在瞬息之間翻雲覆雨，小小的人又算得上什麼呢？人的小小的願望又算得上什麼呢？一個大都市的傾覆換得一個「圓滿的收場」，這就是命運對人性的嘲弄吧。

范柳原，這個比佟振保更為虛無的人，他一開始出現在小說中，就彷彿已經明瞭世界的「不對」，也無所謂創造一個「對」的世界。他和振保一樣曾經貧寒過，「孤身流落在英倫，很吃過一些苦，然後方才獲得繼承權」，他「年紀輕的時候受了些刺激，漸漸的就往放浪的一條路上走，嫖賭吃著，樣樣都來，獨獨無意於家庭幸福」。范柳原有錢，卻生活放浪，精於調情，是個典型的紈絝子弟、花花公子。他的人生觀，可以借用《沉香屑・第一爐香》中葛薇龍對喬琪喬的評價做一描述：

> （他）不肯好好地做人，他太聰明了，他的人生觀太消極，他周圍的人沒有能懂得他的，他活在香港人中間，如同異邦人一般。

〔註24〕李歐梵《當代中國文化的現代性和後現代性》，《中國現代文學與現代性十講》，上海：復旦大學出版社，2002年，第99頁。

〔註25〕陳暉《張愛玲與現代主義》，第22頁。

范柳原與喬琪喬一樣都是「太聰明」的、「人生觀太消極」的人，但他們之間還有所不同，喬琪喬的虛無更甚於范柳原，他已經無所謂追求，也已經無所謂痛苦，生活對他來說就是一場相互欺騙、相互玩弄的無聊遊戲，而范柳原對於人生雖然無所期望，但他仍然不時遠遠地眺望著、牽掛著那個彼岸世界，那個世界存在於他的精神世界中，對比著、增強著他在此岸世界的痛苦和虛無。不妨看看他對流蘇服飾的一段很長的議論，從中可以感受到這一點：

> 柳原道：「我陪你到馬來亞去。」流蘇道：「做什麼？」柳原道：「回到自然。」他轉念一想，又道：「只是一件，我不能想像你穿著旗袍在森林裏跑。……不過我也不能想像你不穿著旗袍。」流蘇忙沉下臉來道：「少胡說。」柳原道：「我這是正經話。我第一次看見你，就覺得你不應當光著膀子穿這種時髦的長背心，不過你也不應當穿西裝。滿洲的旗裝，也許倒合適一點，可是線條又太硬。」流蘇道：「總之，人長得難看，怎麼打扮著也不順眼！」柳原笑道：「別又誤會了，我的意思是：你看上去不像這世界上的人。你有許多小動作，有一種羅曼蒂克的氣氛，很像唱京戲。」流蘇抬起眉毛，冷笑道：「唱戲，我一個人也唱不成呀！我何嘗愛做作——這也是逼上梁山。人家跟我耍心眼兒，我不跟人家耍心眼兒，人家還那我當傻子呢，準得找著我欺侮！」柳原聽了這話，倒有些黯然。他舉起了空杯，試著喝了一口，又放下了，歎道：「是的，都怪我。我裝慣了假，也是因為人人都對我裝假。只有對你，我說過句把真話。你聽不出來。」流蘇道：「我又不是你肚子裏的蛔蟲。」柳原道：「是的，都怪我。可是我的確為你費了不少的心機。在上海第一次遇見你，我想著，離開了你家裏那些人，你也許會自然一點。好容易盼著你到了香港……現在，我又想把你帶到馬來亞，到原始人的森林裏去……」他笑他自己，聲音又啞又澀，不等笑完他就喊僕歐拿帳單來。他們付了帳出來，他已經恢復了原狀，又開始他的上等的調情——頂文雅的一種。

范柳原可以說是個「服飾專家」，他對流蘇服飾的這段議論看似玩笑，但何等精道。他認為流蘇目前的服飾「不對」——不符合她的氣質、特點。在他眼裏，流蘇就是「旗袍的魂」，一個舉手投足有東方情調的東方女性，一個「難得碰見」的「真正的中國女人」，象生活在「羅曼蒂克」的「京戲」裏，古典、含蓄、自然，美倫美奐，這種的美，只有旗袍才能烘托出來（圖十五）。他的議論裏包含著他不願直接表露的愛，只有對美的鑒賞能力與愛的願望完美交融後，他對流蘇的欣賞才能達到近似於藝術美的高度，而這樣的美似乎遠離塵世，不存在於現實，存在於最為「自然」的「原始森林」中。范柳原雖然把人生看得透透的，知道白流蘇不過是「為了經濟上的安全」才接近他，他認為「婚姻就是長期的賣淫」，但他還是愛她。他仍然懂得愛，他想帶她「到馬來亞去」，就是因為心中有愛，但虛無的人生觀使他不敢承諾愛的責任，他只能用調情來掩飾愛。柳原的現實生活是「假」的，但他的精神世界是想追求「真」、「愛」和「自然」，他愛流蘇，他想和她一起到「原始森林」中去，逃避現實中的虛偽，尋找理想中的真和愛，擺脫虛無和絕望，找到精神皈依。但他的心沒有人能夠懂得，連流蘇也不懂，他只能又「恢復」成調情的面孔來遊戲人生。

圖十五　張愛玲手繪的白流蘇像

可以想像，唯有旗袍才能烘托出這個「真正的中國女人」的美來。選自《張愛玲畫話》，止菴、萬燕著，天津：天津社會科學院出版社，2003 年，第 28 頁。此圖是張愛玲為自己的小說手繪的插圖。

范柳原的這一段話看起來的確有些奇怪。像他這樣的紈絝子弟、花花公子很容易使我們聯想到海派作家筆下的具有「紈絝風」的男性，甚至一些海派作家本身〔註 26〕。海派作家的小說中也常常出現男主人公對女性服飾的品

〔註 26〕李今在《海派小說與現代都市文化》中認為海派的成員「大多被看做是『花花公子』或說是『享樂公子』型的人物」，他們從服裝打扮、生活方式上都模仿西方的唯美—頽廢派的藝術家。李今《海派小說與現代都市文化》，合肥：安徽教育出版社，2000 年。

評和議論，但大多將「紅紅的弔襪帶」與「雪白的大腿」、將「透明的薄紗衣」與「素絹一樣光滑的肌膚」、將「高價絲襪高跟鞋」與「奢華的小足」聯繫在一起，言辭間充滿肉感，試圖傳達的是女性的腐朽、放蕩的「惡之花」式的頹廢美〔註 27〕。范柳原的議論顯然與這些「紈絝子弟」的完全不同，正如白流蘇所說的，他是個講究「精神戀愛」的人，他是個精神至上主義者，也正因為此，他不願意娶他認為並不愛自己的流蘇，如果沒有香港之戰，他會一直是個生活在「做假」中、然而精神卻無比絕望的、四處漂泊的孤獨者。

柳原與流蘇討論她的服飾的時刻，是他暫時撕下調情的「假」面孔說出他的「真心話」的時刻，這樣的時刻在《傾城之戀》中有很多次，例如當他談到《詩經》中的詩歌「生死契闊，與子相悅」，他會想到這是「最悲哀的一首詩，生與死與離別，都是大事，不由我們支配的。比起外界的力量，我們人是多麼小，多麼小！」看到淺水灣的一堵灰牆，他會這樣說：「有一天我們的文明整個都毀掉了，什麼都完了——燒完了，炸完了，坍完了，也許還剩下這堵牆。流蘇，如果我們那時候在這牆跟底下遇見了……流蘇，也許你會對我有一點真心，也許我會對你有一點真心。」如果把柳原的「真心話」理解為張愛玲本人的「真心話」，也沒有什麼不可以，人類的「真心」非要到文明的末日才會到來，這就是人類最大的悲哀。范柳原幾乎是張愛玲的代言人，香港之戰後留下的斷瓦殘垣，既是范柳原、也是張愛玲本人的虛無的人生觀的見證。《傾城之戀》是《傳奇》中最為「慈悲」的一部小說，因為張愛玲使最接近於她的思想的范柳原最後找到了棲身之地，他至少可以安穩地「活個十年八年」了，至於她自己，則始終生活於虛無之中。

〔註 27〕李今的《海派小說與現代都市文化》中對新感覺派小說男性眼中的「女性服飾—女性身體—頹廢美」之間的關係有詳細論述。

第四章　主體論：作家與衣

在張愛玲的一生中，唯一的一次「自我命名」是自稱為「衣服狂」（clothes-crazy），這個精神分析學意義上的名稱暗示了生命與服飾之間的不解之緣。在她身上，「衣服狂」和「女作家」之名如此完美地重疊在一起，尤其是在《傳奇》〔註 1〕時代，這種重疊達到了極致——她一手自己設計衣服，「奇裝炫人」地出現於上海街頭，另一手寫出飛揚恣肆的作品，為四十年代的上海文壇貢獻著「最美的收穫」。在張愛玲那裡，「服飾——女性——寫作」這三重因素是相互強化和闡釋著的，服飾的重要性不低於文學作品，它們是性質同一、形式各異的思考和創造，在她的一生中缺一不可；同時，服飾和寫作又強化著她的女性身份——惟有作為一位女性作家，才可能如此完美地同時通過服飾和文學，傳遞著屬於女性的獨特的對人類生活、生命、歷史、哲學的想像和認識。

一、款式：「女兒」的愛與慈悲

1944 年出版的《流言》裏，張愛玲收錄了自己的三張照片，其中一張很著名，張愛玲本人也根據這張照片手繪了自畫像，作為《流言》的封面。與其說張愛玲喜歡這張照片，不如說她是喜歡照片上的這款服飾。這是張愛玲目前所能看見的服飾中最「奇」的一款（圖十一）。柯靈曾對其這樣描述：

> （張愛玲）那天穿的，就是一襲擬古式齊膝夾襖，超級的寬身大袖，水紅綢子，用特別寬的黑緞鑲邊，右襟下有一朵舒卷的雲頭

〔註 1〕本文選擇的版本是《傳奇》增訂本，上海：山河圖書公司，1946 年。本文所引用的小說中的語句均出自此版本，後文不另作注釋。

——也許是如意。長袍短套，罩在旗袍外面。《流言》裏附刊的相片之一，就是這種款式。〔註2〕

圖十六　《流言》初版本的封面

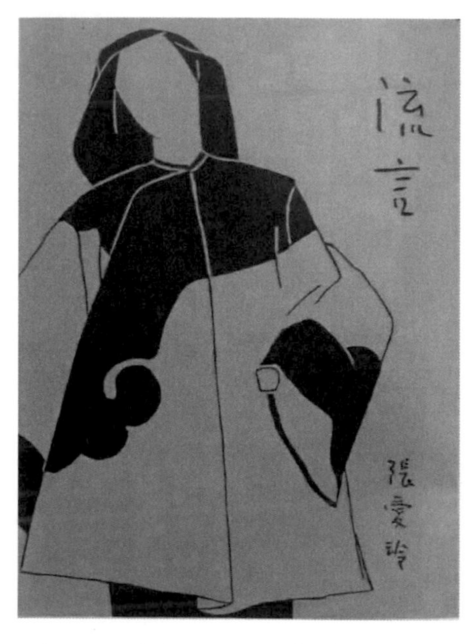

選自《張愛玲散文全編》，來鳳儀編，杭州：浙江文藝出版社，1992年。

圖十七　這是張愛玲唯一的一件「清裝行頭」，即《流言》中照片上的服飾

選自《對照記》，張愛玲著，哈爾濱：哈爾濱出版社，2003年，第83頁。

這件衣服的最明顯的特點是款式古舊。而我們從關於張愛玲的「服飾軼事」的記錄中得到的最深刻的印象，也是張愛玲對「過時」的、復古的服飾情有獨鍾。與張愛玲同時代的上海女作家潘柳黛曾這樣寫道：

> ……張愛玲忽然問我，「你找得到你祖母的衣裳找不到？」我說：「幹嗎？」她說：「你可以穿她的衣裳呀！」我說：「我穿她的衣裳，不是像穿壽衣一樣嗎？」她說：「那有什麼關係，別致。」
>
> ……她著西裝，會把自己打扮成一個十八世紀少婦，她穿旗袍，會把自己打扮得像我們的祖母或太祖母，臉是年青人的臉，服裝時老古董的服裝，就是這一記，融會了古今中外的大噱頭，她把自己

〔註2〕柯靈《遙寄張愛玲》，《滄桑憶語》，南京：江蘇文藝出版社，2005年，第245頁。

先安排成一個傳奇人物。〔註3〕

潘柳黛一度與張愛玲有交往，但後來與她翻了臉，字裏行間不免有一股酸溜溜的嘲諷之氣，但也著實道出了張愛玲在服飾上的「戀舊」和「返古」的情結。在同時代人的關於張愛玲的回憶中，幾次給人深刻印象的場面都與舊式服飾有關。例如，她穿著一套前清老樣子的繡花襖褲去參加親友的婚禮，引起滿座側目，人們把對新娘的注意力都轉移到了她滚著如意鑲邊的服裝上；當《傳奇》結集出版時，她又穿著自己設計的晚清款式的「奇裝異服」去印刷廠校稿樣，引起印刷工人停下手中的活計來「看熱鬧」；她去蘇青家，在旗袍外罩了件前清滚邊短襖，引得弄堂裏的孩子們叫著哄著在後面追趕她〔註4〕。可見，張愛玲的服飾之「奇」，首先表現在款式之「舊」上。而且，所有的這些舊式服飾，都是她自己設計的。

曾經有人問過張愛玲，為什麼要做「老祖母」式的打扮，她答到：「我既不是美女，又沒有什麼特點，不用這些來招搖，怎麼引得起別人的注意？」〔註5〕普通人以看熱鬧的心態來「圍觀」和「窺探」這位「奇裝炫人」的名作家，而這樣的俏皮話，就是說給看熱鬧的「普通人」聽，以擋開他們那一雙雙窺探的眼睛的。以張愛玲這樣的在港、滬都有長期居住經歷的年輕女性，尤其是一個不折不扣的電影愛好者，如果要追隨時尚大流（尤其是女電影明星）來將自己裝扮得如同好萊塢電影明星般的時髦，一定不是件困難的事情。據張愛玲的弟弟張子靜回憶，張愛玲是個「電影迷」，在教會女中讀書的時候，她就訂了許多英文電影刊物閱讀，如 Movie Star 和 Screen Play 等，在 40 年代，她幾乎看了葛麗泰・嘉寶、費・雯麗、貝蒂・戴維斯等當時好萊塢最紅的電影明星的所有電影，對服飾極其敏感的張愛玲，一定對這些明星的服飾黏熟於心〔註6〕。另外，上海從開埠時起，歐美服飾的風尚就在這裡有著廣泛的影響，民國之後，更是「洋裝領先服裝新潮流」〔註7〕，尤其是在 30 和 40 年

〔註3〕轉引自余斌《張愛玲傳》，第 193 頁。

〔註4〕參見余斌《張愛玲傳》、於青《奇才逸女張愛玲》等傳記。

〔註5〕余斌《張愛玲傳》，第 193 頁。

〔註6〕據張愛玲的弟弟張子靜回憶，張愛玲是個「電影迷」，在教會女中讀書的時候，她就訂了許多英文電影刊物閱讀，如 Movie Star 和 Screen Play 等，在 40 年代，她幾乎看了葛麗泰・嘉寶、費・雯麗、貝蒂・戴維斯等當時好萊塢最紅的電影明星的所有電影。張子靜《我的姊姊張愛玲》，第 117～119 頁。

〔註7〕陳高華、徐吉軍主編《中國服飾通史》，寧波：寧波出版社 2002 年，第 544 頁。

代的上海，好萊塢電影明星對中國女性的服飾影響很大，從當時的印刷資料如雜誌、廣告、月份牌等上看，上面刊登的「新型」女性和「摩登」女郎的流行服飾有很大程度的「西化」的傾向（圖十二），不管是衣服還是髮型、化裝、裝飾都有不少人模仿好萊塢明星（圖十三）。然而，張愛玲卻偏偏「無視」這樣的服飾潮流，將自己放置於「過時」的服飾中。

如果我們把她的「祖母式」的妝扮與《流言》的相片題詞結合起來看，就能明白張愛玲的復古服飾大有深意：她以一種類似於「行為藝術」的方式，用自己的服飾、自己的身體來實現個人與文明之間的對話，她的古舊服飾本身就是「過去」的「文明」的寫照，而她以置身於古舊服飾中的方式來表達她對「過去」的「文明」的最貼近的愛與批判。

張愛玲筆下的文明，是正在坍塌中的、即將成為「過去」的文明，這種「文明」的具體體現，就是《傳奇》中的古舊的家族世界。可以說，張愛玲將對「文明」的思考很大程度上是寄託在對（小說中的和她自己的）古舊家族的描摹之上的。如果我們仔細查看《傳奇》中的服飾描寫，就能發現其中人物的服飾與張愛玲的服飾有一致性，他們中的許多人也正是穿著「過時」的服飾，並以這樣的服飾織就了一種「過去」的「文明」的故事背景和氛圍。《沉香屑・第一爐香》是發生在第二次戰爭前後的故事（根據小說中薇龍所說的「兩年前，因為上海傳說要有戰事，我們一家大小避到香港來」和「上海時局也緩和了下來」推測而來），而葛薇龍一出場，穿的卻是「滿清末年的款式」，「打扮得像賽金花模樣」；她一進姑媽家，就看見梁太太家的「娘姨大姐們」「一個個拖著木屐，在走廊上踢托踢托地串來串去。」關於「木屐」，《清稗類鈔》中記載道：「粵人不論晴雨，不論男女，皆躡之。」〔註8〕可見在清代和之前，穿木屐是廣東人的習俗。但彼時的香港，作為一個殖民地氣息濃厚的城市，木屐是否是人們日常生活中常穿的鞋，是很可懷疑的。即使是上海，在民國初期就以穿高跟鞋為時髦，上海時髦女郎的必備裝束之一就包括「尖頭高底上等皮鞋一雙」〔註9〕，從30年代之後的各種印刷品（雜誌、廣告、月份牌等）上的時髦女郎的圖片中也可發現，仕女們幾乎人人一雙高跟鞋，《沉香屑・第一爐香》中為何會出現木屐，最可能的解釋是梁太太的故意的「返古」，將家中的氣氛停留在「過去」的「文明」中。這一點，從她的女

〔註8〕徐珂《清稗類鈔》第十三卷，第6210頁。
〔註9〕《時髦派》，《申報》1912年1月6日。

傭睨兒的衣著上可以更明顯地看到：

> 她穿著一件雪青緊身襖子，翠藍窄腳褲，兩手抄在白地平金馬甲裏面，還是《紅樓夢》時代的丫環的打扮。

《金鎖記》中的姜家的女傭服飾也是「過時」的，從曹七巧的丫鬟小雙和鳳簫的對話中可以看出來：

> (小雙)把兩手抄在青蓮色舊綢夾襖裏，下面繫著明油綠褲子。鳳簫伸手撚了撚那褲腳，笑道：「現在顏色衣服不大有人穿了。下江人時興的都是素淨的。」

曹七巧剛剛嫁到姜家的時候，正是「忙著換朝代」的那兩年，應該是民國前後，此時的女性追求簡潔、淡雅的裝飾效果，所謂「茉莉太香桃太豔，可人心是白蘭花」〔註10〕。小雙的服飾，也幾乎要返回到了《紅樓夢》的時代。張愛玲讓這些人穿上古舊的服飾，似乎是要給小說中的主人公提供一個「過去」的背景，借助「過時」的服飾，她將小說中的人物定格在了悠遠的、古老的「文明」之中。

圖十八　啟東煙草公司廣告——「四季美人」(1940年代，杭穉英作)

每一季的美人所穿的服飾都有很明顯的「西化」的特點。選自《最後一瞥：老月份牌年畫》，上海：上海畫報出版社，2003年，第72頁。

〔註10〕羅蘇文《女性與近代中國社會》，第172頁。

圖十九　月份牌美女（金梅生作）

這位女性雖身著旗袍，但卻與好萊塢明星夢露神似，從其間可看出上海摩登女性對好萊塢明星風采的嚮往。選自《最後一瞥：老月份牌年畫》，上海：上海畫報出版社，2003 年，第 59 頁。

同樣，張愛玲的家族服飾也有古舊風格。在《對照記》中，她記錄了老女僕描述她的祖母裝扮父親的一段話：

> 「老太太總是給三爺穿得花紅柳綠的，滿幫花的花鞋——那時候不興這些了，穿不出去了。三爺走到二門上，偷偷地脫了鞋換上袖子裏塞著的一雙。……」〔註 11〕

當然不能用「自傳式」的眼光來閱讀《傳奇》，但《傳奇》無疑與她的家族記憶有著密切的聯繫，不僅是因為小說中的一些人物的原型來自她的家族，尤其是小說中傳遞的某些感受（如孤獨感、絕望感、叛逆感）與她曾經的家族經驗很類似。這裡應該甄別的是，張愛玲實際上是有兩個家的：「父親的家」和「母親的家」。兒童和少年時期的張愛玲曾經兩度往返於「父親的家」和「母親的家」：最初的家是在天津，母親在她四歲的時候就出國留洋，因此給她的印象是「最初的家裏沒有我母親這個人」，這個家是「父親的家」。父親有著封建遺少的許多惡習，揮霍祖產、吸鴉片、養姨太太、逛窯子，對子

〔註 11〕張愛玲《對照記》，第 54 頁。

女的態度是封建家長式的冷漠、專斷和粗暴。八歲之後，母親從法國回來了，「父親痛改前非」，她的家「搬到一所花園洋房裏，有狗，有花，有童話書，家裏徒然添了許多蘊籍華美的親戚朋友」，這個家是「母親的家」，家中的布置和氛圍都是母親營造的，張愛玲愛極了這個家，她向自己的朋友「誇耀」道：「我寫信給天津的一個玩伴，描寫我們的新屋，寫了三張信紙，還畫了圖樣。」她認為這個家是「美的頂巔」。可惜「母親的家」只維持了兩年，十歲時，父母離婚，母親搬走，她的家復又變為「父親的家」。父親娶了後母，兩人都吸鴉片，在這個家裏張愛玲生活了七年，最後還經歷了挨打和長達半年之久的拘禁。十七歲時，張愛玲逃出父親的家，來到姑姑和母親的公寓，終於又回到了「母親的家」〔註 12〕。

對於「父親的家」和「母親的家」，張愛玲這樣分別道：「像拜火教的波斯人，我把世界強行分作兩半，光明與黑暗，善與惡，神與魔。屬於我父親這一邊的必定是不好的，……」「母親的家」在她心目中，「我所知道的最好的一切，無論是精神上還是物質上的，都在這裡了。」〔註 13〕對張愛玲而言，「父親的家」是中國傳統的宗法家庭的代名詞，「母親的家」則是西方現代文明家庭的投影〔註 14〕。但事實上，在整個童年和少年時期，因為與母親聚少離多，「母親的家」只是一個飄渺的美夢，始終不能以具象的形式來到她的筆端；她大部分的時間（尤其是至關重要的少女時代）是在「父親的家」度過的，而且在那裡經歷了最可怕的挨打和拘禁，這個家是真正始終纏繞著、令她揮之不去的噩夢，因此，張愛玲筆下鮮有「母親的家」的投影，幾乎全是「父親的家」的描摹——整部《傳奇》都是如此，白流蘇的家、鄭川嫦的家、曹七巧的家……《傳奇》中幾乎所有的家族都有著張愛玲自己那個曾經顯赫卻已繁華落盡的家的內在氣質：古舊、凝滯、腐朽、暮氣沉沉。張愛玲對「父親的家」的批判是明確的，正是因為此，我們過去注意得較多的是她對以「父親的家」為原型的古老家族和封建文明的批判性的一面，她作品中所表現的文明的破落、頹敗和蒼涼，她對人性近乎殘酷的解剖和拷問……對這些批判

〔註 12〕有關情節，參見張愛玲《私語》。

〔註 13〕張愛玲《私語》。

〔註 14〕「母親的家」並不是指母系家族成員的家，主要是指離開封建宗法家庭的女性個體創造的帶有西方現代文明特徵的「家」，如母親和姑姑的家；而「父親的家」則是指中國傳統的封建宗法家庭，父親、舅舅的家都屬此列，因此，下文提到的舅舅也是「父親的家」中的主要代表。

性因素我們挖掘得很徹底，某種程度上，使我們的研究中出現盲點，從而可能忽略了她的情感的複雜性。

張愛玲本人、《傳奇》、以及她的家族服飾風格的一致性，正可能顯現了她對古老家族的複雜情感的另一面——「愛」的一面。關於《流言》插圖中的那款最「奇」最「舊」的服飾，《對照記》中寫明瞭它的來源：

> 我舅舅……著人翻箱子找出一件大鑲大滾寬博的皮襖，叫我拆掉面子，皮裏子夠做一件皮大衣。「不過是短毛貂，不夠暖和。」他說。
>
> 我怎麼捨得割裂這件古董，拿了去如獲至寶。〔註 15〕

這是張愛玲「惟一的清裝行頭」，是真正從自己的家族中流傳下來的，也是真正的從「父」那裡傳遞到「女」手中來的。——如果要用最簡單的方式來描述張愛玲對古老家族的情感，就是女兒對父親的情感：一方面，因為「父」的專制和殘酷，要逃離他，批判他；另一方面，畢竟是血肉相連，女兒始終也不曾忘卻和放棄父親，不僅如此，甚至會無意識地以各種方式顯現「父女之愛」——在張愛玲這裡，就是以服飾的復古款式表現出來。表達「愛」的最好的方式就是貼近、再貼近，對於那與她血肉相連、有著割不斷的聯繫的古舊的家族，她儘量地以穿著那個時代服飾的方式去貼近它；對於《傳奇》中的在那古老家族生活著的人們，包括被毀滅的曹七巧、姜長白、鄭川嫦，以及在現實世界也永遠成為歷史的三媽媽、三表妹，她以穿和她們同樣的服飾的方式親近她們。是的，還有什麼方式比「肌膚相親」更能傳達內心的愛呢？穿著父輩時代的舊式服飾，就是一種特別的「肌膚相親」，是她對古老家族以及生活於其間的先輩們的特別的愛、特別的紀念。

在張愛玲晚年出版的最後一本著作《對照記》中，她的「愛」的一面看得非常明顯。書中羅列了她生命中最為親近的一些人——祖父母、父母、姑姑、弟弟、炎櫻等人和自己的照片，其中關於祖父母的部分「占掉了不合理的篇幅」〔註 16〕。《對照記》完成於 1993 年，這正是她告別這世界的兩年前，而在此之前，她已經立好遺囑（1992 年），因此，「此書是她以獨特方式編就的回憶錄，也可說是自傳——分明是向世人作別的姿態了。」〔註 17〕《對照

〔註 15〕張愛玲《對照記》，第 66 頁。
〔註 16〕《對照記》，第 106 頁。
〔註 17〕余斌《張愛玲傳》，第 400 頁。

記》是張愛玲臨死之前對蒼涼人生的回望，也是她對即將來臨的死亡的從容面對，語氣平靜超然，還有著些許幽默。臺灣學者周芬伶說得好：

> 閱讀照片即是面對死亡，同時再轉化成愛的空間，愛的音樂之後，撤銷化解死亡。這也是《對照記》對張愛玲的意義，……「愛」或者就是《對照記》的主題，自己之愛，母親之愛，朋友之愛，姑姑、祖母之愛，……〔註18〕

《對照記》可以說是對張愛玲的第一本小說集《傳奇》的影像注解。從《傳奇》到《對照記》，是張愛玲生命中從「死」到「愛」的一次過程，是她將「死」轉化成「愛」的生命傳奇。年輕時，她寫了「劈殺了幾個人」的曹七巧、像鹽醃過的「賢才」般的姜長安、「酒精中泡著的海屍」鄭先生〔註19〕，那個時候我們更明顯的是看到她的憤怒、恐懼、遺憾和恨，而對其中隱藏著的愛發現得不夠，但在《對照記》中，她把這種隱藏著的愛顯露了出來。她深情款款地寫到了她對自己祖父母的愛，這種愛，也同樣滲透於和她祖父母一樣生活在「過去」的「文明」中的那些《傳奇》中的人物：

> 我沒趕上看見他們，所以跟他們的關係僅指屬於彼此，一種沉默的無條件的支持，看似無用，無效，卻是我最需要的。他們只靜靜地躺在我的血液裏，等我死的時候再死一次。
>
> 我愛他們。〔註20〕

只有懂得了張愛玲對自己那個崩潰的古老家族中祖先們的愛，才能明白為什麼她在描寫《傳奇》中那些在「死世界」中生活著的人們的時候，常常流露出纏繞著悲憫、同情等多種複雜情感的「愛」來。她寫曹七巧的時候，除了寫她的「瘋人」一般的古怪和殘忍外，還用不少的筆墨寫到她的愛情，寫她對愛情的渴望，和她得不到愛情時的痛苦，在七巧臉上的淚痕中，我們也可感受到作者的痛惜；她寫姜長安時，除了寫她生命蒼白乏味的一面，還寫到她離開學校時的「美麗的，蒼涼的手勢」，在長安「告訴我那故事，往日我最心愛的那故事，許久以前，許久以前……」的「如同嬰兒的哭泣」般的口琴聲中，我們分明捕捉到了作者的縷縷傷感；她寫鄭川嫦是個可悲的「女

〔註18〕周芬伶《豔異——張愛玲與中國文學》，第195頁。

〔註19〕張愛玲的弟弟張子靜指出《傳奇》中的一些人物，如曹七巧、長安、長白、鄭川嫦、鄭先生、鄭夫人的原型均來自他們的家族。參見《我的姊姊張愛玲》中有關章節。

〔註20〕張愛玲《對照記》，第57頁。

結婚員」，但寫到她最後在鏡子中發現自己如同「大白蜘蛛」的醜陋時，她的痛哭聲中，也摻雜著作者痛徹肺腑的惋惜；她寫葛薇龍的墮落、愫細的「殺夫」時，於一絲寒意之外也能感受到對青春被斬殺的悲哀……她寫筆下人物的種種醜態，寫這個世界如鐵屋般冷酷，並不是意味著她對這世界、對這世界的人們沒有感情，而是因為她同時也愛著這個世界，憐憫著這個世界裏生存著的人們。是的，在《傳奇》中，世界是殘酷的，人物是醜陋的，情感是「千創百孔」的，在閱讀之後，我們不能認同於其中的人物，但卻常常會不由自主地為他們掬一把傷感之淚，就是因為張愛玲把她那隱藏著的對古舊世界的愛也傳達給了我們。

前文曾經說到，《花凋》是張愛玲最富於情感性的小說，因為女主角的原型是她兒時要好的玩伴的緣故，她在小說洩露了很多自己的情感，包括對這世界的深深的眷戀和愛：

> 這花花世界裏充滿了各種愉快的東西——櫥窗裏的東西，大菜單上的，時裝樣本上的，最藝術花的房間，裏面空無所有，只有高齊天花板的大玻璃窗，地毯與五顏六色的軟墊；還有小孩……

川嫦的死，牽引出了作者對這世界的眷戀；對世界的眷戀，又更反襯出她對川嫦的「死」的惋惜。是的，在《傳奇》中，世界是殘酷的，人物是醜陋的，情感是「千創百孔」的，在閱讀之後，我們不能認同於其中的人物，但卻常常會不由自主地為他們掬一把傷感之淚，就是因為張愛玲把她那隱藏著的對古舊世界的愛也傳達給了我們。

要進一步認清張愛玲對父輩們的複雜情感，不妨借用她贈予愛人胡蘭成的一句話：

> 因為懂得，所以慈悲。

張愛玲是真正「懂得」「父」的「女兒」，例如，當她看倒父親「繞室吟哦，背誦如流」卻又「毫無用處」時，她的感受是「心酸」。——惟有有愛，心才會酸，這是摻雜著悲哀、同情、理解的複雜情感。張愛玲「懂得」「父」是殘酷的，但又是可悲和可憐的，因此她對「父」的基本態度是「慈悲」的。她看穿了「父」的本質，正因為此，才原諒了「父」的本性，連同那些生活於父權文明中的所有人。在《傳奇》裏，各種自私庸俗的人、生命接近於乾涸的人、「酒精缸裏泡著的孩屍」簇擁在一起，對於他們，張愛玲卻說：「我寫到的那些人，他們有什麼不好我都能夠原諒，有時候還有喜愛，就因為他們存在，他們是真的。」「如果原先有憎惡的心，看明白之後，也只有哀矜。」因此，張愛玲的「愛」是糅合了「慈悲」在裏面的，又類似於佛家的「超度」，一方面包含了她對人類的徹底的悲劇性的認識，同時又以原諒來達到對悲劇性認識的超越。

這樣的情感，可以用她所推崇的「神」的特性來進一步表現：

神是廣大的同情，慈悲，瞭解，安息。〔註 21〕

在她看來，「神」是與「超人」不同的，「超人是男性的，神卻帶有女性的成分。」因此，「慈悲」也是女性特有的。這就是張愛玲作為一個女性作家、一個父權社會的「女兒」的特別之處。她一面嘲諷和批判著古舊的世界，又一面不斷地留戀、回望著它，因為她深知，那世界與她血肉相連，也有著讓她癡迷甚至獲益的東西：舊小說、舊報紙、祖父的傳奇、父親的吟哦、張恨水、紅樓夢、蒲歇潮、海上花……所有我們稱其作品中有「傳統」和「古典」的部分，都來自於那讓她愛恨交織的、剪不斷理還亂的「父親的家」。或許她自己也沒有意識到，對「父」的愛與慈悲一直在以一種與創作同樣重要的方式，呈現在她那奇特的舊式服飾上。

二、色彩：「逆女」的生命之色

《流言》所收照片上的服飾的另一矚目之處，是它的色彩——水紅。這種鮮豔嬌嫩的顏色也是「過時」的，自民國始，上海女性的服飾就求淡雅而忌濃豔，所謂「茉莉太香桃太豔，可人心是白蘭花」〔註 22〕。然而，張子靜、周瘦鵑、胡蘭成、潘柳黛等人在記錄她的服飾時，卻對這些色彩印象深刻：

張子靜所見：大紅、藍、白（「一件矮領子的布旗袍，大紅顏色底子，上面印著一朵一朵藍的白的大花。」）〔註 23〕

周瘦鵑所見：鵝黃（「卻見客座中站起一位穿鵝黃緞半臂的長身玉立的小姐來向我鞠躬……」）〔註 24〕

胡蘭成所見：寶藍、嫩黃、桃紅（「張愛玲今天穿寶藍綢襖褲，戴了嫩黃邊框的眼鏡，……」「愛玲穿一件桃紅單旗袍……」）〔註 25〕

〔註 21〕張愛玲《談女人》。

〔註 22〕羅蘇文：《女性與近代中國社會》，上海人民出版社，1996 年，第 172 頁。

〔註 23〕張子靜《我的姐姐張愛玲》，第 91 頁。

〔註 24〕周瘦鵑《寫在〈紫羅蘭〉前頭》，《張愛玲評說六十年》，第 20 頁。

〔註 25〕胡蘭成《今生今世》，第 145 頁。

潘柳黛所見：檸檬黃（「見她穿一件檸檬黃袒胸露臂的晚禮服……」）〔註 26〕

吳江楓所見：橙黃、藍、淡黃（「張愛玲女士穿著橙黃色綢的上裝，像《傳奇》封面那樣藍顏色的裙子，……戴著淡黃色玳瑁邊的眼鏡，擦著口紅，……」）〔註 27〕

大紅、水紅、鵝黃、寶藍、嫩黃、桃紅、橙黃……，張愛玲對這些豔麗的色彩情有獨鍾。胡蘭成說張愛玲「愛刺激的顏色」，連房間的布置都是「一種現代的新鮮明亮幾乎是帶刺激性」，「愛玲說的刺激是像這樣辣撻光輝的顏色。」〔註 28〕。明亮的、豔麗的、刺激的「辣撻光輝」——這概括了張愛玲的色彩追求。

對張愛玲而言，顏色有著強烈的心理暗示作用。她說：「桃紅的顏色聞得見香氣。」〔註 29〕又說：「『照眼明』的紅色予人一種『暖老溫貧』的感覺。」〔註 30〕她將快樂用「朱紅」來形容〔註 31〕。就像古舊的款式隱含著對家族的情感那樣，刺激的色彩表達著張愛玲對「生命」的讚美。她喜歡一切刺激明豔的顏色，因為這樣的色彩意味著勃勃的生命和盎然的生趣，意味著她所渴求著的生命中一切美好的東西：溫暖、安寧、喜悅。在散文中，她這樣寫到明豔的衣服的顏色帶給了她怎樣的「喜悅」：

> 夏天房裏下著簾子，龍鬚草席上堆著一疊舊睡衣，折得很齊整，翠藍夏布衫，有綢褲，那翠藍與青在一起有一種森森細細的美，並不一定使人發生什麼聯想，只是在房間的薄暗裏挖空了一塊，悄沒聲地留出這塊地方來給喜悅。我坐在一邊，無心中看到了，也高興了好一會。〔註 32〕

就像用古舊的款式實現對古老家族的紀念一樣，張愛玲用刺激的色彩表達對「生命」的贊許。對她而言，明豔的顏色意味著勃勃的生命和盎然的生趣。不僅是服飾，生活中其他事物的豔麗的色彩，也體現著「生」的樂趣：

〔註 26〕轉引自余斌《張愛玲傳》，第 193 頁。
〔註 27〕《〈傳奇〉集評茶會記》，《張愛玲評說六十年》，第 77 頁。
〔註 28〕胡蘭成：《今生今世》，中國社會科學出版社，2003 年，第 150～162 頁。
〔註 29〕胡蘭成：《今生今世》，中國社會科學出版社，2003 年，第 150～162 頁。
〔註 30〕張愛玲：《道路以目》，《張愛玲散文全編》，第 36 頁。
〔註 31〕張愛玲：《私語》，《張愛玲散文全編》，第 125 頁。
〔註 32〕張愛玲《談音樂》。

許多身邊的雜事自有它們的愉快性質。看不到田園裏的茄子，到菜場上去看看也好——那麼複雜的，油潤的紫色；新綠的豌豆，熟豔的辣椒，金黃的麵筋，像太陽裏的肥皂泡。把菠菜洗過了，倒在油鍋裏，每每有一兩片碎葉子黏在篾簍底上，抖也抖不下來；迎著亮，翠生生的枝葉在竹片編成的方格子上招展著，使人聯想到籬上的扁豆花。〔註33〕

這一段話給我們最深刻的印象，是撲面而來的新鮮明亮的色彩，和其中散發出來的新鮮的生命的氣息。最為平常和渺小的生命，即使是茄子、辣椒、豌豆，也因為它們本身的色彩而變得靈動和鮮活起來，何況是人呢？在張愛玲的關於童年的記憶中，美好的事情也都帶上了鮮豔的色彩：

夏天中午我穿著白地小紅桃子紗短衫，紅褲子……

到上海，坐在馬車上，我是非常綺氣而快樂的，粉紅地子的洋紗衫褲上飛著藍蝴蝶。我們住著很小的石庫門房子、紅油板壁。對於我，那也是有一種緊緊的朱紅的快樂。〔註34〕

然而，張愛玲小說中人物的服飾色彩卻與她在現實世界的色彩喜好大相徑庭。試看《傳奇》中主要人物的服飾色彩統〔註35〕：

	紅	橙	黃	綠	藍	灰	白	黑
葛薇龍			姜汁黃、赤銅	瓷青	翠藍		白	
愫細						珠灰	白	黑
白流蘇							月白	
曹七巧	銀紅				藍		蔥白、雪青	佛青、青灰、玄色
姜長安				蘋果綠			白	藏青、玄色

〔註33〕張愛玲《公寓生活記趣》。

〔註34〕張愛玲《私語》。

〔註35〕此表中有些顏色可能是費解的，這裡試加解釋。「青」有兩義：黑色和接近於綠色的青色，在文獻中出現的「青」字取「黑色」意義居多。曹七巧的「佛青」又名「佛頭青」，李斗《揚州畫舫錄》中有「佛頭青即深青」，與佛像上所塗繪的青色頭髮較為相近，故屬於黑色系；琤琤的「青」應該是黑色，因為她所穿的是「青狐大衣」；葛薇龍的「瓷青」不能確定是黑色系還是綠色系，暫放於綠色系中。）另，混合色各自歸屬相應的主色中。

王嬌蕊	深粉紅		烏金	綠、橘綠	暗紫藍			
孟煙鸝		橙紅					白	黑
言丹朱				翡翠綠			白	
許小寒					孔雀藍			
吳翠遠					藍		白	
沁西亞							白	
鄭川嫦					藍		蔥白	
童太太								黑
淳于敦鳳						灰		
琤琤			泥金					青
總計	2	1	4	5	6	2	10	9

在《傳奇》中，對主要女性服飾色彩的描寫達到39次〔註36〕，其中最為常見的色彩是白、黑兩個色系：白色系列色彩11次，黑色系列色彩9次，佔據總色彩數的半壁江山。而事實上，張愛玲最不喜歡的顏色就是白色，普通人所認為的白色的純潔、乾淨、美好在她那裡都失去了意義。例如，對於一般人來說，童年時期家裏種的白玉蘭在回憶中一定有著難得的美麗，但她卻這樣寫到：「花園裏……惟一的樹木是高大的白玉蘭，開著極大的花，像污穢的白手帕，又像廢紙，抛在那裡，被遺忘了，大白花一年開到頭。從來沒有那樣邋遢喪氣的花。」〔註37〕對於白色布料，她卻認為：「白布是最不羅曼蒂克的東西，至多只能做到一個乾淨，也還不過是病院的乾淨，有一點慘戚。」〔註38〕同樣，《傳奇》中的白色服飾，也帶著「病院」——疾病與死亡——的氣息，例如：

川嫦可連一件像樣的睡衣都沒有，穿上她母親的白布褂子，許久沒洗澡，褥單也沒換過。那病人的氣味……（《花凋》）

（吳翠遠）穿著一件白洋紗旗袍，滾一道窄窄的藍邊——深藍與白，很有點訃聞的風味。(《封鎖》)

〔註36〕本文從《傳奇》的每一篇小說中選取1至2位女主角的服飾色彩來進行統計，她們是：葛薇龍、愫細、白流蘇、曹七巧、姜長安、王嬌蕊、孟煙鸝、鄭川嫦、吳翠遠、言旦朱、許小寒、沁西亞、童太太、淳于敦鳳、錚錚。

〔註37〕張愛玲《私語》。

〔註38〕張愛玲《被窩》。

半閉著眼睛的白色的新娘像復活的清晨還沒醒過來的屍首，有一種收斂的光。(《鴻鸞禧》)

這還不是全部。白色所代表的疾病與死亡的意味從服飾延續到了身體、滲透到了精神：

（鄭川嫦）……爬在李媽背上像個冷而白的大白蜘蛛。(《花凋》)

（棠倩）眼白是白瓷，白牙也是白瓷，硬冷，雪白，無情。(《鴻鸞禧》)

（孟煙鸝）的白把她的周圍的惡劣的東西隔開，像病院裏的白屏風，可同時，書本上的東西也給隔開了。(《紅玫瑰與白玫瑰》)

（吳翠遠）手臂白倒是白的，像擠出來的牙膏，她的整個的人像擠出來的牙膏，沒有款式。(《封鎖》)

單薄、羸弱、醜陋的身體，單調、畏縮、冷漠的氣質，乾枯、無聊、乏味的精神世界，這就是張愛玲給白色賦予的內涵。身穿白色服飾的人，常是那些生命特徵特別微弱的人，那些缺乏活力、青春已逝、生命之火即將熄滅的古老家族的妻子、女兒們，她們的白色系列的服飾意味著生命在封建宗法家庭的「被殺」。

《傳奇》中數量上僅次於白色的黑色系列色彩，不僅有著「被殺」的意味，還同時意味著「殺人」。凡常穿黑色服飾的人，都多多少少算得上是「殺人者」，因此黑色系列服飾總是給人恐怖之感，如曾「劈殺了幾個人」的老年曹七巧就愛穿黑色系列的服飾；《沉香屑・第一爐香》中的梁太太一出場就是「一身黑」；《沉香屑・第二爐香》中的蜜秋兒太太「一向穿慣了黑」，「隨便她穿什麼顏色的衣服，總似乎是一身黑……」她斬殺了兩個女兒的生命，將她們教育成了兩個天真得無知的「被殺者」，以及無知得殘酷的「殺人者」，姐姐靡麗笙身著「象牙白」綢裙，帶著「呼吸間一陣陣的白氣」，妹妹愫細一身「黑紗便服」，「純潔」又「天真」地將丈夫置於死地。姐妹倆變身為「黑白雙煞」，在母親的帶領下，將自己的家變成了殺人不見血的鬼屋。

很顯然，《傳奇》中的白、黑兩個系列的色彩帶有許多與「生命終結」相關的意義：單調、乏味、病態、死亡、肅殺、悲哀、破壞、滅亡……，它們也因此成為「死的色彩」，張愛玲以這兩個占主導地位的色系暗示，《傳奇》世界是個「死世界」，「沒有希望，沒有下一代，沒有青春。」〔註 39〕各種生命接近於乾涸的人、「酒精缸裏泡著的孩屍」簇擁在一起，令這個世界散發出荒涼、頹敗、死亡的氣息。

正如前文所說，《傳奇》中的古老家族實際上是張愛玲的「父親的家」的寫照，因為她曾在這個家中的慘痛和恐怖的經歷，小說中肅殺的黑白色彩也正是來自於她記憶中的「父親的家」。父親的家的色彩是陰暗的：

> 父親的房間裏永遠是下午，在那裡坐久了便覺得沉下去，沉下去。
>
> 房屋的青黑的心子裏是清醒的，有它自己的一個怪異的世界。

我生在裏面的這座房屋忽然變成生疏的了，像月光底下的，黑影中現出青白的粉牆，片面的，癲狂的。

> ……我讀到它就想到我們家樓板上的藍色的月光，那靜靜的殺機。〔註 40〕

在這個世界裏，滿是「下午」時分的蕭條、荒蕪、破敗、肅殺，生命被壓制至死，變成了死屍的顏色。整個世界都是生命終結後的寂靜，靜得怪異和恐怖。這就是「父親的家」的色彩——「死的色彩」，它是《傳奇》的基本色調，也是張愛玲作為一個「逆女」，對封建宗法父權社會的批判性的一面。

在張愛玲這裡，色彩與生命是緊密相聯的。從現存的照片來看，年輕時的張愛玲從來沒有穿過單純的白色和黑色服飾。如果說張愛玲的服飾款式是以「舊」稱「奇」，那麼她的服飾色彩則是以「豔」稱「奇」。色彩越是刺激、明豔、豐富，就越能顯示生命的飛揚、恣肆、自由。生活中的張愛玲極力要擺脫「死的色彩」，追求刺激明豔的「生的色彩」。長期以來，每當我們想到張愛玲的時候，總是較多地談及她表現的生命的「千瘡百孔」的一面，而忽略了她對追求美好生命的一面。張愛玲自己喜歡穿色彩鮮明的服飾，就是以「身體力行」的方式證明了她對「生命」的愛悅和肯定。

張愛玲對刺激明豔的色彩的喜好來自於對母親的愛與認同。在張愛玲那裡，「死的色彩」對應著「父親的家」，「生的色彩」正好對應著「母親的家」。在她的記憶中，母親的家的色彩是鮮豔明亮的：

> 家裏的一切我都認為是美的頂巔。藍椅套配著玫瑰紅地毯，其

〔註 39〕唐文標《張愛玲研究》，第 56 頁。

〔註 40〕張愛玲：《私語》，《張愛玲散文全編》，第 125 頁。

實是不甚和諧的，然而我喜歡它，連帶地也喜歡英國了，因為英格蘭三個字使我想起藍天下的小紅房子，而法蘭西是微雨的青色……。

我和弟弟的臥室牆壁就是那沒有距離的橙紅色，是我選擇的，而且我畫小人也喜歡給畫上紅的牆，溫暖而親近。〔註 41〕

張愛玲將母親的家稱做「紅的藍的家」，這個簡潔的描繪很直接地傳達出色彩與情感之間的聯繫：母親家鮮明的色彩意味著健康和美好，而這才是生命和生活本來應該的樣子。

圖二十　童年時代的張愛玲

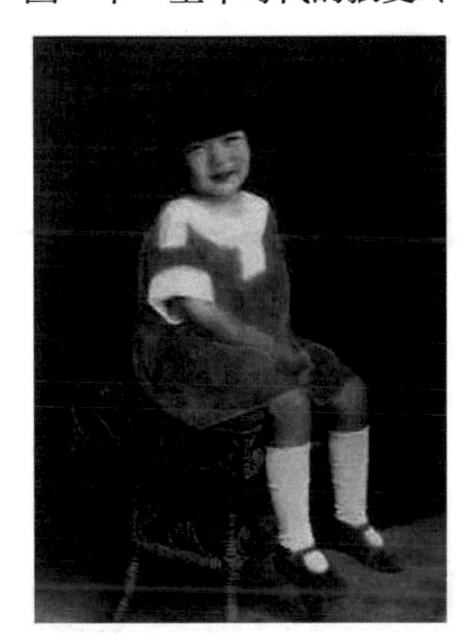

這張照片上的服飾被她的母親改填為「藍綠色」。選自《對照記》，張愛玲著，哈爾濱：哈爾濱出版社，2003 年，第 7 頁。

在張愛玲所喜歡的諸種明亮的色彩中，她最為喜歡的應該是藍和綠的混合色「藍綠色」（也稱「孔雀藍」、「翠藍」）。她曾經一直這樣想著：「等我的書出版了，我要走到每一個報攤上去看看，我要我最喜歡的藍綠的封面給報攤子上開一扇夜藍的小窗戶，人們可以在視窗看月亮，看熱鬧。」〔註 42〕張愛玲喜歡藍綠色，也與她的母親有關。她曾經滿懷深情地記錄著母親為自己的照片著色的情形：

……那天我非常高興，看見我母親替這張照片著色。……她把

〔註 41〕張愛玲《私語》。
〔註 42〕張愛玲《〈傳奇〉再版的話》。

我的嘴唇畫成薄薄的紅唇，衣服也改填了最鮮豔的藍綠色。那是她的藍綠色時期。〔註 43〕

母親的「藍綠色」時期，正是她最年輕、最美麗、最富於生命力的時候。張愛玲的母親，是個「踏著三寸金蓮」「橫穿兩個時代」的人，〔註 44〕她的前半生和當時大多數封建宗法家庭中的女性一樣不幸：被纏足、被婚配給自己不愛的人，但在婚後卻顯示出了一般封建家庭出生的女性所沒有的勇敢，她毅然離開了自己的家，外出留洋，一輩子都四處漂泊著追尋屬於自己的幸福。母親可以說是古老家庭的「逆女」，而張愛玲對母親的評價是「勇敢」，這兩個字，正顯示出她對母親的認同：母親也是個封建宗法家庭的「逆女」，有著強盛的生命力，她的「藍綠色」的生命意味著一個女性對美好、健康、獨立的生命形態的追求。事實上，母親的這些特點也都通過對「藍綠色」的共同愛好「遺傳」到了張愛玲的身上：

我第一本書出版，自己設計的封面就是整個一色的孔雀藍，沒有圖案，只印上黑字，不留半點空白，濃稠得使人窒息。以後才聽見我姑姑說我母親從前也喜歡這顏色，衣服全是或深或淺的藍綠色。我記得牆上一直掛著的她的一幅油畫習作靜物，也是以湖綠色為主。遺傳就是這樣神秘飄忽——我就是這些不相干的地方像她……〔註 45〕

「藍綠色」是張愛玲眼中最濃稠、最鮮豔的顏色，是各種「辣撻光輝」的色彩中的極致，既有著綠的醒目、刺激、勃勃生機，又有著藍的悠遠、神秘、靜謐安寧，這就是張愛玲對最美好的生命色彩的形象描繪。這是從「母」傳遞至「女」而來的生命之色，母女間精神上的相互慰籍、心心相印，帶來的是生命被放開的飛揚和自在，以及生命得以棲息時的溫暖和安寧。張愛玲的一生也和母親一樣，扮演著舊家庭的「逆女」的角色，一再地出走、逃離「父親的家」，甚至解放後遠走海外逃離「父」的政治重壓，皆是因為不情願被壓抑、被戕害成黑白二色，而希望生命綻放出「辣撻光輝」的鮮豔明亮的色彩。

三、風格：俗豔的人生姿勢

讓我們還是回到《流言》中那張有著最「奇」的服飾的照片。在照片旁，

〔註 43〕張愛玲：《對照記》，第 6 頁。
〔註 44〕張愛玲《對照記》，第 26 頁。
〔註 45〕張愛玲：《對照記》，第 6 頁。

張愛玲有如下的相片題詞：

> 有一天我們的文明，不論是昇華還是浮華，都要成為過去。然而現在還是清如水明如鏡的秋天，我應當是快樂的。

這段話不是我們一般所見的相片題詞。相片本來是個人身形的影像記錄，然而在這裡，沒有任何解釋地，個人的身影一下就躍入了「文明」的大幕之中。事實上，張愛玲是個有著「文明焦慮」的作家，她自稱只寫「小事情」，但她每每提到所謂「小事情」，都常常與那宏大的「人生」、「文明」相聯繫著：不管是聽音樂、欣賞畫，還是為自己的小說寫篇序言，她所想到的，都是「大而破」的夜晚，「中產階級的荒涼」，「虛空的虛空」，「倉促」的「時代」，即將「成為過去」的「文明」……可以說，張愛玲比其他許多作家更能感受到「時代」、「文明」對一個個體產生影響，她的危機感也是顯而易見的：「快，快，遲了來不及了，來不及了！」「文明」必然會敗落，個人卻注定深陷其中，這是她無法擺脫、揮之不去的「焦慮」。

張愛玲筆下的「文明」，本質上是「父系」的文明。它的具象寫照，就是《傳奇》中那以「父親的家」為摹本的正在坍塌中的舊家族世界。雖然張愛玲認同母親的「逆女」角色，但「藍綠色」的母親一直是個「夢」，在整本《傳奇》中——甚至在張愛玲整個「文明」圖景中，都幾乎看不到母親的身影。《傳奇》中所傳遞的一切情感——甚至是她對整個「文明」的情感，無論是愛還是恨、貼近還是逃離，都來自她對「父親的家」的基本認識。張愛玲《傳奇》時代的幾乎所有寫作都是關於一個生長於封建父權宗法社會的、卻有著現代生命追求的女性如何被「父系文明」既吸引又壓迫、既接近又疏離、愛恨交織、充滿矛盾性和複雜性的寫作。她的「女兒」和「逆女」的雙重身份也是矛盾和複雜的，她是古老家族的「逆女」，卻不是「清貞決絕」的「抗父」「女英雄」，而只是作為這父權時代的「廣大的負荷者」之一，無法逃脫對父輩們、對父權宗法家庭既恨又愛的怪圈。面對成長於茲的父系「文明」，她始終「不那麼容易就大徹大悟」〔註 46〕地與之一刀兩斷，她只能用「參差的筆法」既記錄下她的恐懼，又記錄下她的愛悅。在她的小說中，屬於「逆女」的明確的批判和屬於「女兒」的深刻的愛始終同時存在，一顯一隱地遍布於文本的各個角落。

作為具有另一種「雙重身份」——一個集「衣服狂」和現代女作家為一

〔註 46〕張愛玲《自己的文章》。

身——的張愛玲，對服飾和對文明的思考是有著某種一致性的。她的服飾本身就是一個大矛盾：一個對好萊塢明星瞭若指掌、生活於彼時最為時尚的滬港兩地的年輕女性，在眾人都追隨西方服飾風格的潮流時候〔註 47〕，卻逆潮流而行，穿上款式過時、色彩豔麗的中國古式服飾。她的矛盾的服飾顯示著內心極大的矛盾——一方面，作為一個「女兒」，她明白這文明的殘酷本質和它必然毀滅的命運，她深切地哀悼著文明的敗落；另一方面，作為一個有著現代生命追求的「逆女」，她又極其「焦慮」，她焦急地尋找著、顯示著、證明著獨屬於她「個人」的生命形式，以穿行於這趨於末世的文明廢墟。對張愛玲而言，一個「奇裝炫人」的身影正好與那荒原般、廢墟般的文明形成鮮明對照，在那灰暗的文明墜落的時候，「個人」奇特的、豔麗的身影卻散發出奪人眼目的生命光彩。

誰是在文明廢墟中可以獲得永生的女性？張愛玲這樣描述道：

> 將來的荒原下，斷瓦頹垣裏，只有蹦蹦戲花旦這樣的女人，她能夠夷然地活下去，在任何時代，任何社會裏，到處是她的家。〔註 48〕

戲臺上的「花旦」，服飾返古、身形豔麗，與張愛玲本人的服飾風格有著某種一致性；她與身後的「斷瓦殘垣」相互映照著，頗似張愛玲本人的奇豔的身影，投射於風雨飄搖的灰色文明中。她這樣描寫蹦蹦戲花旦的裝扮：

> 她嘴裏有金牙齒，腦後油膩的兩綹青絲一直垂到腿彎，妃紅衫袖裏露出一截子黃黑，滾圓的肥手臂。〔註 49〕

顯然，這樣的風格，不是深閨大院中的淑女的典雅，而是來自最為低俗的塵世間的平凡女性的「俗豔」。張愛玲以「舊」和「豔」稱「奇」的服飾，說到底，也是以「俗豔」稱「奇」。張愛玲不喜所謂高雅、精緻的服飾風格，她絕少穿大雅之堂上的禮服、長裙，也不喜歡一般禮服常用的簡潔的圖案和單一的色彩，一般人認為的「俗氣」的服飾特徵——繁複的圖案、豔麗的色彩，正是她的深愛。從她年輕時的照片來看，絕少有單色的服飾，大都花色各異、色彩豔麗，越豔越好，越俗越好。例如：

> ……上衣是我在戰後香港買的廣東土布，最刺目的玫瑰紅上印

〔註 47〕上海從開埠時起，歐美服飾的風尚就在這裡有著廣泛的影響，民國之後，更是「洋裝領先服裝新潮流」。參見陳高華、徐吉軍主編《中國服飾通史》，寧波：寧波出版社 2002 年，第 544 頁。

〔註 48〕張愛玲：《〈傳奇〉再版的話》，《張愛玲散文全編》，第 188 頁。

〔註 49〕張愛玲：《〈傳奇〉再版的話》，《張愛玲散文全編》，第 187 頁。

著粉紅花朵，嫩黃綠的葉子。同色花樣印在深紫或碧綠地上。鄉下也只有嬰兒穿的，我帶回上海做衣服，自以為保存劫後的民間藝術，彷彿穿著博物館的名畫到處走，遍體森森然飄飄欲仙，……〔註50〕

這種「俗豔」，是來自於最為低矮的、最為民間的充滿塵世和生命的氣息的俗豔。「俗」，表現在對於最為貼近的現實生活的人與事的親近、寬容和接納。張愛玲對所謂「俗人俗事」有著強烈的親切感，例如，楊貴妃這樣的「宮廷傳奇」中的人物，她認為她的魅力在於「為人親切、熱鬧」，是個「著實的親人」，她和唐明皇不是「坐在樓上像神仙」，而是「本埠新聞」裏的故事主角，「也就是這種地方，使他們親近人生，使我們千載之下還能夠親近他們。」〔註51〕——說到底，張愛玲筆下的所有故事都不是高高在上的「宮廷傳奇」，而是充滿人間煙火氣息的「本埠新聞」，對於其中的人物，雖然他們有著「畏縮，難堪，失面子的屈服」，〔註52〕但她充滿寬容地為他們辯解道：「就事論事，他們也只能如此。」〔註53〕張愛玲聲稱：「我喜歡素樸」，〔註54〕她著力要表現的是「素樸」的「人生的底子」，而周遭的一切俗人俗事，只要存在過，都是「素樸」的。張愛玲以一種「推己及人」的方式理解著小說中的普通人：因為這些人和她的家人一樣生活於封建宗法父系文明之下，他們的「可哀」和「可愛」是同時存在著的。類似於對古老家族的父輩的情感——一種「神性」的愛與慈悲，她「懂得」他們，所以會理解、寬容、原諒他們。這種情感，也同樣是「素樸」的。

就像穿著父輩時代的服飾表達對他們的愛與紀念，張愛玲的服飾也表達著對普通人的理解和接納。張愛玲的舊式服飾是最「俗」的，它是典型的中國式的服飾，曾經是所有的中國百姓的日常著裝，她以同樣的著裝表達自己是個塵世間的任何一個普通人中的一個。她對「俗人」們充滿寬容和理解，不要求他們成為時代的英雄，「時代是那麼沉重，不那麼容易就大徹大悟」，像白流蘇和范柳原那樣的「庸俗」、像霓喜那樣有著「對於物質生活的單純的愛」、像《傳奇》中大多數人那樣的「不徹底」，都是人生「素樸的底子」，她相信，這些「俗人」「雖然不過是軟弱的凡人，不及英雄的有力，但正是這些

〔註50〕張愛玲：《對照記》，第66頁。
〔註51〕張愛玲《我看蘇青》。
〔註52〕張愛玲《〈傳奇〉再版的話》。
〔註53〕張愛玲《自己的文章》。
〔註54〕張愛玲《自己的文章》。

凡人比英雄更能代表這時代的總量。」〔註 55〕張愛玲認定自己就是「俗人」中的一個，她多次樂此不疲地談論自己的「俗」：不捨得放棄自己「惡俗不堪」的名字，還不無俗氣地叫道：「呵，出名要趁早呀！來得太晚的話，快樂也不那麼痛快。」她一點也不避諱「愛錢」的「俗名」或「惡名」，公然承認自己對金錢的要求「比一般文人要爽值得多」〔註 56〕。她的愛人胡蘭成也說她是「一錢如命」的人〔註 57〕。她是俗氣的，因此也是親切的。她的「俗」正說明了她的大眾性、情感性的一面。

圖二十一　年輕時期的張愛玲喜穿花色繁複、色彩豔麗的服飾

選自《對照記》，張愛玲著，哈爾濱：哈爾濱出版社，2003 年，第 59 頁。

「豔」，是生長於現實生活、又能夠與現實生活對抗的生命力的顯現。它是「俗」中的「豔」，它來自於世俗生活，有著對普通人深刻的瞭解，但也因此而明白不能像普通人那樣讓生命跌落於灰暗的文明中，必須要有另一種生命色彩，以刺激的、奪目的、奇特的姿態躍出文明廢墟。張愛玲的「奇裝豔服」就是一種既來自於俗世、又區別於俗人的著裝方式，她是情感性的，但亦是批判性的，她以現代女性的目光關懷著、審視著普通人和身處的文明，

〔註 55〕張愛玲《〈傳奇〉再版的話》。
〔註 56〕張愛玲《我看蘇青》。
〔註 57〕胡蘭成《今生今世》，第 153 頁。

她不能願意自己的生命也如同《傳奇》中的大多數人那樣淪為黑白二色，而是要讓生命散發出奪目的、奇異的光彩。因此，「豔」的生命必是「光輝辣撻」的，有著刺目的、明亮的、具有穿透力的光輝。

在整本《傳奇》中，服飾最為「光輝辣撻」者是《紅玫瑰與白玫瑰》中的王嬌蕊，不管是色彩的鮮豔還是圖案的繁複，她的服飾都達到了極致：

> 她穿了一件曳地長袍，是最鮮辣的潮濕的綠色，沾著什麼就染綠了。她略略移動了一步，彷彿她剛才所佔有的空氣上便留著個綠跡子。衣服似乎做得太小了，兩邊迸開一寸半的裂縫，用綠緞帶十字交叉一路絡了起來，露出裏面深粉紅的襯裙。那過分刺眼的色調是使人看久了要患色盲症的。
>
> 她不知可是才洗了澡，換上一套睡衣，是南洋華僑家常穿的紗籠布製的襖褲，那紗籠布上印的花，黑壓壓的也不知道是龍蛇還是草木，牽絲攀藤，烏金裏面綻出橘綠，襯得屋子裏的夜色也深了。

這服飾暗示了王嬌蕊鮮辣、濃烈、繁茂、強盛的生命力。然而，此時的她還只是一種單純的「豔」，近乎奢侈地釋放著、揮霍著生命欲望，任性而又天真地捕獲了自己的心上人佟振保。當她遭受拋棄，十年之後再與佟相見時，她變成了這樣：

> 她比以前胖了，但也沒有先前擔憂的，胖到癡肥的程度；很憔悴，還打扮著，塗著脂粉，耳上戴著金色的緬甸佛頂珠環，因為是中年的女人，那豔麗便顯得是俗豔。

這樣的描述，與前文的「蹦蹦戲花旦」何其相似！她們身上所體現出來的，不是高貴典雅的閨閣之上的嬌滴滴的美豔，而是歷經風塵的俗世生活中的「俗豔」；她們不是高高在上的白玉蘭，而是從塵埃中開出的豔麗的花朵，即使披滿風霜，但仍可在風中招搖。嬌蕊就是一個「蹦蹦戲花旦」，她是頑強的，在現實的磨礪之下，她仍然「打扮」著，仍然「豔麗」著，雖然已經變成了「俗豔」，但這「俗豔」卻比當年如鳥籠中的金絲鳥般的單純的鮮豔更有韌性。在張愛玲看來，「俗豔」正是生命力最為強韌的顯現，這是人的生命與殘酷的生活進行短兵相接的拼殺之後所保持下來的生命形式，它是一種粗礪的美。這種美是女人所特有的，只有女人的「俗豔」的生命才能實現與現實世界的對抗。因此，在嬌蕊依然鮮辣、繁盛的生命力面前，振保禁不住「眼淚滔滔留下來」。他已經明白，這個遭自己拋棄的女人始終是個勝者。她「不過是往前闖，碰到什麼就是什麼」的人生態度令她像「蹦蹦戲花旦」一樣，以粗礪的生命形式，頑強生活於文明的斷瓦殘垣之中，「在任何時代，任何社會裏，到處是她的家。」

「俗豔」是張愛玲所認定的一種面對文明廢墟的人生姿勢，她所需要的，是「俗豔」的身影所透出的在文明廢墟中仍可「夷然地活下去」的奇異的生命力。在她的心目中，這「大而破」的時代與蹦蹦戲的戲臺一樣，充滿「奇異的慘傷」：

> 風急天高的調子，夾著嘶嘶的嘎聲。天地玄黃，宇宙洪荒，塞上的風，尖叫著為空虛所追趕，無處可停留。……黃土窟裏住著，外面永遠是飛沙走石的黃昏，寒縮的生存也只限於這一點。

然而，「俗豔」的花旦仍然與這慘傷世界「相鬥」著：

> 劇中人聲嘶力竭與胡琴的酸風與梆子的鐵拍相鬥。……兩眼定定地望著地，一句一句認真地大聲喊出。

她自己也是「蹦蹦戲花旦」中的一個。生活愈是殘酷，生命卻愈顯豔麗。「然而到底是淒涼的」，斷瓦殘垣中的那個身著舊式豔裝的身影始終充滿「壅塞的憂傷」，這是個蒼涼的人生姿勢。

四、細節：豔異中的荒涼

張愛玲對古舊文明和生命之美的有著深沉的愛，但這並不是說張愛玲是一個有著積極的人生觀的人。她的「奇裝炫人」的「行為藝術」背後有深沉的人生哲學，她的俗豔的人生姿勢映照著身後那個無比荒涼的、殘瓦斷垣的世界。她的服飾越是「奇特」，就越能對比出世界的平庸和荒涼；她的色彩越是明豔，就越能反襯出世界的寂寥和慘傷。她的服飾使她的身影與她目下的「文明」世界形成「參差的對照」。

張愛玲很喜歡這種「對照」，例如，她這樣描寫她所喜歡的香煙畫片：

> 我們的香煙畫片，我最喜歡它這一點：富麗中的寒酸。畫面用上許多金色，凝妝的美人，大喬二喬，立在潔淨發光的方磚地上，旁邊有朱漆大柱，錦繡簾幕，但總覺得是窮人想像中的富貴，空氣特別清新。我喜歡反高潮——豔異的空氣的製造與突然的跌落，可以覺得傳奇裏的人性呱呱啼叫起來。〔註58〕

〔註58〕張愛玲《談跳舞》。

「富麗」與「寒酸」是兩相矛盾的，張愛玲所喜歡的，便是這種矛盾性的「對照」。如果要用一幅「畫」來直觀地表現張愛玲在這個世界的存在方式，不妨想像一下這樣的一幅畫面：背景是一片灰黑色的散亂著斷瓦殘垣的廢墟，廢墟一望無際地鋪開去，在遠處已漸漸淡化為一片灰白色的寂寥的荒原。畫面的近景是一個像《流言》封面那樣的一個寫意的人影，古舊的服飾上豔麗的色彩在荒原上顯得異常奪目。這樣的畫面也有著張愛玲所喜愛的「反高潮」——「豔異中的荒涼」。「豔異」與「荒涼」奇特地組合在一起，相互「對照」著，使張愛玲成為現代文學史上別致的作家，《傳奇》成為現代文學史上獨特的文本。

《傳奇》中的一個意象，正是「豔異中的荒涼」的寫照。還是要回到張愛玲的處女作《沉香屑・第一爐香》。在這部小說裏，我們看到了一個極具象徵意味的意象——「衣櫥」：

> 衣櫥裏黑洞洞的，丁香末子香得使人發暈。那裡面還是悠久的過去的空氣，溫雅、悠閒、無所謂時間。

「衣櫥」是個黑洞洞的毀滅之地，葛薇龍在裏面混了幾個月，就陷入了「無邊的荒涼、無邊的恐怖」之中——這正是張愛玲對人所生活的世界的悲觀看法。而衣櫥裏那一排排的衣服如此「金碧輝煌」，不僅讓葛薇龍「上癮」，也讓張愛玲沉迷。這些美輪美奐的服飾正象徵著世間一切美好的物質——那些可以摸得見看得著的人類精美的創造物。所不同的是，葛薇龍迷失於物質中，而張愛玲則視物質為荒涼世界的救贖。

「像拜火教的波斯人，我把世界強行分作兩半」〔註59〕，同樣，她把「物質」世界也分作兩半：「物質的善」與「物質的惡」。張愛玲看到了物質對人們的誘惑性，看到了世間的人們（尤其是女性）怎樣為金錢而墮落的悲劇，因此，她才要在《傳奇》中體現出物質的「惡」的一面。她自己雖然一再地表明自己對金錢的喜愛，但她所愛的是物質的「善」的一面，物質的作用是為自己的生命增色。在她的一生中，她從來沒有為了物質依附某人，失去自己作為人、作為女性的獨立性。實際上，物質本身並無善惡之分，關鍵在於你是怎樣把握和對待它的，在於是「我為物所役」，還是「物為我所用」。顯然，《傳奇》中的被物質所控制的女性屬於前者，而張愛玲卻屬於後者，她喜愛物質，卻不為物質所控制，在某些緊要的時刻，她還很慷慨。例如，她的愛人

〔註59〕張愛玲《私語》。

胡蘭成亡命兩年，她常寄錢資助，分手在即，也還寄給他三十萬元，那是她得劇本所得的全部稿費〔註 60〕。

張愛玲曾經這樣評價她所鍾愛的《金瓶梅》、《紅樓夢》等中國傳統小說：

> 中國文學裏彌漫著大的悲哀。只有在物質的細節上，它得到歡悅——因此《金瓶梅》、《紅樓夢》仔仔細細開出整桌的菜單，毫無倦意，不為什麼，就因為喜歡——細節往往是和美暢快，引人入勝的，而主題永遠悲觀。一切對於人生的籠統觀察都指向虛無。〔註 61〕

張愛玲也一樣喜歡描寫「物質的細節」，「細節和美暢快，而主題永遠悲觀」，這正是「豔異中的荒涼」的另一種表述。在《傳奇》中，我們首先看到的，是組成「豔異」的世界的無數「華美」的生活細節——最典型者就是張愛玲最擅長描寫的服飾。當然，除服飾之外，還有居室、食物、街道、電影、電車、公寓等等日常生活的物質性構成。這是《傳奇》最為表層的世界，如果只停留於這層世界，張愛玲的小說就很容易被認為是供人消遣的「通俗小說」。通俗小說的最大特點是只有一個表層的「華美」的世界，而缺少背後的「對人生的觀察」（不管是進取的還是虛無的，樂觀的還是悲觀的）。《傳奇》顯然不是「通俗小說」，因為它表面所顯現的「華美的細節」雖然構成了一個個引人入勝的生活場景，但更重要的是，細節背後中所透出的「荒涼」才是小說的重點，如果沒有看到這一點，就永遠會把張愛玲理解為一個普通的通俗小說的作家（儘管她自己曾說對通俗小說是有「難言的愛好」〔註 62〕。對張愛玲本人的著裝風格的理解也是同理，如果單只看到她的奇異的裝束，沒有看到她身後的斷瓦殘垣，就會把她僅僅看成是一個以「奇裝」奪人眼目的人，而將她「對於人生的籠統觀察都指向虛無」〔註 63〕的人生觀放了過去。

現實生活中的張愛玲對於這些「物質的細節」有著「難言的熱愛」。當代作家王安憶曾用「世俗」來形容張愛玲：在讀張愛玲的散文時，「我在其中看見的，是一個世俗的張愛玲。她對日常生活，並且是現時日常生活的細節，懷著一股熱切的喜好。」「她喜歡的就是這樣一種熟稔的，與她共時態，有些貼膚之感的生活細節。這種細節裏有著結實的生計，和一些放低了期望的興

〔註 60〕余斌《張愛玲傳》，第 249 頁。

〔註 61〕張愛玲《中國人的宗教》。

〔註 62〕張愛玲在她的小說《多少恨》的前言中談到：「我對於通俗小說一直有一種難言的愛好」。

〔註 63〕王安憶《世俗的張愛》。

致。」〔註 64〕王安憶曾經多次否定自己與張愛玲的「相像」，她鄭重地說道：「我和她有許多不一樣，事實上我和她世界觀不一樣。」〔註 65〕王安憶將張愛玲的世界觀概括為「虛無」，並且對張「虛無的世界觀」和「對世俗生活充滿熱愛」二者之間的關係有非常精闢的解釋：

> 張愛玲是非常虛無的人，所以她必須抓住生活當中的細節，老房子、親人、日常生活的觸動。她知道只有抓住這些才不會使自己墜入虛無，才不會孤獨。在生活和虛無中，她找到了一個相對平衡的方式。〔註 66〕

對於張愛玲的「世俗」和「虛無」是怎樣造就了她最好的小說的，解釋同樣精闢：

> 而張愛玲對世俗生活的愛好，為這蒼茫的人生觀作了具體、寫實、生動的注腳，這一聲哀歎便有了因果，有了頭尾，有了故事，有了人形。於是，在此，張愛玲的虛無與務實，互為關照，契合，援手，造就了她的最好的小說。〔註 67〕

在王安憶看來，因為張愛玲對世界的悲劇性的認識，她必須要抓住世俗生活這個救命草，才不至於跌落於虛無的深淵中。而她的小說也因為這「虛無」的人生觀，使「無聊的人生有了一個蒼涼的大背景」,「有了接近悲劇的嚴肅性質。」〔註 68〕王安憶的分析極為精闢，她所說的「世俗」中的「虛無」正是張愛玲的「豔異中的荒涼」，張愛玲對世俗生活的熱愛，對物質細節的沉迷，正是出於對荒涼世界中的悲劇人生的救贖。套用「衣櫥」中葛薇龍的話：「只有在這眼前的瑣碎的小東西里，她的畏縮不安的心，能夠得到暫時的休息。」

因此，我們在張愛玲的身上，會看到超出常人很多的對物質生活細節的興趣，她對服飾、零食、買東西、討價還價都有著特別的愛好，從顏色、氣味等感覺細節上，也能品味出常人不見之處：

〔註 64〕王安憶《世俗的張愛玲》，子通、亦清主編《張愛玲評說六十年》，第 387 頁，北京：中國華僑出版 2001 年 8 月版。

〔註 65〕王紀人《解讀王安憶》，《中國文化報》，北京，2002 年 8 月 5 日。

〔註 66〕張愛玲《對照記》，第 54 頁。

〔註 67〕王安憶《世俗的張愛玲》，子通、亦清主編《張愛玲評說六十年》，第 391 頁，北京：中國華僑出版 2001 年 8 月版。

〔註 68〕王安憶《世俗的張愛玲》，子通、亦清主編《張愛玲評說六十年》，第 390 頁，北京：中國華僑出版 2001 年 8 月版。

別人不喜歡的有許多氣味我都喜歡，霧的輕微的黴氣，雨打濕的灰塵，蔥蒜，廉價的香水。像汽油，有人聞見了要頭昏，我卻要特意坐到汽車夫旁邊，或是走到汽車後面，等她開動的時候「布布布」地放氣。每年用汽油擦洗衣服，滿房都是清剛明亮的氣息；我母親從來不要我幫忙，因為我故意地把手腳放慢了，盡著汽油大量蒸發。

牛奶燒糊了，火柴燒黑了，那焦香我聞見了就覺得餓。油漆的氣味，因為簇嶄新，所以是積極奮發的，彷彿在新房子裏過年，冷清，乾淨，興旺。火腿咸肉擱得日子久，變了味，有一種「油哈」氣，那個我也喜歡，使油更油得厲害、爛熟、豐盈，如同古時候的「爛米陳倉」。香港打仗的時候我們的菜都是椰子油燒的，有強烈的肥皂味，起初吃不慣要吐，後來發現肥皂也有一種寒香。戰爭期間沒有牙膏，用洗衣服的粗肥皂擦牙齒我也不介意。〔註 69〕

在這些物質細節的描繪裏，我們可以看到張愛玲所喜歡的是這些事物所透出的「興旺」、「豐盈」的感覺，而實際上，這種感覺並不是張愛玲對這個世界的整體感受，她始終認為這個世界是個「亂世」，現在正在「破壞」，將來還有「更大的破壞到來」〔註 70〕。正因為她對世界、對文明、對人生的整體感受是悲劇性的，她才需要把世界「化整為零」，在零星而具體的物質和生活細節中使自己「遺忘」和「逃避」那無所不在的荒涼感和恐怖感。她這樣解釋自己為什麼會對物質生活有著「多一點」的喜愛：

生在現在，要繼續活下去而且活得稱心，真是難，就像「雙手闢開生死路」那樣艱難巨大的事，所以我們這一代的人對於物質生活，生命本身，能夠多一點明了與愛悅，也是應當的。〔註 71〕

可見，「物質生活」成為了張愛玲在這個荒涼而恐怖的世界的自我救贖的方式，「活著」本身就是一件「艱難巨大」的事，只有對物質生活多一點愛悅，才能支撐著她繼續活下去。實際上，我們也可以把張愛玲本人的著裝方式看成是一種「自我救贖」，她在誇張的款式和刺激的色彩中強調著自己對生命的「明瞭與愛悅」的一面，以抗拒自身為著「大而破」的世界所「破壞」、所銷蝕的

〔註 69〕張愛玲《談音樂》。
〔註 70〕張愛玲《〈傳奇〉再版的話》。
〔註 71〕張愛玲《我看蘇青》。

命運。我們也很難想像如果張愛玲不能從物質生活細節上發現美與愛的話，像她這樣一個對世界和生命的悲劇性有著如此清醒的認識的人，她的生命是否有足夠的力量來承受那難以言說的、不可擺脫的痛苦。有人說，魯迅是現代中國最痛苦的靈魂，與他相比，我們也可以說，張愛玲是現代中國最善於化解痛苦的人。

張愛玲選擇在物質生活細節中實現自我救贖，應該與她作為女性作家的身份有關。美國學者周蕾曾經這樣說過：「細節描述的史冊，不單跟那些單調乏味、平常的裝飾點綴本身結上不解之緣，也和這些範疇一直指向的女性特質糾纏不清。」〔註 72〕張愛玲在論述自己的寫作的文章《自己的文章》裏時，曾提到的兩個詞語是與男性的「超人」相對的「神性」和「婦人性」，並把它們與人生的「安穩」聯繫起來：

> 強調人生飛揚的一面，多少有點超人的氣質。超人是生在一個時代裏的。而人生安穩的一面則有著永恆的意味，雖然這種安穩常是不安全的，而且每隔多少時候就要破壞一次，但仍然是永恆的。它存在於一切時代。它是人的神性，也可以說是婦人性。〔註 73〕

也可以這樣理解：對物質生活細節的關注正是人生「安穩」的一面的表現，而這種關注不是「超人」的，而是「婦人性」的。《自己的文章》是張愛玲對評論家傅雷的《論張愛玲的小說》的回應，有論者這樣解讀：「實際上，兩篇文章所帶出的這場『對話』……呈現著帶有『五四』學養背景的男性評論家與帶有海派市民背景的女性作家之間極大的分歧。」「《自己的文章》……是被擺在與男性敘事學進行對話、抗衡的格局中形成的，是女性作家對自己的修辭文體的一次獨特的表述。」〔註 74〕可以說，對物質生活細節的描寫正是女性「修辭文體」的獨特之處。張愛玲津津有味地描寫飲食男女、吃穿用度這些物質化的「小事情」，而迴避書寫「革命」等「大」事，就是因為她認為「婦人性」的「小事情」是更能顯示永恆而安穩的人生狀態。她不怕自己變成拘泥於「小事情」的「俗人」，反而常常要為自己戴上許多「俗氣」的帽子：「每一次看到『小市民』的字樣我就局促地想到自己，彷彿胸

〔註 72〕周蕾《婦女與中國現代性——東西方之間閱讀記》，第 170 頁，臺北：麥田出版有限公司，1995 年。

〔註 73〕張愛玲《自己的文章》。

〔註 74〕姚玳玫《與迅雨對話：張愛玲的女性修辭》，《新文學史料》，2004 年第 3 期。

前佩著這樣的紅綢字條。」〔註 75〕她還特別留戀自己「惡俗」的名字：「世上有用的往往是俗人。我願意保留我的俗不可耐的名字，向我自己作為一個警告，設法除去一般知書識字的人咬文嚼字的積習，從柴米油鹽、肥皂、水與太陽之中去尋找實際的人生。」〔註 76〕

我們在談到張愛玲對物質生活細節的沉迷和品味時，常常非常欣賞她對生命情趣的別致的把握，而且她對這些細節的描述，的確達到了審美的高度。但是，不能把這種沉迷和品味無原則地加以拔高。實際上，她的「沉迷」，也可以說是「沉淪」，她將自己淪陷於物質生活細節的享受之中，某種程度上也是要「遺忘」和「逃避」。我們在讀她對這些細節的描述時，更多的是感到一種放低了人生期望的趣味，而不是看到她通過對物質細節的審美性描寫，將人生飛躍到另一個高度；她的自我救贖，不是進取式的救贖，而是逃避式的救贖；她在救贖的時候，也是她沉淪的時候，她通過沉淪來解救自己，又在自我救贖中一再沉淪。有人說張愛玲的小說表現了「頹廢」〔註 77〕，應該與她的「沉淪」的一面有關係，她的「頹廢」不僅是因為她塑造了類似於《紅樓夢》中的「斷瓦殘垣」的意象，還與她一再地沉溺於、享受於物質生活細節有關。她的這種「沉淪」，與一些作家「縱情聲色」的生活方式有某種類似性〔註 78〕，都是通過感官上的放縱來來表達痛苦，同時又盡可能地遺忘痛苦。當然，也有人不同意張愛玲是「頹廢」的，因為頹廢是「一種醉的狀態」，而張愛玲是「清醒」的，有著對人世的「大觀察和大解釋」〔註 79〕。不管怎樣，張愛玲試圖在「沉淪」中遺忘和逃避，但她又相當清楚地知道，遺忘和逃避都是徒勞的。

此外還應看到，張愛玲的救贖是個人化的救贖。「將來的平安，來到的時候已經不是我們的了，我們只能各人就近求得自己的平安。」〔註 80〕就像

〔註 75〕張愛玲《童言無忌》。

〔註 76〕張愛玲《必也正乎名》。

〔註 77〕李歐梵《漫談中國現代文學中的「頹廢」》，《中國現代文學與現代性十講》，上海：復旦大學出版社，2002 年。

〔註 78〕例如常與張愛玲並置於「海派」的「新感覺派」的一些作家劉吶鷗、穆時英等，李歐梵、李今等學者都在他們的論著中提到這些作家在生活方式上作為「墮落」的都市客的一面，還有文學中的「頹廢」的一面，以及二者間的聯繫。李歐梵《漫談中國現代文學中的「頹廢」》；《上海摩登——一種新都市文化在中國》；李今《海派小說與現代都市文化》。

〔註 79〕劉烽傑《頹廢與荒涼的界限》，《文藝爭鳴》2005 年第 2 期。

〔註 80〕張愛玲《我看蘇青》。

她的服飾，她只是自己別有深意地穿上炫人奇裝，而不會叫上別人和她穿同樣的服飾來映襯和抵抗身後的荒涼世界；她對物質別有眼光的欣賞，也只能是她以她個人的天才、智識水準、階層、經歷合在一處所獲得的別人無法複製的審美感受。在《傳奇》裏，她塑造了和魯迅一樣的「鐵屋子」，她也看到了裏面的沉睡著的人們的可悲，但她不像魯迅那樣，即使懷著「萬一」的希望，「大嚷起來」，「驚醒較為清醒的幾個人」。夏志清認為張愛玲是一個深刻描寫「頹廢中的文化」的「徹底的悲觀主義者」〔註 81〕，在日復一日的世俗生活中，她所看到的是灰色人生的悲哀：「生命是殘酷的。看到我們縮小又縮小的，怯怯的願望，我總覺得有無限的慘傷。」〔註 82〕就像《傳奇》增訂版的封面那樣，張愛玲就是屋外那個冷眼旁觀著屋裏玩骨牌的女人的「鬼魂」似的「現代人」的影子，她俯視著庸庸碌碌的人類生活，用她悲哀的心靈感受著人生的蒼涼。她與這個世界的關係，正好可以用《傳奇》增訂版的封面來表示：

> 封面……借用了晚清的一張時裝仕女圖，畫著個女人幽幽地在那裡弄骨牌，旁邊坐著奶媽，抱著孩子，彷彿是晚飯後家常的一幕。可是欄杆外，很突兀地，有個比例不對的人形，想鬼魂出現似的，那是現代人，非常好奇地孜孜往裏窺視。〔註 83〕

她便是那個「現代人」，她將一切都描畫得極為精細：服飾、裝飾、骨牌。然而，作為一個作家，她只是「非常好奇地孜孜往裏窺視」——她單單只是看著，並不打算「喚醒」「鐵屋」中的任何人。

〔註 81〕夏志清《張愛玲的短篇小說》，臺灣：文學《文學雜誌》1957 年第 2 卷第 4 期。

〔註 82〕張愛玲《我看蘇青》，來鳳儀編《張愛玲散文全篇》，第 268 頁，杭州：浙江文藝出版社 1992 年 6 月版。

〔註 83〕張愛玲《有幾句話同讀者說》。

圖二十二 《傳奇》增訂版封面

結語

總的說來，小說中的服飾描寫主要在三個層面上顯示出它的意義：一、服飾描寫可以引領我們跨越時間界限，重返歷史現場，我們可以通過服飾描寫來考察當時社會的民風民情、人們的生活習慣，以及與服飾相關的儀式、圖騰、禁忌等。這是民俗學的層面；二、通過服飾描寫，我們可以瞭解當時社會的階層狀況，不同階層人們的生存狀態、思想文化、心理模式等。這是社會學的層面；三、服飾描寫為小說塑造人物服務，服飾務必要符合人物的身份、地位、性格，讓人們讀了相關描寫後能夠把這個人物和那個人物區分開來，並能使讀者通過服飾進入人物的精神世界。這是文學的層面。滿足了這三個層面的條件後，服飾描寫的任務就基本完成了。

中國古典小說中的服飾描寫俯拾皆是，給人印象最深的莫過於《紅樓夢》。《紅樓夢》的所有人物之中，又以賈寶玉、王熙鳳的服飾著墨最多，試看其中著名的兩段：

> （寶玉）頭上戴著束髮嵌寶紫金冠，齊眉勒著二龍搶珠金抹額；穿一件二色金百蝶穿花大紅箭袖，束著五彩絲攢花結長穗宮絛，外罩石青起花八團倭緞排穗褂，登著青緞粉底小朝靴。（第三回）

> （鳳姐）頭上戴著金絲八寶攢珠髻，綰著朝陽五鳳掛珠釵；項上戴著赤金盤螭瓔珞圈，裙邊係著豆綠色宮絛雙衡比目玫瑰佩，身上穿著縷金百蝶穿花大紅洋緞窄褃襖，外罩五彩刻絲石青銀鼠褂，下著翡翠撒花洋縐裙。（第六回）

這兩段工筆式、鋪陳的服飾描寫基本上代表了整個《紅樓夢》的服飾描寫的特點和風格。我們注意到，這樣的服飾描寫主要是滿足了民俗學和社會學這兩個層面的需要，如果我們希望瞭解明清時期的服飾樣制，瞭解那時候的不同階級人物的服裝樣式，瞭解什麼是「箭袖」，什麼是「撒花」，什麼是「百蝶穿花」，都可以在這樣的描述中得到一定的想像。但是，在另一面，以《紅樓夢》為代表的中國古代小說中的服飾描寫在「文學」層面上又相對欠缺，除了符合人物的地位、身份之外，能讓我們真正進入人物的精神世界、瞭解人物的喜悅與痛苦的段落少之又少，因此，這樣的服飾描寫只能給我們一個籠統印象，例如《紅樓夢》的服飾描寫是「富貴、華麗、典雅，符合鐘鳴鼎食之家的人物的身份」，除此之外，似乎很難再有別的印象。綜觀目前的紅樓夢服飾描寫研究，始終脫離不開服飾史和民俗學的層次，所謂的「服飾描寫研究」，事實上多為「服飾研究」，研究的對象是當時的人們的著裝習慣、服裝的花色、式樣等等，而最終得到的結論，也多類似「《紅樓夢》人物的服飾是真實的反映了清代前期的服飾面貌」，「在《紅樓夢》中人物的服飾可以完全相信曹雪芹的忠實的寫述而成為清帶初期歷史的可靠資料」〔註1〕等等。這就是因為《紅樓夢》本身的服飾描寫主要是滿足了民俗學和社會學這兩個層面的需要，文學層面的分量要小與前兩者，研究者實在是很難從中「提取」較多的文學意義，這也是為什麼紅學如此鼎盛，而紅樓夢服飾描寫研究卻相對「蕭條」的原因。不僅《紅樓夢》是這樣，《水滸傳》、《三國演義》、《金瓶梅》等中國古典小說均是如此，服飾描寫的意義主要是為了民俗學和社會學者提供了一些參考資料，而文學的層面上，僅停留於交代人物的穿戴以及地位、身份等較為淺層次的層面，雖然這些服飾描寫已基本完成了它的任務，但如果要以此為切口向內裏繼續挖掘作品的文學意義，就會感到較為吃力。

張愛玲的服飾描寫，卻始終與人的「生命」聯繫在一起。正如她在那個絕妙的比喻中所說的那樣：「生命是一襲華美的袍，爬滿了蝨子。」她的服飾描寫無時不刻不滲透著對生命的思考，她對生命的領悟又通過服飾描寫流溢出來。《傳奇》中的服飾描寫的文學意義遠遠大於民俗學和社會學層面上的意義，正因為此，我們可以說張愛玲的服飾描寫與古典小說中的服飾描寫相較，是更具有「現代性」的。本文主要從服飾描寫來看取《傳奇》中人物和張愛玲本人的「生命」狀態，也是基於此想法。

如果按照王一川先生所闡釋的那樣，「現代性文學」是中國文學在思想、

〔註1〕郭若愚《〈紅樓夢〉風物考》，西安：陝西人民出版社，1996年，第285頁。

語言和審美諸方面都追求和呈現現代性的文學〔註2〕，那麼，本文所涉及的張愛玲服飾描寫的「現代性」，主要是集中在「思想」方面，而在「語言」和「審美」等「方法論」方面的內容基本上未論及。而事實上，《傳奇》中的服飾描寫在這些方面也為小說增色不少。許子東曾在他的論文《物化蒼涼——張愛玲意象技巧初探》中曾涉及張愛玲服飾描寫的「方法論」，他的研究對象是張愛玲筆下的「意象」，而「服飾意象」作為其中重要的組成部分在文中得到了較多的分析，例如：

> 她又看了看表。一種失敗的預感，像絲襪上的一道裂痕，蔭涼的在腿肚子上悄悄往上爬。（張愛玲《色・戒》

他認為，就像這話一樣，張愛玲在營造意象時，「喻體」（意象）是具象的，例如本句中的「絲襪的裂痕」，而「本體」（象徵物）卻是抽象的，例如本句中女主人公的情緒感受。「一般的文學比喻，大都借用離敘事主體較遠較間接的事物來形容描述眼前的具體實景」，因此，他認為，張愛玲的許多意象的營造方式都是「逆向」的。另外，他指出張愛玲筆下的「實物喻體」可以「將情緒轉折和高潮意象化」，例如其中的服飾描寫常常將小說情節和人物情緒推向高潮〔註3〕。——這一類的分析，可以給我們很多啟示，也提醒我們，關於張愛玲筆下的服飾描寫的分析，尚有不少的空間可以繼續打開。

〔註2〕王一川《漢語形象與現代性情結》，北京：首都師範大學出版社，2001年。

〔註3〕許子東《物化蒼涼——張愛玲意象技巧初探》，《華東師範大學學報》（哲學社會科學版），2001年第5期。

參考文獻

A

1. （德）愛娃·海勒《色彩的文化》，吳彤譯，北京：中央編譯出版社，2004年。

B

1. 包銘新編著《近代中國女裝實錄》，上海：東華大學出版社，2004年。
2. 包銘新編著《中國旗袍》，上海：上海文化出版社，1998年。

C

1. 常莎娜《中國織繡服飾全集》，天津：天津人民美術出版社，2004年。
2. 陳高華、徐吉軍主編《中國服飾通史》，寧波：寧波出版社，2002年。
3. 陳暉《張愛玲與現代主義》，廣州：新世紀出版社，2004年。

F

1. 福柯《規訓與懲罰》，劉北成、楊遠嬰譯，北京：三聯書店，1999年。

H

1. 黃能馥、陳娟娟《中國服裝史》，北京：中國旅遊出版社，1995年。
2. 黃子平《革命·歷史·小說》，香港：牛津大學出版社，1996年。
3. 胡蘭成《今生今世》，北京：中國社會科學出版社，2003年。
4. 胡蘭成《中國文學史話》，上海：上海社會科學院出版社，2004年。

5. 胡辛《最後的貴族張愛玲》，南昌：21 世紀出版社，1995 年。

J

1. 吉爾伯特、古芭《閣樓上的瘋女人：女作家與十九世紀的文學想像》，耶魯大學出版社，1979 年。
2. 金宏達主編《鏡像繽紛》，北京：文化藝術出版社，2003 年。

K

1. 柯靈《滄桑憶語》，南京：江蘇文藝出版社，2005 年。
2. 柯興《賽金花傳》，北京：群眾出版社，1999 年。

L

1. 來鳳儀編《張愛玲散文全編》，杭州：浙江文藝出版社，1992 年。
2. （清）李斗《揚州畫舫錄》，北京：中華書局，1960 年。
3. 李歐梵《上海摩登——一種新都市文化在中國》，北京：北京大學出版社，2001 年。
4. 李歐梵《中國現代文學與現代性十講》，上海：復旦大學出版社，2002 年。
5. 李今《海派小說與現代都市文化》，合肥：安徽教育出版社，2000 年。
6. 林幸謙《荒野中的女體》，桂林：廣西師範大學出版社，2003 年。
7. 羅鋼《敘事學導論》，昆明：雲南人民出版社 1994 年。
8. （法）羅蘭・巴特《流行體系——符號學與服飾符碼》，敖軍譯，上海：上海人民出版社，2000 年。
9. 羅蘇文《女性與近代中國社會》，上海：上海人民出版社，1996 年。

M

1. 馬・佈雷得伯里，詹・麥克法蘭編《現代主義》，上海：上海外語教育出版社，1992 年。
2. （英）瑪麗・伊格爾頓編《女性主義文學理論》，長沙：湖南文藝出版社，1989 年。
3. 繆良雲《中國衣經》，上海：上海文化出版社，2000 年。
4. 孟悅、戴錦華《浮出歷史地表》，北京：中國人民大學出版社，2004 年。

Q

1. （英）喬安妮·恩特維斯特《時髦的身體——時尚、衣著和現代社會理論》，郜元寶譯，桂林：廣西師範大學出版社，2005 年。
2. 秋瑾《秋瑾全集箋注》，郭長海、郭君兮輯注，長春：吉林文史出版社，2003 年。

S

1. 山內智惠美《20 世紀漢族服飾文化研究》，西安：西北大學出版社，2001 年。
2. 沈從文《中國古代服飾研究》，上海：世紀出版集團，2005 年。
3. 水晶《替張愛玲補妝》，濟南：山東畫報出版社，2004 年。
4. 宋明煒《傳奇文學與流言人生——張愛玲的文學》，北京：三聯書店，1998 年。
5. （清）蘇馥編《香閨鞋襪典略》，臺北文海出版社，1974 年。

T

1. 唐文標《張愛玲研究》，臺北：經聯出版事業公司，1976 年。

W

1. 王安憶《我讀我看》，上海：上海人民出版社，2001 年。
2. 王德威《現代中國小說十講》，復旦大學出版社 2004 年。
3. 王富仁《中國反封建思想革命的鏡子——〈吶喊〉〈彷徨〉綜論》，北京：北京師範大學出版社，2000 年。
4. 王富仁《中國文化的守夜人——魯迅》，北京：人民文學出版社，2002 年。
5. 萬燕《海上花開又花落：解讀張愛玲》，南昌：百花洲文藝出版社，1996 年。
6. 王一川《漢語形象與現代性情結》，北京：首都師範大學出版社，2001 年。

X

1. （法）西蒙·波伏娃《第二性——女人》，長沙：湖南文藝出版社，1986 年。

2. 夏志清《中國現代小說史》，上海：復旦大學出版社，2005 年。
3. 徐珂《清稗類鈔》第十三冊，「服飾」卷，北京：中華書局，1986 年。

Y

1. 余斌《張愛玲傳》，桂林：廣西師範大學出版社，2000 年。
2. 於青《奇才逸女張愛玲》，濟南：山東畫報出版社，1995 年。

Z

1. 張愛玲《傳奇》增訂本，上海：山河圖書公司，1946 年。
2. 張愛玲《對照記》，哈爾濱：哈爾濱出版社，2003 年。
3. （美）珍妮佛．克雷克《時裝的面貌》，舒允中譯，北京：中央編譯出版社，2004 年。
4. 張弦、秦志鈺《紅顏無盡：賽金花傳奇》，南京：南京出版社，2004 年。
5. 張子靜《我的姊姊張愛玲》，上海：學林出版社，1997 年。
6. 止菴、萬燕《張愛玲畫話》，天津：天津社會科學院出版社，2003 年。
7. 周芬伶《豔異——張愛玲與中國文學》，北京：中國華僑出版社，2003 年。
8. 周蕾《婦女與中國現代性——東西放之間閱讀筆記》，臺北：麥田出版有限公司，1995 年。
9. 周汛、高春明編《中國衣冠服飾大辭典》，上海：上海辭書出版社，1996 年。
10. 《中國近代史資料叢刊．戊戌變法資料》，上海：神州國光社，1953 年。
11. 《中華民國檔案資料彙編》，第 2 輯第 35 頁，南京：江蘇人民出版社，1981 年。
12. 子通、亦清主編《張愛玲評說六十年》，北京：中國華僑出版社，2001 年。
13. 鄒容《革命軍》，北京：華夏出版社，2002 年。

附錄一　《色，戒》的寓言：家國場域中的身體政治——兼談李安的「正解」和「誤讀」

《色，戒》是張愛玲的小說中極為特殊的一篇，它的題材（抗日反特）與她最為擅長的「從日常生活中創造傳奇」的作品完全不一樣，人物（女間諜）也例外地躍出《金鎖記》式的深宅大院，來到了「廣闊的天地間」參與了國家民族的「宏大敘事」。張愛玲本人對這篇特殊的小說也有著特殊的情感，她在 1950 年間就已寫就，卻到 1978 年才公開發表，其間不斷改動，一改三十年：「甘心一遍遍改寫這麼些年，甚至於想起來只想到最初獲得材料的驚喜，與改寫的歷程，一點都不覺得這其間三十年的時間過去了。愛就是不問值得不值得。」〔註 1〕（P332）雖然有人認為這是「一部江郎才盡之後的短篇小說」〔註 2〕，但至少在作者本人那裡，《色，戒》的地位是特殊的。

然而，《色，戒》長期以來並不被讀者所注意，直到它發表 30 年後，華裔導演李安將它改編成了同名電影，在全球華語地區引發了一場實實在在的全民狂歡的文化狂潮，小說因而也爆得大名，迅速躍升為張愛玲最為知名的小說行列。對於年輕時就直言「出名要趁早」的張愛玲來說，偏愛《色，戒》的李安可稱得上是她的「知音」了。但是，張愛玲和李安可能都沒有預料到，電影上映後，各路人馬紛紛對影片和小說做出層出不窮的解讀，不斷地把原

〔註 1〕張愛玲《惘然記》，張愛玲《張愛玲散文全編》，杭州：浙江文藝出版社 1992 年，第 332 頁。

〔註 2〕戴錦華《時尚・焦點・身份》，《藝術評論》2007 年第 12 期。

著的意義延展到歷史本事（如張愛玲本人的個人經歷和女主角的原型索隱）、「海上舊夢」（如老上海時尚的泛濫）、「張愛玲症候」（如張愛玲文學地位的變遷）、民族主義（如「漢奸文學」與「民族大義」問題）、「國族話語」（如愛國、抗日、身份、國族認同等）、「諜影重重」（如間諜片的流行）等等領域，使得原本小小的短篇小說成為意義層層套疊的「俄羅斯套盒」〔註3〕。

問題的關鍵在於，這個「俄羅斯套盒」的內在芯子是怎樣的？不堪重負的層層套疊很容易讓人們忘記關注它的內核。因此，剝開「套盒」的層層外衣，直面它最為隱秘而又堅固的內部結構，可能才是對待這部作品的應有的態度。開篇之前，我們實在不該忘記美國學者周蕾的話：「張愛玲小說中，女性的問題是其關鍵點。」〔註4〕張愛玲這樣的一位始終書寫女性的女作家，頗為「特殊」地寫了這篇關於「女諜」的小說，極有可能是為了在「戰爭」這種極端場景中，表達她對女性命運的深刻認識。而要清楚地探尋到張愛玲的「本意」，將李安改編的同名電影進行對比閱讀也是有必要的。

一、身體的關係

《色，戒》是一個緊張的關於「女諜色誘漢奸」的故事。故事的發生地在香港和上海，故事的參與者有愛國學生（鄺裕民等）、女間諜（王佳芝）和漢奸（易先生），圍繞著「鋤奸」的主題，這些人暫時構成了懸浮於滬港之上的一個充滿斗爭和博弈的「社會小世界」，即法國社會學家布迪厄所說的「場域」（field）。在布迪厄看來，場域是一個相對獨立的社會空間，「具有自身的規則、邏輯和常規」〔註5〕，場域同時也是一個爭奪的空間，不同的力量在其間激烈對抗，「這些爭奪旨在繼續或變更場域中這些力量的構型」〔註6〕。《色，戒》所建構的「場域」正是一個這樣的具有相對獨立性的社會空間，愛國學生、女間諜和漢奸各自根據自己的規則和邏輯，上演充滿「活力」的權利爭奪故事。

按照布迪厄的說法，「場域」是「關係的系統」，「一個場域的結構可以被

〔註3〕戴錦華《時尚．焦點．身份》，《藝術評論》2007年第12期。

〔註4〕周蕾著，蔡青松譯《婦女與中國現代性：西方與東方或自薦的閱讀政治》，上海：上海三聯書店2008年，第132頁。

〔註5〕〔法〕皮埃爾．布迪厄《實踐與反思——反思社會學導論》，北京：中央編譯出版社1998年，第142頁。

〔註6〕〔法〕皮埃爾．布迪厄《實踐與反思——反思社會學導論》，北京：中央編譯出版社1998年，第140頁。

看作不同位置之間的客觀關係的空間，這些位置是根據他們在爭奪各種權力或資本的分配中所處的地位決定的。」〔註 7〕因此，要弄清楚整部小說的「系統」結構，首先應梳理各種成員及其關係的權重。很明顯，在愛國學生、女間諜和漢奸這三組主要成員中，女間諜處於聯結其他兩組關係的中心地位，而且，她的舉動對於整個場域各種力量的博弈具有決定性的作用。因此，弄清女諜在場域中以何種形態呈現以及她與其他成員之間存在何種關係至關重要。

仔細考察張愛玲對女主角王佳芝的描寫，會發現《色，戒》的「特殊」之處，還在於張愛玲在其中較多地正面描寫了女性的身體和與身體密切相關的經驗——性的經驗。此前，張愛玲是個非常講究敘述的節制和文本的潔淨的人，她很少直接描寫身體，幾乎不直接描寫性。即便是要描寫，也常常是通過某種中介實現。例如，她是這樣描寫具有「性意味」的身體的：

> 一件條紋布浴衣，不曾繫帶，鬆鬆合在身上，從那淡墨條子上可以約略猜出身體的輪廓，一條一條，一寸寸都是活的。(《紅玫瑰與白玫瑰》)

> 薇龍那天穿著一件瓷青薄綢旗袍，給他那雙眼睛一看，她覺得她的手臂像熱騰騰的牛奶似的，從青色的壺裏倒了出來，管也管不住，整個的自己全潑出來了。(《沉香屑‧第一爐香》)

通過服飾和壺中牛奶這樣的絕妙的比喻間接地寫身體，這是張愛玲常用的方式。然而，在《色，戒》中，她卻「大開色戒」，省略各種中介，直接描寫身體，尤其是具有「性意味」的身體。小說開篇對王佳芝的外貌的描寫就充滿誘惑性：

> 酷烈的光與影更托出佳芝的胸前溝壑，一張臉也經得起無情的當頭照射。……臉上淡妝，只有兩片精工雕琢的薄嘴唇塗得亮汪汪的，嬌紅欲滴。

「烈焰紅唇」正是性感尤物的寫照。而「胸前溝壑」是張愛玲突出的重點，不僅特別指出「她這兩年胸部越來越高」，在下文中更有直接露骨的描寫：

> 他實在是誘惑太多，顧不過來，一個眼不見，就會丟在腦後。還非得盯著他，簡直需要提溜著兩隻乳房在他眼前晃。

〔註 7〕〔法〕皮埃爾‧布迪厄《實踐與反思——反思社會學導論》，北京：中央編譯出版社 1998 年，第 155 頁。

> 一坐定下來，他就抱著胳膊，一隻肘彎正抵在她乳房最肥滿的南半球外緣。這是他的慣技，表面上端坐，暗中卻在蝕骨銷魂，一陣陣麻上來。

還有對腰肢的描寫：

> 知道他在看，更軟洋洋地凹著腰。腰細，宛若遊龍進玻璃門。

幾乎每一個關於身體的細節都與性誘惑有關，這在《色，戒》之前是極為少見的。對於有著文本「潔癖」的張愛玲來說，首先是從「詞語」和「語言」的層面，在女主角王佳芝的身體上打下了「性」的烙印，讓她在文本中始終作為一個「性」的符號被言說著。另外，她對王佳芝進行了拆卸和組裝，她把王佳芝拆卸成了幾個身體零件——紅唇、細腰、乳房，再組合成極具性意味的「性感尤物」，因此，王佳芝的整個人便得到了簡化——她變成了一具「性的身體」。她的終結目標是「色誘」漢奸易先生，「性的身體」便是她存在的終極意義。她越是突出這一特徵，她才越具備存在的價值。這便是張愛玲對於女諜王佳芝的定位。作為「知音」的李安深諳其中微妙，在電影裏大大放大了王佳芝的身體／性的比重，濃墨重彩的表現著身體的誘惑與性的激越（並因此造就了小說最具噱頭的「賣點」和「一脫成名」的主演湯唯）。在這一點上說，他的確「正解」了張愛玲的本意。

然而，他又同時嚴重地「誤讀」了張愛玲。在小說中，張愛玲的確為男女主人公設計了三次幽會，但並未對幽會時的香豔情事進行具體描繪，而李安卻在電影中「打開皺褶」，對三次情事用限制級的方式進行了大膽的展現：第一次，二人在上海再次相見，續上了兩年前在香港的未了情緣而赴公寓幽會，易先生用近似虐戀的暴力，幾乎是「強姦」了王佳芝；第二次，隨著對易先生周遭壓力和內心緊張的展示，二人的性行為由暴力變為熾烈，各種姿勢和體位的變換纏繞，彷彿是對壓力和緊張的宣洩；第三次是在易先生對王佳芝講述審訊犯人的血腥過程之後，王佳芝蒙住了易先生的眼睛，似乎是為了讓他忘卻殘酷和恐懼，有了相互撫慰的意思。

對於這三次幽會，電影《色，戒》的編劇是這樣解釋的：

> 李安是試圖從床戲中說一點人生哲學。明眼人都可以看出一開始的強橫凌虐，是在展示老易雄性主宰優勢的心情；後來的體位變化，則兼具了男性情緒扭曲以及女性身心的變化，主客易位的複雜關係，李安試圖從人體美學讓人們看見這些關係，情慾人生因而有

了對照和對話。〔註8〕

如果說電影對「第一次」的展現是基於小說原著精神，那麼第二次和第三次就是李安對張愛玲的「誤讀」了。從「第二次」開始，李安與張愛玲漸行漸遠，試圖以自己的方式來理解兩性身體的關係。在他看來，情慾場面的製造是相當嚴肅的「觸摸人性最幽微地帶」〔註9〕的實驗。他將電影中王佳芝的身體進行了「漸變式」的處理：最初是被「強姦」、被征服，完全處於男性身體的暴力之下；然後「主客易位」，身體相互交纏體位變換，與對方的身體有了較為平等的「對話」，甚至上升到心靈上的相互慰藉。

如果張愛玲看了李安的電影，是不是會再寫一篇類似於《羊毛出在羊身上》〔註10〕的回應文章也未可知。的確，「性」是最能體現性別權力關係的元素，性關係是透視小說內部結構的一個關鍵。然而，在張愛玲的小說中，男女兩性的身體之間根本不存在「對照和對話」的關係，而只有誘惑和被誘惑、佔有和被佔有、利用和被利用：

他們是原始的獵人和獵物的關係，虎與倀的關係，最終極的佔有。

李安處理「第一次」的方式，倒是比較符合張愛玲小說中男性對女性的態度：直接、強制、暴力，徹底的控制。王佳芝和易先生之間除了「性」並無其他關聯，小說中也已經指明，王「完全是被動的」。她必須時刻將自己組裝為「性感尤物」，處心積慮在他面前展示「性的身體」，以便能引起這個神出鬼沒、行蹤詭秘的特務的注意。而在易先生看來，王佳芝是且只能是一個「性的身體」。他按照自己的意願決定何時何地享用她的身體：「——知道他什麼時候來？要來也是突然從天而降。」「不去找他，他甚至於可以一次都不來。」雖然張愛玲並未描述二人幽會的細節，但是，李安的暴力處理方式正是二人身體關係的寫照。而在他們的性關係中，他始終以個人為中心，並不顧及她的感受，這也是另一種形式的「暴力」。

李安對張愛玲的「誤讀」，還在於對易先生這一人物的處理方式上。在電影裏，易先生的分量並不比王佳芝低，他的生活、工作已經情感世界都得到了充分的展示。他被塑造成了一個面對極端殘酷的政治環境、心理充滿恐懼、

〔註8〕《專訪〈色，戒〉編劇王蕙玲》，《作家》2008年第2期。
〔註9〕《面對李安——專訪李安》，《作家》2008第2去。
〔註10〕張愛玲《羊毛出在羊身上——談〈色，戒〉》，張愛玲《張愛玲散文全編》，杭州：浙江文藝出版社1992年。

渴望宣洩內心壓力、需要女性理解和安慰的人，他對王佳芝先殘酷後溫柔，即使最後發現王是暗殺小組的一員而不得已殺掉她時，他來到她生前住過的房間撫床流淚，表達他的痛苦和懷念。而在張愛玲筆下，易先生的「戲份」並不算多（說到底，張愛玲是寫「女人」的故事），她主要是突出他的「權勢」，特別指出「權勢」在身體關係中發揮的影響力：「權勢是一種春藥。」因此，他在小說中是個冷酷的政治機器，對待女性，則是一個冷酷的性暴力者，這在小說最後殺掉王佳芝時表現得最為充分：

> 他一脫險馬上一個電話打去，把那一帶都封鎖起來，一網打盡，不到晚上十點統統槍斃了。
>
> 她臨終一定恨他。不過「無毒不丈夫」。不是這樣的男子漢，她也不會愛他。

殺王佳芝後，他「臉上憋不住的喜氣洋洋，帶三分春色」。他很高興對她進行純粹而徹底的佔有——不僅佔有她「生」的身體，也佔有她「死」的身體，「生是他的人，死是他的鬼。」他是虎，她是倀，她死了之後還會世世代代為他服務，「他覺得她的影子會永遠依傍他，安慰他。」有人認為如此描寫易先生對待王佳芝的手段「令人毛骨悚然」，張愛玲則說：「毛骨悚然」正是她「企圖達到的效果」。

在《色，戒》的「場域」中，王佳芝＼女性和易先生＼男性是最為重要的一組「關係」。張愛玲沒有李安的溫情和浪漫，她近乎殘酷地展現身體＼性之間的控制關係。女性的身體被有權利的男性隨意擺佈並殘酷地毀滅。這是《色，戒》所蘊含的寓意。

二、家國的騙局

如果要給《色，戒》所建構的場域命名的話，「家國場域」是個最確切的名字。至少從故事的表層來看，王佳芝的「色誘」和「鋤奸」的基本動力是「家國」意識，整個故事的推進也是來源於「家國」意識的崇高召喚。布迪厄曾指出，場域是一個充滿爭鬥的空間，存在著各種積極活動的力量，它們之間的不斷博弈，就像在共同玩一個「遊戲」（game）：「一個場域不是死的結構，不是空的場所，而是遊戲空間，那些相信並追求其所能提供獎勵的個體參加了這種遊戲。」〔註 11〕

〔註 11〕轉引自李全生《布迪厄場域理論簡介》，《煙臺大學學報（哲學社會科學版）》

如果對小說結構仔細甄別，會發現整部《色，戒》就是一個大遊戲（big game）。遊戲的基本特徵是「扮演」，即自己不再成為自己，而是變成戲中人。《色，戒》不是「像」遊戲，而是個真正的遊戲——演戲。小說的開篇，王佳芝就是扮演為「麥太太」出現在易先生家打麻將的。王佳芝是個喜歡演戲、善於演戲的人，在香港讀書時，她本來就是學校劇團的當家花旦，演戲能讓她「興奮」：

> 公演過一次，上座居然還不壞。下了臺興奮得鬆弛不下來，大家吃了宵夜才散，她還不肯回去，與兩個女同學乘雙層電車遊車河。樓上乘客稀少，車身在搖搖晃晃寬闊的街心走，窗外黑暗中霓虹燈的廣告，像酒後涼風一樣醉人。

扮演「麥太太」時她也是興奮的。從易先生家留了電話回來後，她和同夥一同上樓，感覺這是「一次空前成功的演出」，「下了臺還沒下裝，自己都覺得顧盼間光彩照人。她捨不得他們走，恨不得再到那裡去。」

這兩場關鍵的戲在李安的電影裏都有忠實的再現。非但如此，李安還增添了一場劇院中的戲：王佳芝一個人站在舞臺上，舞臺遠處的鄺裕民、賴金秀等人朝她呼喊：「王佳芝，下來呀——」她就在這聲聲呼喊中加入了他們。這場戲隱喻著「家國」的召喚，正是這召喚把王佳芝引進了家國場域的「遊戲」中。

重視家國因素，是李安對張愛玲的「正解」，但另一方面，他又並未領會透徹張愛玲對「家國」的質疑和解構。《色，戒》之所以是個大「遊戲」，正是因為王佳芝這樣的喜歡演戲耽於幻想的人在他人召喚下誤入其中的結果。王佳芝是否是因為「愛國」才加入暗殺小組的呢？張愛玲反覆提到：「香港一般人對國事漠不關心」，「尤其在香港，沒有家國思想。」又專門說明，她寫的是「業餘特工」的故事：

> 王佳芝憑一時愛國衝動……和幾個志同道合的同學，就幹起特工來了，等於是羊毛玩票。羊毛玩票入了迷，捧角拜師，自組票社彩排，也會傾家蕩產。業餘的特工一不小心，連命都送掉。

缺乏家國情懷而加入愛國行動，而且是業餘玩票，更加重了「家國場域」的遊戲性質。而對於王佳芝來說，遊戲的殘酷性在於，這並不像她熱衷的演戲那樣簡單，而是實實在在的「犧牲」／「獻身」行為，真正將身體投放其

2005 年第 2 期。

中。為了喬裝成已婚婦女色誘易先生，她必須先失貞於同夥——「一直討人嫌慣了，沒自信心」的梁閏生和她發生了性關係，因為「只有梁閏生一個人有性經驗」，「只有他嫖過」。張愛玲並沒有安排一個高尚的愛國者、更沒有安排王佳芝心儀的鄺裕民，而是安排了一個猥瑣嫖客（同時他也是「愛國青年」，請注意此人身份的曖昧性）親近她的身體，奪取她的童貞！張愛玲將「愛國」、「性」、「嫖客」、「色誘」、「犧牲」等具有悖論性的元素混搭在一起，構成了「家國場域」的內部景觀，對「家國」二字蘊含的道德、律令和國族意識形成強烈的拷問，解構的意味相當明顯。

在李安的電影裏，以「愛國學生」組成的暗殺小組是個以鄺裕民為核心的頗具向心力的團隊，這也是他不夠透徹理解張愛玲的「解構」之處。而要徹底領會張愛玲的「解構」之意，就必須要就這個場域的另一組關係——王佳芝和愛國學生之間的「同志關係」進行細緻的甄別。在小說中，學生們對於王佳芝「犧牲」身體的愛國行為並不持應有的崇高感，而是表現得態度非常曖昧複雜。王佳芝認為，他們「起哄」捧她出馬，甚至「有人別具用心」。她失貞後，「總覺得他們用好奇的異樣的眼光看她」，她所喜歡的鄺裕民也「跟那些人一樣」。對於這兩年她「胸部越來越高」的身體變化，那些人「用可憎的眼光打量著她，帶著點會心的微笑，連鄺裕民在內。」讓她感覺像「針扎」一樣。對此張愛玲特意寫文章指出：「對於她失去童貞的事，這些同學的態度相當惡劣……連她比較最有好感的鄺裕民都不能免俗，讓她受了很大的刺激。她甚至疑心她是上了當，有苦說不出，有點心理變態。不然也不至於在首飾店裏一時動心，鑄成大錯。」王佳芝加入遊戲，本應遵守遊戲規則，卻半途「出戲」，將真身與角色弄混，以為易先生愛自己而放走了他，功虧一簣，原因就在於她認為自己「上了當」，進入了鄺裕民他們組織的以愛國為名的「騙局」，對「騙」自己的同伴生出恨意，而對「愛」自己的敵人生出了好感。在王佳芝微妙而複雜的心變化換中，張愛玲實現了對這一對「同志關係」的嘲諷。

《色，戒》只用了一句話寫王佳芝的性心理：「每次跟老易在一起都像洗了個熱水澡，把積鬱都沖掉了，因為一切都有了個目的。」——這個「目的」是小說中最為弔詭的表述。從故事的表層看，「目的」應該是指「鋤奸」，而張愛玲卻又專門否認道：「『因為一切都有了個目的』，是說『因為沒白犧牲了童貞』」〔註 12〕。王佳芝失貞之後企圖行刺不成，自己也「懊悔」了：「我傻。

〔註 12〕張愛玲《羊毛出在羊身上——談〈色，戒〉》，張愛玲《張愛玲散文全編》，杭反正是我傻。」兩年後之所以同意「復出」，是因為不甘失身於同夥，情願繼續獻身於敵人，以求心理補償，這無疑也是一個更「傻」的邏輯。從本質上看，這一邏輯是「家國場域」的兩組男性成員對王佳芝進行身體和心理的雙重施壓後使她產生的「心理變態」，是所謂具有「家國意識」的男性對女性進行的「身體意識形態控制」。（張愛玲曾在《紅玫瑰與白玫瑰》裏寫到：「嬰兒的頭腦和成熟的婦人的美是最具誘惑性的聯合。」正是對王佳芝這樣既「傻」且「美」的女性的諷嘲性的注釋。）因為在這過程中，她的身體一再受到踐踏，先是「同志」的性掠奪，後是「敵人」的性剝削。她的身體已毫無尊嚴，淪為最為慘烈的類似於慰安婦的「性機器」。

至此，《色，戒》已經在女性─愛國學生、女性─漢奸（色誘對象）這兩組成員的互動中顯示了他們「關係」的本質：身處「家國場域」的女性身體是作為「性」的身體而存在的，女性身體不僅處於男性的性暴力之下，同時也在以「家國」為名的「騙局」中被撕裂和損毀。這是《色，戒》的深刻寓意。

三、物質的慣習

《色，戒》的「家國場域」中還有一個「亞場域」（subfield），即「太太場域」，成員由王佳芝、易太太和她們的麻將搭子們組成。「太太場域」主要存在於一個封閉的空間——易太太家的客廳，男性偶而涉足此地（易先生有時站在麻將桌旁觀戰），但並不影響其本身的相對獨立性。布迪厄認為，「場域」並不是「冰冷」的「物質小世界」，作為「社會小世界」，每個場域都有屬於自己的「性情傾向系統」，即它自身的「慣習」（habitus）。如果要弄清「太太場域」的基本特徵，就必須要解剖深植於其內部的「慣習」。

在布迪厄看來，「慣習就是一種社會化了的主觀性」〔註 13〕，它既是個人的又是集體的，每個場域都有自己的「慣習」，深深植根於場域中的每個個體的身體內部，屬於同一場域的個體會因為慣習具有「結構上的親和」（structural affinity），促使他們「產生出客觀上步調一致、方向統一的實踐活動來。」〔註 14〕法國社會學家菲力浦.科爾庫夫將「慣習」闡釋為「秉性系

州：浙江文藝出版社 1992 年，第 420 頁。

〔註 13〕〔法〕皮埃爾．布迪厄《實踐與反思——反思社會學導論》，北京：中央編譯出版社 1998 年，第 170 頁。

〔註 14〕〔法〕皮埃爾．布迪厄《實踐與反思——反思社會學導論》，北京：中央編譯出版社 1998 年，第 169 頁。

統」，「秉性，也就是說以某種方式進行感知、感覺、行動和思考的傾向，這種傾向是每個個人由於其生存的客觀條件和社會經歷而通常以無意識的方式內在化並納入自身。」它「深深扎根在我們身上，並傾向於抗拒變化，這樣就在人的生命中顯示某種連續性。」〔註15〕（p36）簡言之，慣習就是場域成員所共有的、深植於每個個體身體內部並支配個體實踐的某種心理文化機制。

如果我們把「家國場域」的慣習概括為「身體意識形態控制」系統的話，不妨把「太太場域」的慣習稱為「物質傾向」系統。「物質」在《色，戒》中的重要性是極其明顯的，尤其是對於張愛玲這樣一位「衣服狂」〔註16〕來說，對衣飾（衣服和佩飾）的描繪隨處可見，讓人疑心她筆下的女性也都患上了「戀物癖」。例如，小說的開篇就是一場衣飾展覽：

> 麻將桌上白天也開著強光，洗牌的時候一隻只鑽戒光芒四射。……電藍水漬紋緞齊膝旗袍，小圓角已領只半寸高，像洋服一樣。領口一隻別針，與碎鑽鑲藍寶石的「紐扣」耳環成套。

因為衣飾附著在身體之上，使得物質與身體之間有了神秘的關聯。是否具備合格的衣飾，決定了一個女人的身體是否具有價值——這是「太太場域」的邏輯和常規。《色，戒》的衣飾中，最為引人注目的當然是鑽戒，而「太太場域」中的每一個女人，似乎都是不折不扣的「鑽石狂」。麻將桌上的眾太太人手一隻鑽戒，炫耀性地討論各種鑽戒的大小和價格，看似是不經意的閒談，實際卻是這個場域「物質傾向」的「慣習」的自然流露。作為這個場域中的一個個體，物質的慣習也王佳芝扮演麥太太的過程中深入人心，因此，鑽石的匱乏對她造成極大的心理壓力：

> 牌桌上的確是戒指展覽會，佳芝想。只有她沒有鑽戒，戴來戴去這只翡翠的，早知不戴了，叫人見笑——正眼都看不得她。

鑽戒的匱乏與「愛的匱乏」似乎是呼應的。暗殺小組本來就是個業餘班子，資金並不寬裕，不能提供鑽戒當道具，王佳芝只能佩戴一個翡翠戒指出馬。顯然翡翠戒指在「太太場域」中是分量不足的，王佳芝潛意識中打算對

〔註15〕〔法〕菲力浦·柯爾庫夫《新社會學》，北京：社會科學文獻出版社 2000 年，第 36 頁。

〔註16〕張愛玲曾稱自己為「衣服狂」（clothes-crazy）。張愛玲《對照記》，哈爾濱：哈爾濱出版社 2003 年，第 40 頁。

翡翠戒指的拋棄（「早知道不戴了」），似乎暗示著她將對同伴的拋棄。如前所述，她在同伴那裡並不能感受到「愛」，無論是集體的愛還是鄺裕民的愛，這種「愛的匱乏」與鑽戒的匱乏暗合。後來易先生為她買鑽戒（而且是比所有太太們的鑽戒都大的六克拉粉紅鑽戒），讓她在那一剎那感到「愛」來到了自己身上，認為「這個人是真愛我的」，遂放易先生逃走——「物質傾向」的心理機制支配了王佳芝的意識，「慣習」在關鍵時刻對個體的「策略」起到了決定性的作用。這是張愛玲大費筆墨描寫鑽戒\物質的微妙之處。

珠寶店是「太太場域」的另一個空間，因為只有「女人」才是它真正的主人。本來，「家國場域」與「太太場域」少有交叉，但正是在珠寶店，這兩個場域相遇並重迭起來了。在鑽石／物質的「慣習」支配下，王佳芝脫離了「家國場域」，選擇停留在「太太場域」中。在她眼裏，易先生不復是個政治化的符號，而是「溫柔憐惜」的「愛」自己的血肉之軀，她選擇了保護他。張愛玲在小說中強調：「首飾向來是女太太們的一個弱點。」說的就是物質的慣習對女性的支配作用。

李安完全領會了物質之於《色，戒》的重要性，因而在電影中大量展出旗袍、風衣、帽子、髮型、首飾、提包、皮箱等「太太場域」中的典型符號，特別是鑽戒，是專門從卡地亞公司專門借來的，價值幾千萬。李安用這只貨真價實的鑽戒坐實了它對於整個故事、故事中所有人物命運的重要性。尤其是在珠寶店裏，碩大的粉紅鑽戒在王佳芝的臉上映像出美輪美奐而又變幻不定的光影，這一「特寫」反射出王佳芝此刻的心理：「愛」讓她迷醉。

然而，李安同時也「誤讀」了張愛玲賦予鑽戒的意義。在電影裏，鑽戒是王佳芝和易先生情感的見證，而在張愛玲那裡，鑽戒是對王佳芝命運的嘲諷。在珠寶店那場戲之前，李安已為王佳芝和易先生的身體和心靈的相互交流慰藉做足了鋪墊，例如，在日妓館裏，王佳芝甚至唱了一首情意綿綿的歌：

> 天涯呀海角，
> 覓呀覓知音。
> 小妹妹唱歌郎彈琴，
> 郎呀咱們兩個一條心。
> ……

他們的情感漸次增強，甚至相互視為「知音」，因此，珠寶店放走情郎已是水到渠成。而張愛玲強調的是「一剎那」——「緊張得拉長到永恆的那一剎那間」——剛才還在搖擺「難道她有點愛上了老易？她不信。」而就在拿到鑽戒的這一剎那，「這個人是真愛我的，她突然想，心下轟然一聲，若有所失。」張愛玲強調的是「一剎那」的哲學意蘊，物質、以及物質反射出的情感只在這一剎那閃耀出光輝，而在「一剎那」之外的「永恆」裏，一切都沒有變化，沒有鑽石，也沒有愛。所謂的「愛」只是一場如鑽石光芒那般飄渺卻致命的幻覺，這是張愛玲對迷戀鑽石＼物質的女性的深刻諷刺。

說到底，李安的《色，戒》是個表面殘酷內裏溫柔的情愛故事，而張愛玲的《色，戒》是女性在家國場域中毀滅的寓言。因此，李安和張愛玲為鑽戒設計的結局也是非常不一樣的。在電影裏，易先生逃走並將王佳芝、鄺裕民等一網打盡後，面對桌上閃閃發光的鑽戒，他也淚光閃閃，哀傷地緬懷著即將被自己親手處死的「紅顏知己」。鑽戒成了這段逝去的情感的寶貴見證和紀念。而在小說中，鑽戒被王佳芝脫下，珠寶商收回放入櫃中，回歸到它的本質——「『鑽石』嘿，也是石頭」！

附錄二　世俗的王安憶——兼與張愛玲的比較

二〇〇〇年初，王安憶在香港「張愛玲與現代中文文學」國際研討會上宣讀了一篇文章——《世俗的張愛玲》，其中顯示的對張愛玲作品的熟稔和精闢的解析似乎更能證明她是「張派傳人」。儘管王安憶本人曾一再表明自己與她並無多大瓜葛，但「張王比較」畢竟小有規模，並成為世紀之交文學評論界的一個收穫——這一比較在《長恨歌》發表之後達到沸點，直到她的《富萍》和《上種紅菱下種藕》的出現，這兩部長篇小說一個質樸，一個清新，脫盡了《長恨歌》的華美和旖旎，這個時候，人們又覺得她離張愛玲遠了。

一

張王有相似之處，這是毋庸質疑的，「世俗的」這三個字，就可以同時用在王安憶身上。王安憶對張愛玲最重要的發現，也在於此。讀張愛玲的散文時，「我在其中看見的，是一個世俗的張愛玲。她對日常生活，並且是現時日常生活的細節，懷著一股熱切的喜好。」「她喜歡的就是這樣一種熟稔的，與她共時態，有些貼膚之感的生活細節。這種細節裏有著結實的生計，和一些放低了期望的興致。」〔註1〕這些話語如果不注明對象和出處，用在王安憶身上，也不至於引起嚴重的歧義。《長恨歌》就是典型的「世俗的」小說，整部小說其實就是一個接一個「日常生活」的「細節」的連接，它們相互推動著故

〔註1〕王安憶《世俗的張愛玲》，子通、亦清主編《張愛玲評說六十年》第387頁，北京：中國華僑出版2001年8月版。

事的發展，並展現著女主人公王琦瑤「結實的生計」和生活的「興致」，因此它會被認為是最「張愛玲式」的。

王安憶曾說：「我個人最欣賞張愛玲的就是她的世俗性。」〔註2〕她們都愛對世俗生活津津樂道，「世俗性」正是她們之間最相似的地方。其實，王安憶看起來似乎比張愛玲更「世俗」得徹底，張愛玲的小說講的都是「男女間的小事情」〔註3〕，結集時卻命名為的「傳奇」——「傳奇」這兩個字，有不甘平凡的韻味在裏面，正是與「小事情」相悖的。而王安憶的小說沒有絲毫的「傳奇」因素，更是徹徹底底的「小事情」。王安憶把生活中的小事情稱為「家常」，在許多文章中，可以直接地看到她對「家常」的熱愛：「《紅樓夢》的好，是『家常』，莎士比亞的好，亦是『家常』」，「我想做的就是『家常』。」〔註4〕散文《臺灣的好看》裏寫到一幅唐人的宮樂圖：「寫實的畫面，一群操持樂器的宮女圍桌面而坐，有撥弦弄管，也有飲茶閒坐，坐姿都很隨便，並不拘禮，和現代的劇場後臺無甚兩樣。」唐朝的宮廷和歌女，本身就是充滿了藝術氛圍和傳奇性，也是可以好好地點染出其中的悲劇性的，但王安憶要擯棄的正是這一點，她真正迷醉的是其中的「家常」氣氛，因此她評價道：「雖是古時，又是宮中，卻十分日常。好看就在這裡。」〔註5〕「家常」這兩個字，但是比「傳奇」更為腳踏實地，也平凡得多。它與「日常」和「生計」聯繫在一起，是一種看得見的人間煙火氣息，是最為平實的人間話語，它貼肌貼膚、絲絲入扣、到都處彌漫著，它合理又和諧地存在於生活之中，或者它就是生活本身——「『家常』的東西總是我們生活中那些最稔熟的部分」〔註6〕。「家常」中沒有大喜和大悲，它是生活末梢處的細微感受，有時是一點一滴的細碎的樂趣，有時是朦朦朧朧的淺淺的感傷。與「傳奇」相比，「家常」給人的感覺要溫和得多，它是平實、體己、和諧、溫暖的，它會讓人對生活產生出好感來。「家常」

〔註2〕王安憶《我是女性主義者嗎？》，王安憶《王安憶說》，第172頁，長沙：湖南文藝出版社2003年9月版。

〔註3〕張愛玲《自己的文章》，來鳳儀編《張愛玲散文全篇》，第115頁，杭州：浙江文藝出版社1992年6月版。

〔註4〕王安憶《家常》，王安憶《男人和女人，女人和城市》，第216頁，昆明：雲南人民出版社2000年5月版。

〔註5〕王安憶《臺灣的好看》，《男人和女人，女人和城市》，第234頁，昆明：雲南人民出版社2000年5月版。

〔註6〕王安憶《家常》，王安憶《男人和女人，女人和城市》，第217頁，昆明：雲南人民出版社2000年5月版。

又是樸素的，即使是上海的舞場，也「其實是聽得見隔壁房間裏的鼻息聲和咸鯗的氣味。」「上海的排場是和尋常日子擠堆在一起，一應華麗都染上了生計的顏色。」〔註7〕「家常」所追求的不是華麗，而是華麗之下的樸素。

因此，王安憶熱衷於描繪最家常的生活、最家常的場景和最家常的人。生活的細枝末節處，正是最「家常」的地方：「人聲嘈雜，樓梯空空地響著跑堂的腳步，窗玻璃布滿了哈氣和油煙氣」；「透過紗窗，你可看見霓虹燈的粗礪的燈管，還有生了鏽的鐵支架」；「下午四時的太陽，牆上淡淡劃了幾道樹枝的影，有一種閑暇，這閑暇也是『家常』。」〔註8〕《流逝》中一日復一日的柴米油鹽是家常的，《好婆與李同志》裏絮絮叨叨的張家長李家短是家常的，《「文革」軼事》裏兄弟姊妹間的小心眼勾心鬥角是家常的，《逐鹿中街》裏的同床異夢和暗地較勁也是家常的。「家常」不是標新立異和豔光四射，而是可以走入每一個尋常百姓家，與每一個人都有些干係的。《長恨歌》的好，也好在它的「家常」，小說開篇連續幾章濃墨重彩的「弄堂」、「流言」、「閨閣」、「鴿子」，正是最最家常的上海的寫照。小說的主人公王琦瑤在上海小姐的選美中得了第三名，這個「三小姐」的美也是「家常」的：「照片上的王琦瑤，不是美，而是好看。……她看起來真叫舒服。她看起來還真叫親切，能叫得出名字似的。」「好看」是家常化了的美，有著一股子親和力，這種美是可以被每個人接受和欣賞的。而她每日的所作所為、一日三餐，更是再家常不過了：同小姐妹竊竊私語，和父母慪氣掉淚，與友人圍爐而坐，爐上燉著雞湯，油鍋嗶剝響著，烤年糕片，涮羊肉，下面條，日復一日的平常歲月。王琦瑤與其說是「上海小姐」，更不如說是一個鄰家女孩，她是典型的上海弄堂的女兒：「上海的弄堂裏，每個門洞裏，都有王琦瑤在讀書，在繡花……」「她是真正代表大多數的，這大多數雖是默默無聞，卻是這風流城市的豔情的最基本元素。」王琦瑤是世俗的，世俗性使她同時具備了代表性，她最能代表上海人和上海文化，她的魅力和價值也在於此。這一切，都是因為她的「家常」，「家常」造就和成全了她，也成就了這部小說。

王安憶喜歡「家常」，喜歡日常生活的瑣碎細節，喜歡世俗生活的本真形

〔註7〕王安憶《家常》，王安憶《男人和女人，女人和城市》，第216頁，昆明：雲南人民出版社2000年5月版。

〔註8〕王安憶《家常》，王安憶《男人和女人，女人和城市》，第217頁，昆明：雲南人民出版社2000年5月版。

態，頗能與張愛玲喜歡聽「市聲」——「非得聽見電車響聲才睡得著」——媲美，這是她們都「世俗」的一面。但是，同樣的世俗生活來到她們二人的筆下，給讀者帶來的感受卻完全不同。張愛玲無論怎樣用詞華麗和俏皮，但最後作品的意境總是悲涼的，聽到軍營裏的喇叭聲，即使是「離家不遠」，也「於淒涼之外還感到恐懼」〔註 9〕；而王安憶，看到鴿群騰上天空，即使是遠在他鄉，也覺得「那風景之中有了一點肺腑之言，有了一點兩心相知」〔註 10〕。說到底，她們還是不一樣的。

二

王安憶曾經多次否定自己與張愛玲的「相像」，她鄭重地說道：「我和她有許多不一樣，事實上我和她世界觀不一樣。」〔註 11〕王安憶將張愛玲的世界觀概括為「虛無」，並且對張「虛無的世界觀」和「對世俗生活充滿熱愛」二者之間的關係有非常精闢的解釋：

> 張愛玲是非常虛無的人，所以她必須抓住生活當中的細節，老房子、親人、日常生活的觸動。她知道只有抓住這些才不會使自己墜入虛無，才不會孤獨。在生活和虛無中，她找到了一個相對平衡的方式。〔註 12〕

對於張愛玲的「世俗」和「虛無」是怎樣造就了她最好的小說的，解釋同樣精闢：

> 而張愛玲對世俗生活的愛好，為這蒼茫的人生觀作了具體、寫實、生動的注腳，這一聲哀歎便有了因果，有了頭尾，有了故事，有了人形。於是，在此，張愛玲的虛無與務實，互為關照，契合，援手，造就了她的最好的小說。〔註 13〕

在王安憶看來，張愛玲對世俗生活的熱愛，是出於對悲劇人生的救贖。因為她對世界的悲劇性的認識，她必須要抓住世俗生活這個救命草，才不至

〔註 9〕張愛玲《夜營的喇叭》，來鳳儀編《張愛玲散文全篇》，第 34 頁，杭州：浙江文藝出版社 1992 年 6 月版。

〔註 10〕王安憶《後院》，王安憶《男人和女人，女人和城市》，第 10 頁，昆明：雲南人民出版社 2000 年 5 月版。

〔註 11〕王紀人《解讀王安憶》，《中國文化報》，北京，2002 年 8 月 5 日。

〔註 12〕王紀人《解讀王安憶》，《中國文化報》，北京，2002 年 8 月 5 日。

〔註 13〕王安憶《世俗的張愛玲》，子通、亦清主編《張愛玲評說六十年》，第 391 頁，北京：中國華僑出版 2001 年 8 月版。

於跌落於虛無的深淵中。而她的小說也因為這「虛無」的人生觀，使「無聊的人生有了一個蒼涼的大背景」，「有了接近悲劇的嚴肅性質。」〔註 14〕張愛玲小說的藝術魅力來源於其對具體現實生活的沉迷和虛無的世界觀之間的距離，二者之間遙相對照，巨大的落差形成了一種強烈的荒謬感和悲劇感；王安憶也沉迷於具體的現實生活，但她的世界觀則不是虛無的，她對世俗生活的熱愛並不是出於對人生的恐懼，而是出於對生命的尊重和對人生意義執著的探求。

張愛玲與王安憶都寫世俗生活的瑣事，在張愛玲處，「通篇盡是無聊的」〔註 15〕（〈世俗的張愛玲〉），但對王安憶而言，世俗生活不僅不無聊、不虛無，而是真正的「市井之趣」:「市井中人總是高高興興的，情緒很好的樣子，做人興趣很濃的樣子，內心很飽滿的樣子」，「市井生活是沒有虛無感的」。〔註 16〕她喜歡寫「家常」，是因為她對市井中的人、事和道理都抱有一種認同和理解的態度，這在她的短篇小說中看得尤為清楚。她的很多短篇小說都稱不上有什麼故事情節，常常就是日常生活的一個片段或細節，如《小飯店》描述店裏一天的人來人往，《酒徒》只是講一個人如何地愛喝酒，《小東西》說的是一個美麗的白癡小孩在商場裏引起了人們不同的興趣，《喜宴》僅僅是描寫一場喜宴的始末，王安憶卻將這些細節寫出一派興興頭頭、過日子的生氣。尤其是《比鄰而居》，通篇都描述鄰居家通過抽油煙機傳來的飯菜香味，這樣的細節，王安憶認認真真、充滿興味地描寫出來，如果不是她本人就對日常生活充滿興致，是不能做到的。不僅如此，她還在小說裏對這個特別專注於吃飯的家庭讚揚道:「時間長了，我對他們還生出些好感，覺得他們過日子有著一股子認真勁，一點不混。」另一篇短篇小說《聚沙成塔》更能表達她對世俗生活形態的態度：小說的主人公熱衷於收集廢紙，他盼望著將廢紙換成錢存在儲蓄罐裏，「這樣有一點是一點的積累，無論多麼微不足道，也是看得見，摸得著，是很真實的。他上的就是這個癮。」如果小說的主人公是個孩子，這就只是一篇平凡的兒童文學，但「他」卻是一個家境殷實的中年男子，就使得這篇小說帶上

〔註 14〕王安憶《世俗的張愛玲》，子通、亦清主編《張愛玲評說六十年》，第 390 頁，北京：中國華僑出版 2001 年 8 月版。

〔註 15〕王安憶《世俗的張愛玲》，子通、亦清主編《張愛玲評說六十年》，第 390 頁，北京：中國華僑出版 2001 年 8 月版。

〔註 16〕王安憶《市井之趣》，王安憶《男人和女人，女人和城市》，第 248 頁，昆明：雲南人民出版社 2000 年 5 月版。

了不平凡的意蘊：「他的儲蓄罐越來越沉了，搖一搖，便發出沉甸甸的響，這是一種飽滿和豐碩的聲音，他幾乎沉醉了。」在這個短短的故事裏，這個成年人以一種簡單和直接的方式領略到了人生的真諦，感受到了人生的意義。我們相信，不僅「他」沉醉了，王安憶也同樣沉醉於這種「飽滿和豐碩」的人生之中。正是由於王安憶對平常人的生活方式充滿理解，並發現了平凡生活後面所蘊含的人生智慧，她的小說才不會像張愛玲那樣蒼涼和虛無，而是展現了一種「沉甸甸」的「飽滿和豐碩」的人生。這樣的人生當然不再「虛無」，而是充滿生氣、極具生命力的。

與其說王安憶對世俗生活充滿熱愛，不如說她真正熱愛的是世俗生活背後所隱藏著的平凡人的智慧和生命力——這就是她稱為「市民精神」的東西。對於「市民精神」，她解釋道：「那是行動性很強的生存方式，沒什麼靜思默想，但充滿了實踐。他們埋頭於一日一日的生計，從容不迫地三餐一宿，享受著生活的樂趣。……你可以說一般市民的生活似乎有些盲目，可他們就好好地活過來了。」〔註 17〕王安憶的人物大多是小人物，但他們也並不是一帆風順的。他們有的從舊時代跨入新時代（《流逝》、《長恨歌》等），有的經歷了地域性的大跨越（《好婆與李同志》、《叔叔的故事》、《富萍》等），更多的是上山下鄉又返城的知青（《本次列車終點》等），即使是在「無事」的年代，也要經歷靈魂的歷練（《我愛比爾》、《香港的情與愛》等）。但就是在這些作品中，粗礪的人生背景所襯托出來的，不是時代給人生的巨大的壓迫感，而恰恰是足以與荒謬年代對抗的人的生命力。《流逝》、《「文革」軼事》、《長恨歌》的故事背後都有著複雜的歷史大變革，王安憶所表現的，卻是人們日復一日三餐一宿的「家常」生活，這些人無法把握這個動盪的時代，卻可以把握自己的日常生活，正是在日常生活中表現出來的智慧和力量，使得他們穿越了時代的層層重壓，扛起了人生的重擔。因此王安憶不厭其煩地描寫她們如何早晨早早地排隊買雞蛋，如何精打細算搭配一天的伙食，如何精心剪裁自己喜歡的衣服樣式，如何圍爐夜話談笑風生……正如王安憶自己所說：「持久的日常生活就是勞動、生活、一日三餐，還有許多樂趣，這裡體現出來的堅韌性，反映了人性的美德。」〔註 18〕在世俗生活中度過日月的平凡百姓的生活或許是

〔註 17〕王安憶《作家的壓力和創作衝動》，王安憶《王安憶說》，第 241 頁，長沙：2003 年 9 月版。

〔註 18〕王紀人《解讀王安憶》，《中國文化報》，北京，2002 年 8 月 5 日。

「盲目」的，但他們更多的是感受到了日常生活中的詩意和美感，體現著生命的韌性和力量，在王安憶看來，這正是人性中最美的一面。

將「市民精神」表現得最充分的，是王安憶小說中的女性。「生死契闊，與子相悅」是王安憶和張愛玲都喜歡的詩句，也是她們喜歡拿來寫筆下的女性的詩句，但在張愛玲那裡它是「最悲哀的一首詩」，「生與死與離別，都是大事，不由我們支配的，比起外界的力量，我們人是多麼小，多麼小！」〔註19〕而王安憶卻用它來讚美那些既美麗又有力量的女性：「這些女人，既可與你同享福，又可與你共患難。禍福同享，甘苦同當，矢志不渝。」〔註20〕這些女人生活在世俗凡塵中，儘管也會害怕，也會掉淚，但到了緊要關頭，卻有著兵來將擋、水來土淹的勇氣，大難臨頭時甚至比男性更能氣定神閒、處之泰然。王安憶在小說中對角色的設計是耐人尋味的，男性都幾乎清一色的比較軟弱，女性大都外柔內剛，《流逝》中的歐陽端麗曾是嬌生慣養的少奶奶，家被抄後卻毅然挑起了生活的重擔，代替沒主意的丈夫成了全家的主心骨；《長恨歌》中的王琦瑤在懷上情人康明遜的孩子後，康懼怕世俗的壓力不敢承擔責任，她便自己生下了孩子並將女兒撫養成人；《妹頭》中妹頭一個人跑長途、做生意，而她那個對生活缺乏熱情的丈夫心裏永遠也想不通：「如此平庸的生活，怎麼會被妹頭過得這樣喧騰」。這些女性都是極其熱愛生活的，沒有什麼能成為她們放棄生活的理由，遇到再大困難她們都能跨過，她們是具有蓬勃的生命力的典型的市井中人。儘管她們在小說中都是些「庸常之輩」，但王安憶卻願意將她們看作是「英雄」：「在我看來，妹頭就很英雄，當然不是一般意義上的英雄。她很勇敢，肯實踐，很有行動能力。」「我比較喜歡那樣一種女性，一直往前走，不回頭，不妥協。……也有可能最終把她自己都要撕碎了，就像飛蛾撲火一樣。」〔註21〕

其實，張愛玲筆下也有「飛蛾撲火」式的女性，如《沉香屑・第一爐香》中的葛薇龍，為了渺茫的「前途」進入姑母那充滿淫逸空氣的公館，自甘墮落為姑母勾引男人的誘餌；《傾城之戀》中的白流蘇為了離開墳墓一樣的娘家，鋌而走險與范柳原周旋；《連環套》中的霓喜更是為了生存將青春和生命作為賭注，投入一個又一個不可靠的男人的懷中……我們也可以說，張愛

〔註19〕張愛玲《傾城之戀》，《張愛玲文集》（第二卷），合肥：安徽文藝出版社1992年7月版。

〔註20〕王安憶《生死契闊，與子相悅》，王安憶《男人和女人，女人和城市》，第208頁，昆明：雲南人民出版社2000年5月版。

〔註21〕王紀人《解讀王安憶》，《中國文化報》，北京，2002年8月5日。

玲筆下的女性也是「勇敢，肯實踐，很有行動能力」的，但她們的「行動」反襯出來的不是生命的力度，而是生命的脆弱和人世的險惡；而王安憶筆下的女性們的「行動」映襯出來的，卻是蓬勃不息的充滿韌性的生命力。

因此，「世俗性」只是張愛玲和王安憶小說相似的表層，內核卻是截然不同的。小說是一個「心靈世界」〔註 22〕，世界觀的不一樣，使得她們小說的審美特徵、審美效果都截然不同。正如建房子，材料都是日常生活的一磚一瓦，但因建築理念的不同，最終出現的是兩個截然不同的藝術世界。「蒼涼」和「虛無」是張愛玲所獨有的，是作家本人的對世界和人生獨特的認識反映在作品中的結果，她的世界觀注定了她的世俗小說其實是蒼涼的傳奇。王安憶理解市井人們的生活，欣賞市民精神的力量，她的小說描寫著世俗生活的瑣事，卻流淌出一種「溫暖」和「飽滿」的生命的氣息。她不像張愛玲那樣將世俗生活和人生觀對照起來，她以日常生活的表象為起點，一步一步地挖掘人性的深度和人生的意義，這些深度和意義一點一點地積累起來，便到達了另一個藝術的高度。

三

張愛玲的世界被稱為是一個「死世界」：「沒有希望，沒有下一代，沒有青春，裏面的人根本不會想到明天，……一寸一寸向衰老的路上走，到死為止。」〔註 23〕（唐文標）相比較而言，王安憶的世界則是一個「生世界」：有希望，有青春，有明天，裏面的人物在自己的人生之路上彰顯著蓬勃的生命力，至死不息。一個生，一個死，一個冷，一個熱，一個蒼涼，一個溫暖，兩個世界觀完全不同的女作家，在各自生存的時代樹立起了各自的名望，成為中國現代和當代文學史上最有成就、最有代表性的女作家。固然是世界觀的不同導致了兩個截然不同的藝術世界的生成，但同樣是「世俗的」作家，為何會有如此不同的世界觀呢？

客觀地說，張與王的孩提和少年時代都不夠「順利」。張愛玲生活在一個對比性極強的環境中：保守的父親（抽鴉片，納姨太太），新派的母親（留洋，離婚）；堅強的自己，孱弱的弟弟；舊式的家庭教育，西洋式的學校教育（香

〔註 22〕王安憶《心靈世界》，復旦大學出版社 1998 年 9 月版。

〔註 23〕唐文標《一級一級走進沒有光的所在》，子通、亦清主編《張愛玲評說六十年》，第 292 頁，北京：中國華僑出版 2001 年 8 月版。

港大學)；被父親拘禁，而後「驚險」的出逃；生活於聲色犬馬的上海和香港，又親眼目睹此二地的戰爭和離亂……新舊交替的時代，兵荒馬亂的世界，分裂的家庭，小小的敏感的心靈如此戲劇化地切入了這個奇異的亂世，在她心中不斷加深著的，是孤獨面對人生時的世事無常、人生奈何的感慨。她享受著世俗人生的小小的樂趣，是因為她太深刻地感受到人生的荒謬與無聊，她不無俗氣地高叫著「出名要趁早呀！」，是因為她思想裏有著「惘惘的威脅」：「個人即使等得及，時代是倉促的，已經在破壞中，還有更大的破壞要來。」〔註24〕充滿「破壞」的時代重壓在一個悲哀的個體的心靈上，她所能做到的只有抓住手邊的世俗生活——她越是沉浸於其中，就越能看到她的痛苦和孤獨。

王安憶同樣是經歷了巨大「破壞」的人，她的少年時代正是在荒謬的五、六十年代度過的，她目睹過紅衛兵的所作所為，作為知青她親身體驗過下鄉、插隊、返城中的種種滋味。那個年代年輕人特有的熱血、激情與無法掌握的命運及荒唐的時代結合在一起，按理來說，王安憶更有理由產生人生的虛無和荒謬之感。但中國當代文學的事實告訴我們，荒謬的時代並不一定是虛無產生的溫床，開篇於七十年代末期的「傷痕文學」和隨後的「知青文學」、「反思文學」給讀者提供的不僅不是人生奈何的感慨，而是對傷痛的哭訴、對歷史的反省、對人性的呼喚。王安憶曾不止一次強調過自己是「出生於五十年代的人」，「我們這一代基本是看蘇俄文學長大的。我們內心裏都有一種熱的東西，都有一種對大眾的關懷的人道主義的東西。」〔註25〕這內心的一點「熱」，這一種「對大眾的關懷」，就造成了張愛玲和王安憶之間最本質的不同。在張愛玲的筆下，所有的親情、友情、愛情都被無情消解，人性的頑愚與現實的虛妄、歷史的虛無結合在一起，形成一個黑暗的、冰冷的「死世界」；然而，在讀王安憶的小說時，不管人物的命運多麼崎嶇，生活多麼灰暗，我們卻總能感覺到生命的底色是溫暖的。成名作《雨，沙沙沙》留給我們深刻記憶的，除了雯雯對人與人之間相互理解的呼喚，還有那與濛濛細雨相交織的橙黃色的路邊的燈光，誰說這個溫暖的燈雨交織的世界不是王安憶心中那一點「熱」的折射呢？《冷土》中一心一意要嫁給城里人的劉以萍，

〔註24〕張愛玲《〈傳奇〉再版的話》，來鳳儀編《張愛玲散文全篇》，第186頁，杭州：浙江文藝出版社1992年6月版。

〔註25〕王安憶《王安憶說》，王安憶《王安憶說》，第206頁，長沙：湖南文藝出版社2003年9月版。

《香港的情與愛》中與老魏「逢場作戲」的逢佳，《我愛比爾》中愛上外國人的阿三，這些人物如果來到張愛玲的筆下，就是另一個葛薇龍和白流蘇，但在王安憶那裡，她們所有的行為都得到了寬厚的理解：劉以萍是為了實現自己作為城里人的理想，逢佳在假戲中產生了對老魏的真情，當阿三觸到那個象徵初戀的「處女蛋」而熱淚盈眶時，誰又不會為她掬一把同情之淚呢？在王安憶的小說中，你總會看到一些「真」和一些「情」，看到一些溫暖的東西，「我從來不是像張愛玲那樣看世界的，我要比她溫情。」〔註 26〕這一切都是因為她內心中的那一點「熱」。

對張愛玲而言，雖然個人的掙扎留下了時代的印記，但她基本上還是一個個人主義者，她沒有外來的教化，她的孤獨感和虛無感是在個人與世界的痛苦的對抗中獲得的。「生命是一襲華美的袍子，爬滿了蝨子。」「世上沒有一樣感情不是千瘡百孔的。」這些充滿奇妙才情的「張氏」名言儘管為人們耳熟能詳，但它們絕對是極其個人化的體驗，是特殊的家庭、時代與一個特定的體驗者碰撞到了一起而產生的電光一閃。她的孤獨、絕望與虛無是屬於她個人的，並且因為「直指人類歷史和文明的異化和崩潰，直指人類永遠無法擺脫的孤獨與絕望」，她對世界的體驗達到了他人無法比擬的高度，「可以上升到哲學層面」，「與艾略特、卡夫卡們相類似。」〔註 27〕與張愛玲用「我」來言說自身體驗相反，王安憶是用「我們」來進行言說的，很難用「集體主義者」來形容她，但她肯定不是個純粹的個人主義者，她所生活的時代不允許她這樣，她內心的那一點「熱」也不允許她這樣。在新時期以傷痕、知青、反思、尋根為主的各種創作潮流中，王安憶雖然不能算是中堅力量，但各個潮流中都留下了她的身影，從她創作伊始，她就和其他同時代的大多數作家一樣，將自己的聲音匯入了時代的大樂章之中。她始終沒有脫離大家關懷的目光，同樣，她也始終關注著周圍最普通的人們，這就是她所說的心中「有一種對大眾的關懷的人道主義的東西」。正因為此，王安憶對人類的世俗生活充滿著理解和寬容。她的小說中的人物遇上繁華時代就好好享受，命運不濟時就躲進小樓自成一統，這並不是對命運的屈從，而是力求在人與人之間、人與現實之間達成最大限度的和諧。這是從市民生活中提取出的人生智慧，是

〔註 26〕王安憶《王安憶箴言：假想的上海》，王安憶《王安憶說》，第 254 頁，長沙：湖南文藝出版社 2003 年 9 月版。

〔註 27〕陳暉《張愛玲與現代主義》，第 22 頁，廣州：新世紀出版社 2004 年 2 月版。

平凡人生活真實的寫照，不管歷史怎樣的變遷，千百年來的民間社會就是這樣和諧地發展下來的。人與人、人與現實之間固然有衝突，但其基石更多的是寬容、理解與和諧，社會也因此更具有開放性和生命力。王安憶最近發表的長篇小說《上種紅菱下種藕》就是力求表現一個和諧世界的故事：水鄉小鎮的秧寶寶寄居在李老師家一年之後，由一個懵懂無知的小孩子成長為一個心靈晶瑩剔透的小姑娘，她既活潑又羞怯，既敏感又堅強，她有著和一切小女孩一樣的天真、幼稚，更有著被任何人所珍惜的有情有義、知冷知熱。這個美好的生命的形成，並不是某一個人、某一件事促成的，而是因為水鄉小鎮清新自然的風氣和人們溫暖淳樸的道德共同滋養，小鎮中的每一個人、每一件事都是促成這個美好生命誕生的契機。概言之，是因為小鎮裏的一草一木、一山一水和她周遭人們構成了一個「合理」的日常生活的世界——這個世界「離遠了看，便會發現驚人的合理，就是由這合理，達到了和諧平衡的美。也是由這合理，體現了對生活和人深刻的瞭解。這小鎮子真的很了不得，它與居住其中的人，彼此相知，痛癢關乎。」這並不是一個關於女孩如何成長的故事，而是一次關於人與現實中日常生活關係的探討。只有人與日常生活相互理解、相互給予，生命也才能得到完美和回饋。這個水鄉小鎮雖然也是一個由人們日常生活組成的世俗社會，但它是一個近乎完美的和諧的世界，它已具備了審美的高度，這是王安憶的理想世界，這是王安憶所希望的人的理想的生存狀態，是生命最美、最和諧的存在形式。

夏志清認為張愛玲是一個深刻描寫「頹廢中的文化」的「徹底的悲觀主義者」〔註 28〕，在日復一日的世俗生活中，她所看到的是灰色人生的悲哀：「生命是殘酷的。看到我們縮小又縮小的，怯怯的願望，我總覺得有無限的慘傷。」〔註 29〕就像《傳奇》增訂版的封面那樣，張愛玲就是屋外那個冷眼旁觀著屋裏玩骨牌的女人的「鬼魂」似的「現代人」的影子，她俯視著庸庸碌碌的人類生活，用她悲哀的心靈感受著人生的蒼涼。相比較而言，王安憶的悲觀遠不如張愛玲的徹底，雖然她也認為：「如我這樣出生於五十年代的人，世紀末正是悲觀主義生長的中年，情緒難免是低落的。」〔註 30〕但是她並不

〔註 28〕夏志清《張愛玲的短篇小說》，臺灣：文學《文學雜誌》1957 年第 2 卷第 4 期。
〔註 29〕張愛玲《我看蘇青》，來鳳儀編《張愛玲散文全篇》，第 268 頁，杭州：浙江文藝出版社 1992 年 6 月版。
〔註 30〕王安憶《接近世紀初》，王安憶《王安憶說》，第 292 頁，長沙：湖南文藝出

允許自己沉溺於悲觀、陷落於虛無中，她一直都在試圖尋找力量來與悲觀抗衡，這種力量，就是世俗生活中所潛藏著的力量。即使是在生命飽受摧殘的「文革」，她所看到的仍然是存在於普通人身上的生命力：「比方說，在文化大革命的日子裏，上海的街頭甚至並不像人們原來想像的那樣荒涼呢！人們在藍灰白的服飾裏翻著花頭，那種尖角領、貼袋、阿爾巴尼亞毛線針法，都洋溢著摩登的風氣。你可以說一般的市民生活似乎有些盲目，可他們就好好地過來了。」〔註 31〕王安憶很欣賞普通老百姓不甘沉淪於灰色生活，而是在灰色生活中尋找亮色的做法，正是因為他們埋頭於一日一日的生計，從容不迫地三餐一宿，享受著生活的樂趣，他們才得以穿越時代的層層重壓，在亂世中頑強地生存下來，這就是普通老百姓的精神力量。近年來發表的長篇小說《富萍》很能體現王安憶對普通人精神力量的讚美。富萍是個老實、內向、木訥的女孩，但內心卻有一股強大的力，她渴望找到了自己的價值所在。富萍跟隨做保姆的「奶奶」從揚州鄉下走到了上海，從繁華的淮海路走到肮濆的閘北河邊，她走過了或大或小或貧或富的家家戶戶，最後在「梅家橋」找到了自己的歸宿——與一個跛腿的青年和他年邁的母親生活在一起。富萍最後的選擇令人費解，她並沒有聽從「奶奶」為她安排的看起來不錯的婚姻，而是來到了比她見過的任何地方都更為貧窮和肮濆的「梅家橋」。然而，正是在「梅家橋」的丈夫和婆婆身邊，她發現自己的價值所在，她是他們真正需要的人，她也真正需要他們。「梅家橋」所蘊涵著的優美的平靜和醇厚的詩意並不是它本身所具備的，而是在王安憶與她的人物在粗礪的生活中一點一點地尋找著與之對抗的力量的過程中逐漸呈現出來的。這一「尋找力量」的過程，就是王安憶拼其所有與悲觀對抗的過程。抵抗悲觀，找到樂觀，也就找到了力量。在她的一篇演講中，這一尋找的過程得到了詩意的象徵性的表達：

> 情緒低落的時分，最好是走出戶外，再走遠點，走出深街長巷，去到田野。那裡，能聽見布穀鳥的叫聲，農人們平整了秧田，正在落穀。赤裸的腳正插在墨肥的泥水中，一步一步，穀種揚了滿天又落了滿地。架子上的葫蘆青了，豆也綠了，南瓜黃了，花卻謝了。原來，自然依然在生生熟熟地運動，活力勃發。……好吧，就期待

版社 2003 年 9 月版。

〔註 31〕王安憶《作家的壓力和創作衝動》，王安憶《王安憶說》，第 241 頁，長沙：2003 年 9 月版。

著下一個週期，悲觀主義終會走到盡頭，快樂應運而起，那時節，就當是世紀初了。〔註32〕

這就是王安憶，她是世俗的，但也是充滿力量的。她緊握世俗生活中的點點滴滴，正視人類生活中的悲哀和歡喜，終於有了面對人生的勇氣，而不像張愛玲那樣將人生撒手，墜入虛無。或許她對人生的體驗沒有達到張愛玲那樣的高度，但她畢竟在現實主義的道路上一步一個腳印、結結實實地走到了今天。因此我們有理由相信，王安憶的創作生命也會有別於張愛玲，張愛玲只給我們留下了一部《傳奇》，但王安憶還有希望，在未來的創作道路中，她有可能創作出更多更好的作品來。

〔註32〕王安憶《接近世紀初》，王安憶《王安憶說》，第299頁，長沙：湖南文藝出版社2003年9月版。

後記（代）：「生命」是最重要的——回憶恩師王富仁先生

注：本書以我的博士論文為基礎改成，並曾於2009年以《人與衣：張愛玲〈傳奇〉的服飾描寫研究》出版。此次修訂期間，總是會想起已經故去的導師王富仁先生，想起他一手舉著香煙、在煙霧繚繞中輕鎖著眉侃侃而談的面容，想起他當年堅定地支持我做這個論題的聲音：「一定要把這個題目做下去。」我對他有無限的懷念、無限的感激。謹以本文為修訂版書稿後記，作為對他的一份恒久的紀念。

2017年5月2日，我的博士導師王富仁先生病逝了。不願相信，可不得不信。接下來的幾天，我突發喉炎陷入高燒，病中哪兒也去不了，每日反覆地讀師友同門們懷念老師的文章，每讀一篇都覺得他又在眼前，每一次讀都忍不住淚水漣漣。我想我也應該記下自己與王老師交往，記下那些他不一定記得、然而對我來說卻很重要的小事，作為一個學生對老師的永遠的懷念……

到北師大讀博之前，我已在大學任教數年。日復一日的教學消耗著我的元氣，加上當時高校形勢的發展，我深感有繼續深造的必要，便萌生考博之心。2003年，我幸運地成為王富仁老師的學生。

說實話，報考之前我並不是很瞭解王老師。研究生期間我攻讀的是當代文學，主要研究當代女性文學，對於現代文學完全是憑興趣進行閱讀。我喜歡張愛玲、丁玲等女作家，我也由衷地喜歡魯迅，可是對魯迅研究一直心存敬畏，覺得自己才疏學淺無力攀登這座大山，所以並未準備今後進行魯迅研究。但決定考博後，我還是堅定地選擇了王老師作為自己的導師，大約是因為我曾在《名作欣賞》上看過他的幾篇「舊詩新解」的文章，那種極富新鮮感和衝擊力的閱讀體驗實在讓人難以忘記。我對他解讀《春曉》一詩的印象尤其深刻，至今仍記得他說詩歌展現了一個人清晨「從沉睡到覺醒」那一剎那的豐富的心理過程，以及一個人在這一剎那感知到的春天清晨的「新異的美」。（恕我無法用幾句話總結此文精華，還請大家去讀吧！）這一類人人都熟極而流以致「流而無感」的「兒童詩」，在一代代低齡化傳誦中，其美感變得越來越稀薄，就算是教師也不一定真正說得出美在何處，即使能說，也多機械重複前人。我覺得「舊詩新解」系列文章是真真正正的「新解」，都有著如《春曉》中春天清晨般「新異的美」，令我在閱讀中一次次由衷感慨由衷佩服。我那時想，這個人把一首「簡單」的詩讀得這麼細緻而深刻，這麼富於美感又富於情感，他會是怎樣的一個人呢？

進入北師大後，我非常珍視自己的求學機會，計劃著好好跟著老師讀書做學問，然而，入學不到三個月，我的生活就發生了大變化：我發現自己懷孕了。我和先生都欣喜於上天給我們的這個禮物，可是……我自己也是個老師，平心而論，也希望自己的學生能專心學習，畢竟生完孩子還得帶孩子，會對學習產生多大的影響呢？好不容易才就讀於王老師門下，他會對我「不務正業」產生多大的失望啊……記得那年冬天，我覺得自己瞞不了這事，主動去找老師坦白。我在心裏自嘲：完了，剛入王門就成學渣了。

不記得是不是在他的家裏，我忐忑著把情況告訴了他。沒想到，我話音剛落，他就用很大的聲音說道：「哦，好啊，好啊！太好了，太好了！」他的話，和我母親說的話一模一樣，而且和我母親一樣，他看起來非常高興，甚至是激動。然後，他說了一句讓我終身難忘的話：

「生命」是最重要的！

我無法描述這句話給我帶來了怎樣的感動，甚至是震動。在接下來的日子，這句話深深植入到了我的心裏，成為我為人處世的一個標準。後來，我在工作中和生活中都遇到了一些困難，尤其是再後來我做了一點兒行政工作，更是會遇到一些較為複雜或兩難的問題，每到這個時候，我都會想想這句話。這句話也顯示出了它的奇妙，很多問題都變得簡單起來了。

那次談話之後，我便踏踏實實回家準備生產了。生完孩子，我按預定步驟進入畢業論文的開題和寫作階段。整整一年，我每天早上照顧孩子吃完早餐就離家去北師大，晚上六點回家帶孩子，碰到問題就給王老師打電話，他每次都給我詳細的解答。論文按照預定步驟向前推進，孩子也在漸漸長大。一切都安穩，一切都如常。這種常態，讓我覺得王老師對我是信任的，讓我有信心處理好學習、工作和生活的「三難」。2006年，我按期完成畢業論文，順利通過答辯獲得了博士學位。畢業典禮那天，我抱著兩歲的女兒在北師大照了很多照片，以紀念我這一段普通又不普通的讀博時光。

在畢業論文開題前，其實我也是非常忐忑的。我那時算是個「張迷」，突發奇想打算以「人與衣」為題從服飾的角度研究張愛玲。張愛玲自稱「衣服狂」，好以奇裝炫人，這是人所共知的事實。但是，她的著裝方式一直是作為坊間逸事存在，不曾進入學術的視野，研究這類「逸事」，是否是又一次的「不務正業」？然而，我在閱讀張愛玲作品的過程中，越來越明顯地感覺到服飾對這位「衣服狂」的重要性，也越來越清楚地看到，《傳奇》中隱藏著一個服飾象徵體系，深刻地、別致地闡釋著她的人和文。開題之前，我找到王老師，惴惴不安講了自己的想法。我因為特別想做這個題目，又害怕他讓我改題，心裏擔心極了。沒想到他聽完我的囉嗦後，不僅沒有讓我改題，反而語氣堅定地對我說：「一定要把這個題目做下去，這是可能讓張愛玲研究出新意的工作。」後來在《人與衣》出版時，他為我寫了一篇萬餘字的序，題目叫《女性文學研究——廣闊的道路》，他寫道：「她在選題的時候，提出來她現在出版的這本書的題目。當時我著實一愣，好像眼前突然亮了起來，似乎直到那時，我才真正懂的了什麼是女性主義文學和什麼是女性主義文學研究。」看到這一段話時，我內心無比感激，感激於他對我的理解和寬容。我曾把寫作博士論文的過程淺薄地形容為「快樂的旅程」，因為那時候的我幾乎是「我手寫我心」，把自己的體驗開開心心一股腦地潑到了紙上就完事了。我因自身理論水準不高，不喜歡在論文中堆砌理論，博士論文基本上是自說自話，連引用都比較少，我也曾為這個苦惱和擔憂過。但每次說出這個苦惱時，王老師都鼓勵我，讓我按照自己的最真實的體驗來寫，他認為，最本真的生命體驗才是最重要的。現在看來，我的博士論文的確是淺顯和粗糙的，我想，那時的王老師一定也看見了其間的淺顯和粗糙，但是他像呵護一棵小樹苗的生命那樣，鼓勵著它從泥土中往上抽芽。他珍惜一切生命的體驗，鼓勵著每一個體驗著的生命。對他這樣尊重「生命」的人，我惟有感激和崇敬。

從女兒三歲起，我便開始用她的照片製作日曆當做送給親人的禮物。我每年製作五本，一本放在家裏，一本給先生放在辦公室，孩子的爺爺奶奶和外婆各一本，另一本，就是給王老師的。那時王老師已去汕頭大學任終身教授，所以我每年都在春節前後把日曆寄到汕大。2009 年我去美國做訪問學者，回國之前我問他是否需要我帶什麼回來，他在電話裏說：「什麼都不要，我最喜歡你給我的日曆，你回國後就再給我一份日曆吧！」我回國後趕緊做了一個 2010 年的日曆寄給他。如今女兒已經長大了，雖然他沒有見過她，但是每一本日曆都記錄了她的成長，他也見證了這個小生命的成長。我想，每一年的春節，當他拿到那本印有孩子照片的日曆時，心情一定是愉快的吧，因為他說過：

「生命」是最重要的！